소설 이매창

소설 이매창

소설 이 매 창

문정배

미래문화사

축 두

　이매창, 그녀는 비련의 여인이다. 아니다. 비련의 여왕이다. 조선조 그 많은 명기 중에서 매창만큼 눈물로 밤을 지새운 여인도 없을 것이다.

　그녀는 서우관, 유희경, 이귀, 허균으로 이어지는 기다림과 그리움에 멍울진 한 생을 살아야 했다. 그녀의 생이 왜 그리해야 했는지는 신만이 알 수 있는 일이다. 탁문군(卓文君)의 거문고와 반첩여(班婕妤)의 가을 부채가 되어버린 매창은 여자로 태어난 죄를 안고서 그렇게 통한의 길을 걸었다. 참으로 죄 많은 여자에게서나 보여질 가슴 시린 생이 아닐 수 없다.

　이매창, 그녀는 참으로 고운 명원(名媛)이기도 했다. 시(詩)와 가(歌)와 금(琴)에 능했던 그녀는 4백년이 지난 오늘도 숱한 소객들의 밤을 괴롭히고 있다. 그만큼 문사들의 마음을 사로잡는 많은 옥문(玉文)을 남겨 놓았기 때문이다.

　그녀는 찬바람 눈 속에 곱게 피어난 한 송이 꽃이었다. 물론 유가(遊家)의 창가에서 시주(詩酒)의 향기를 마음껏 뿌린 여인이기도 하다. 오늘의 시인 묵객들에게 더없이 맑은 사랑의 노래를 전하고 있으니, 그녀의 명복을 빌지 않을 수가 없다.

매창의 정인(情人) 유희경은 그녀의 분묘 앞에서 다음과 같은 과묘시(過墓詩)를 읊었다.

> 남쪽 마을 석대에 노닐던 임이여
> 대숲 속 암자에서 만났던 임이여
> 그리운 그대 지금 어디 숨었는가
> 푸른 머리 붉은 얼굴 꿈속에 있네.

매창은 후생들의 영원한 연인이다.

오늘도 문자가 당신의 묘하에서 주옥 같은 시편들을 펼쳐들고 취해 있나니, 이 황구(黃口 : 어린 입)의 찬사를 듣고나 있는 것인지. 그대, 가성(佳城)에 갇히어 말이 없나니 성황산(상소산)에 올라 황성 옛터에 스민 예리성(曳履聲)을 들어나 볼까.

1996년 11월 丹 江

차례

초향길 나그네가

산에는 낙엽 지고 기러기 울며 나네
구슬픈 피릿소리 어디서 들려 오나
초향길 나그네가 눈시울을 적시네요.
                                    -국 역

千山萬樹葉初飛　　雁叫南天帶落暉
長笛一聲何處是　　楚鄕歸客淚添依
                                    〈이매창〉

늦가을 해거름을 등지고 싸릿골을 막 빠져 나오는 여인이 있다. 나이는 계년(笄年 : 여자 나이 15세 정도), 소복을 했음이 심상치 않다.

젊으나젊은 여인이 혼자서 어디를 갔다 오는 것일까. 산골을 빠져 나오는 것을 보면 부모님 산소에라도 갔다 오는 모양이다. 맑은 가을 하늘 아래 고개 숙인 모습이 너무나 처량해서 손을 대면 금방이라도 읍주(泣珠 : 눈물이 굳어서 된 구슬)가 되어 버릴 것 같다.

왜일까. 무슨 일이 있어서 다녀오는 것일까. 무슨 다짐, 무슨 출발 있어서 다녀오는 것일까.

그래, 할말을 어금니에 깨물고서 얼마나 울었을까. 입술을 부르르 떨며 주체할 수 없는 눈물을 얼마나 떨구었으면 저토록 휘청휘청 걸음 걷는 것일까. 젊은 것이 천애의 백사지에 떨어져 무척이나 서러웠던 모양이다.

이매창(李梅窓), 그녀는 가냘픈 몸매를 이끌고서 아버지의 산소엘 다녀오는 중이다. 어머니는 너무도 어려서 여의어 기억에 없고, 아버지는 이태 전 여의었다. 그런데다 매창에게 척분(종친)이란 아무도 없다. 혈원이란 오직 아버지(李湯從)뿐, 지금은 그마저 없다.

오늘의 초향길 나그네는 매창 자기 자신을 말한다. 초향(楚鄕)은 곧 싸릿골로, 아버지의 산소가 부안읍 서남쪽 산골짜기 싸릿골에 있음이다.

매창은 1573년(선조 6년, 계유) 여름 이곳 부안현의 아전인 이탕종과 기녀 사이에서 서녀로 태어났다. 그런데 그녀가 태어나던 날, 초가 지붕에 조그만 금조(노랑새) 한 마리가 날아 들었다. 그러더니 다음날은 여러 마리의 금조가 날아와 재잘댔다. 한편 성황산(상소산) 위를 수마리의 백조가 무리지어 여러 날을 선회했다.

이상한 징조였다. 금조가 집안에 날아든 것이라든지, 백조의 무리가 부안성 일대를 수없이 선회했던 것은 전에 없던 일이었다. 이는 여러 현민과 현리들에 의해 목격되었다.

그런데 매창의 어머니는 매창을 낳은 지 석 달도 채 못 되어 산욕열(産褥熱)로 세상을 떠나고 말았다. 매창의 비애와 비련은 이때부터 시작되고 있었던지도 모를 일이다.

　현리 이탕종은 딸을 차마 버릴 수 없어 교방 옆 의원의 집에 맡겨 길렀다. 필경 동네 여자들의 젖을 얻어 먹고 자랐을 것이 뻔하다. 그래선지, 몸매가 가냘프다. 그러나 매창은 닭띠생으로 영리하기 그지없었다. 그러기에 그 불쌍한 것이 여러 사람의 귀여움을 받으며 자랄 수 있었다.

　아이 때의 이름은 계생(癸生, 桂生), 또는 계화(桂花)라고 했다. 약방과 교방을 무상으로 출입했던 매창은 글 배우기를 시작하면서 이름(본명)을 향금(香今, 자는 天香)이라고 하였다. 물론 아주 어린 젖먹이 때는 섬초(蟾初 : 두꺼비)라는 별명이 있기도 했으나 젖먹이 때뿐이었다. 그녀에게 이처럼 이름이 많은 것은 여러 사람의 손에 길러지다 보니 그렇게 된 것이다.

　매창(梅窓)은 필명을 겸한 아호로서, 글(작품) 밑에 언제나 매창이라고 썼다. 계랑(癸娘 또는 桂娘)은 기녀로서의 이름(기명)을 그렇게 부르도록 했다.

　그러기에 계랑은 여섯 살부터 열다섯 살에 이르도록 교방에서 10년 동안을 동녀(童女)로서 글을 배웠다. 다른 여자들이야 기생이 되기 위한 엄정한 교육이었지만, 계랑은 그저 교방의 귀염둥이로서 글을 읽고 쓰며 익혔다.

　처음엔 〈명심보감〉과 〈동몽선습〉 같은 초보적인 것을 읽고, 열두 살까지 사서(四書)를 다 읽었다. 이후 오경(五經)을 읽어냈으니, 무던히도 배웠다. 그 영리한 계랑이 사서오경을 읽어내다니, 이것은 하나의 사건이었다.

　문일지십(聞一知十)하는 천재적 소질을 가진 계랑이 교방에서 거문고까지 익히었으니 사건이 아닐 수 없다. 이는 필시 누군가가 탐을 낼 것이 분명하기 때문이다. 아직 초조(初潮 : 첫월경)도 하지 않은 것이 벌써부터 풍월(風月)도 여간 아니었다.

　지난 5월 단오날이었다.

20

이곳 선은동(仙隱洞)에 있는 정자나무 아래서 동네 아가씨며 소부들이 그네를 뛰고 놀았다. 교방에서 가까운 곳에 있는지라, 모두가 자연스럽게 나가 구경을 했다. 길게 땋은 붉은 댕기며 오색 영롱한 치마저고리를 입은 아가씨들의 허리에 찬 노리개가 바람에 날려 소리를 내기도 했다.

계랑은 아까부터 이를 유심히 바라보고 있었다.

아리따운 아가씨와 아름다운 여인들이 쌍쌍으로 그네에 올라 몸을 창공으로 솟구쳐 올라 치마폭을 휘날리며 내려올 때면 마치 선계(仙界)의 여인들처럼 아름답게 보였다. 그러다 보면 종아리나 겨드랑이가 드러나 보이기도 하는 법, 그야말로 운치 있는 한 폭의 그림이 아닐 수 없다. 그래서 그네는 뛰는 사람도 재미있지만, 보는 사람도 재미가 있기 마련이다.

계랑이 교방으로 돌아와 붓을 들었다.

무엇인가 쓰지 않고서는 배기지 못할 그런 충동을 느꼈던 것이다.

아름다운 여인들 그네를 높이 뛰니
허리에 찬 노리갯소리 구름에 날려
교룡을 타고서 하늘에 오른 듯해라.
　　　　　　　　　　　　　　　－국 역

兩兩佳人學半仙　綠楊陰裡競鞦韆
珮環遙響浮雲外　劫訝乘龍上碧天
　　　　　　　　〈이매창〉

시작(詩作)의 솜씨가 너무도 탄탄하다.
어찌 당송(唐宋)의 대가들보다 절묘하다 아니 할 수 있으랴!

이를 넘겨보던 기녀들이 탄성을 자아냈다. 마침내 코머리(행수기생)가 이를 들고 내아(內衙)로 들어가 사또에게 내보였다. 그날의 이야기를 듣고 난 윤 현감이 시축을 바라보더니 감탄사를 연발했다.

계랑은 당장에 불리어 갔다. 나이를 묻고 이름을 묻던 윤 현감이 칭찬을 아끼지 않았다. 사물에 대한 소화력이 충분하였기에 사또는 놀라고 또 놀랐다.

옆에 있던 행수기생으로부터 계랑에 대한 유년의 이야기를 들은 사또는 연방 밝은 웃음을 지었다.

"기특하구나! 너야말로 우리 관아의 보물이구나."

"……"

"내 너를 아끼어 교방에 계속 둘 터, 계속 수업에 정진하렷다! 기적에도 두지 않고 계속 열외로 할 것이니라."

"……"

"너의 아버지가 일찍이 이곳의 현리였다면, 너 또한 우리의 식구가 아니더냐. 이제 너의 이름을 뭐라고 부를꼬?"

"계랑(癸娘)이라 하옵소서."

"그래? 하면, 전 이름과 별반 다를 것이 없지 않느냐?"

"소소(蘇小 : 기생의 이칭)의 딸이 이름 좋아 뭐하겠나이까."

"뭐시라! 그래도 동가홍상(이왕이면 다홍치마)이라 했지 않더냐?"

"……"

"아무튼 네 좋도록 하여라. 그래도 독서는 계속해야 할 것이야."

"예, 명심하겠나이다."

"그럼 물러가 있거라."

그날 이후 계랑은 관아에서 더욱 귀염둥이로 여러 사람의 사랑을 듬뿍 받으며 지낼 수 있었다. 그래서 그런지, 눈에서는 항상 촉

22

기가 서려 있었다.

몸매도 가냘퍼서 여성다움이 온 몸에 배어 있었다. 그러나 계랑은 결코 미인은 아니었다.

얼마나 다행인가.

그녀가 얼굴까지 고운 미인이었다면 그곳 교방에서 배겨나지 못했을 것이다. 그 많은 여인들 틈에서 시기와 질투로 더욱 외롭고 고단한 나날을 보냈을 것이 뻔했다. 쑥이나 먹고 살았다던 삼신할멈의 지혜가 바로 그것이 아닐까.

다만 하나, 움쑥한 두 눈이 너무도 해맑아서 천년의 예지를 담고 있는 듯하다. 계랑은 그것 하나로도 뭇사람의 시선을 끌기에 충분했다.

계랑, 그녀가 오늘 이처럼 심각하게 아버지의 산소엘 갔다 오는 데는 그만한 이유가 있었다.

신관 사또 신유필(申維必)이 동헌에서 관속을 점고(點考 : 점을 찍으며 사람의 수효를 조사함)하다 말고 계랑을 기안(妓案)에 입적시키라고 명령하였다. 누구든 예외가 있어서는 안 된다는 것이었다.

1588년(선조 21년) 8월, 계랑은 하루아침에 신분이 뒤바뀌어 버렸다. 그녀의 나이 열다섯, 순전히 타의에 의하여 결정된 서러운 멍에를 안고 일생을 살아가야 했다.

동기(童妓) 이매창, 아니다. 계랑은 동기로서의 무거운 멍에를 목에 걸고 힘차게 끌어야 했다. 현리 이탕종의 혈점이 이렇듯 세상 밖에 놓이어 무거운 첫걸음을 시작했다.

다음날부터 계랑은 가벼운 지분을 발랐다. 언제 어디서 태수(사또)가 부를지도 모르기 때문이다.

기적에 입적은 되었지만, 기녀로서 성주(사또)에게 아직 정식으로 현신도 하지 않은 상태이다. 그러니 선화당(宣化堂 : 동헌의 별칭)에서 부르면 나아가 현신한 뒤 후정에서 달라면 온 몸을 송두리째 주어야 한다.

부안현(扶安縣) 관아는 진산인 상소산(上蘇山) 기슭에 있다. 현령으로서의 목민관인 신유필이 계랑을 굳이 기안에 들게 했음은 미묘함이 없지 않다. 행여 그 어린것의 첫날밤을 빼앗고자 한 것이었는지도 모를 일이기 때문이다.

드디어 그 고대하지 않았던 날이 오고야 말았다. 신현감이 별관 객사에서 계랑을 불러냈다. 이미 소담한 주안상이 준비되어 있었다.

큰일이다. 그 모진 현감이 그 어린것을 육회로 떠서 고추장 발라 버리면 큰일이 아닐 수 없다. 앗, 실수다. 주인공에 대한 불손은 저자의 예의가 아니다. 언사에 조심해야겠다.

멀리서는 아직도 떠나지 않은 소쩍새가 밤을 지키며 애처롭게 울고 있었다.

두강주(杜康酒)를 몇 잔 거후른 사또가 눈을 가느다랗게 뜨고서 한사코 계랑을 훔쳐본다. 벌써부터 입맛을 다시는 그가 이 밤 어떤 행동을 감행할지, 계랑은 각오가 되어 있는 것일까.

후정의 불놀이를 알 리 없는 계랑이 사또의 얼굴을 살핀다.

"사또 어르신, 감히 거문고 한 가락을 타 보겠나이다."

"불연이면, 한 곡 타지 않을려 했더냐? 내 조용히 들을 터, 자작시 하나 들려다오."

"그럼 시제(詩題)는 수사(愁思)로 하옵고, 졸작을 하나 선보이렵니다."

평생에 밥 얻어먹는 일일랑 배우지 않고
창가의 달빛 젖은 매화만을 사랑했는데

그대는 이내 뜻 알지 못하고 집적거리네.

－국 역

平生恥學食東家　　獨愛梅窓月影斜
時人不識幽閑意　　指點行人枉自多

〈이매창〉

사또는 이 시 한 수를 듣 니만 정신을 버뜩 차리며 정좌를 했다. 어린 아이의 심상이라지만, 너무도 자기 심중의 정곡을 찌르고 있기 때문이었다.

서재의 필랑에서 지필묵을 꺼낸 계랑이 정서로 옮겨 놓고서 고개를 숙이자, 사또는 손을 부르르 떨며 말했다.

"신기하구나! 내 평생에 이처럼 황홀한 밤도 있다니, 아가야 고맙구나!"

"……"

"내 이제 너를 보면 고쳐 앉을 터, 좋은 친구가 되었으면 하느니, 허락하겠느냐?"

"천첩이 감히……."

"아니야, 내 느즈막에 이곳에 오길 잘했느니라. 내 이리 기뻐서 너의 손목을 한번 잡는 것으로 친구 되고 싶구나!"

"……"

"아가야, 손을 이리 주렴."

"사또 나으리, 나으리께서 이리 좋은 분인 것을 겁먹고 있었나이다."

"저런……."

사또는 무엇인가 후회하는 눈치였다. 그도 그럴 것이, 이처럼 영리한 아이를 두고 권위를 휘둘렀으니 후회가 되기도 했을 것이다.

"아가야, 울고 있느냐?"

"……"

"울고 있구나! 너 이 만화석(꽃무늬 돗자리)에 눈물 떨굼은 필히 뜻이 있으렷다?"

"황송하옵니다. 이제껏 혈육 한 점 없더니, 분에 넘친 사랑을 받사와 눈물이 나나이다."

"내 친구 한다고 일렀거늘, 너를 늘 지켜 줄 것이로다."

사또 신유필은 이후 선정을 베풀기에 여념이 없었다. 이렇듯 생은 조그만 자극에 의해서도 완성을 향하여 나아가게 된다.

신현감은 이방에게 지시하여 계량의 신분을 잠시 속량(贖良)하여 주었다. 그리고는 날마다 민원을 청취하여 목민관으로서의 책분을 다하려고 노력했다. 세상은 이처럼 마음먹기에 따라서 충분히 아름다울 수 있다.

계량은 사또의 은정을 못 잊어 교방과 선화당을 오가며 수청인(守聽人 : 청지기)으로서의 몫을 다했다. 얼마나 영리하게 잔심부름을 잘하였으면, 사또가 고을 나들이를 할 때도 꼭 뒤따르게 했다.

어느 날이었다. 우금바위를 지나 다섯 마장도 더 떨어진 직소폭포 위에서 쉬게 되었다. 어수대(御水臺)에 잠깐 올라 있노라니, 계량이 다시금 지필묵을 꺼내 들었다.

> 천년사 옛터에 어수대만 남았어라
> 지나간 옛일을 누구에게 물어볼꼬
> 세월을 밀고 가는 학을 불러 물어볼까.
>
> —국 역

> 王在千年寺　　空餘御水臺
> 往事憑誰間　　臨風喚鶴來
>
> 〈이매창〉

신현감은 다시금 감탄사를 연발했다.

한시의 진맛은 적당한 글자를 적소에 배치함이다. 금방 누구라도 쓸 수 있을 것 같지만, 그게 그렇게 쉽지가 않다. 글자의 배열을 한 자만 뒤바꾸어 놓아도 전체적으로 의미가 달라진다. 따라서 한시의 해석도 그만큼 중요한 비중을 갖는다. 잘 씌어진 한시를 잘 읽어야 함이 그만큼 중요하다는 것이다.

현감은 혼자서 보기 아깝다는 듯 아전들에게 휘둘러 말했다.

"이보게들, 보시게나! 우리 계랑이가 멋진 글을 썼어요. 썼다 하면, 이처럼 명작이 쏟아져 나오니 이것은 사건일세!"

"사또의 지음(知音)이 종자기(鍾子期 : 백아의 거문고 소리를 잘 알았다고 하는 사람)와 같소이다."

"그래 맞아, 그렇지 그렇지……."

사또는 늘 계랑을 자랑하고 다녔다.

서해안 마포, 격포, 채석강을 순회하면서도 앞서거니 뒤서거니 하면서 자신의 딸 이상으로 아끼었다.

"계랑아, 너는 작품에 매창(梅窓)이라는 필명을 자주 쓰는데, 무슨 뜻이 있는 게냐?"

"글자 그대로, '매화나무가 있는 창가'라는 뜻이옵니다."

"그래도 그렇지, 글자마다 뜻이 있을 것임이야?"

"물론 매(梅)자는 결백을 뜻함이요, 창(窓)은 기다림의 공간을 상징하는 것이옵니다."

"그렇구나. 일지춘(一枝春), 청객(淸客)이 다 그런 의미가 아니더냐."

"목모(木母), 옥골(玉骨)도 있나이다."

"그렇지, 설중매(雪中梅)가 바로 그런 것이로다."

"대인(大人)께서 이 소녀를 동각설중매(東閣雪中梅) 정도로 보아 주신다면 다시없는 영광이겠나이다."

"가만있자, 금방 나더러 대인이라고 했더냐? 그렇다면 난 너에게 이소저(李小姐)라고 해야겠느니라."

"아니옵니다. 대인이란 가대인(家大人)을 말하는 것임을 용납하여 주시옵소서."

"허허, 내가 이 무슨 복인인가. 금방 딸을 하나 얻었구려! 그것도 이처럼 고운 딸을……."

"용서하여 주소서."

"가까이 오너라. 내 고운 여식의 손을 한번 잡아 보아야 하지 않겠는고."

"……"

"내 기뻐서 술 한 잔 아니 먹을 수 없구나. 무슨 술이 준비되어 있더냐?"

"두견주와 삼해주가 준비되어 있는 줄 아옵니다."

"이왕이면 빛깔 좋은 두견주를 먹자구나."

"잠시만 기다려 주시어요. 대령하겠나이다."

"그래 그래……."

잠깐 사이 계랑은 교자상에 해진과 절편, 비취잔을 준비해 들어왔다. 백병에 두견주가 들어 있음은 물론이다.

"아가야, 너도 술을 할 줄 알더냐?"

"소녀, 아직이옵니다."

"그렇다면 내게 먼저 한 잔 따르렷다."

"예, 초동(焦桐 : 거문고)도 잡으리까?"

"아서라. 조용히 즐길 것이니라."

"대인, 그러시면 소인이 이야기나 하나 하렵니다. 들어 보실런지요?"

"그려 그려……."

"고려조에 문관으로 말직에 영태(永泰)라는 사람이 있었답니다.

28

광대놀이를 좋아하던 그가 어느 날 충혜왕을 따라 사냥을 갔었던 모양이지요."

"그래서……."

"그래, 그가 그곳에서도 광대놀이를 하자, 왕이 그를 물 속에 던져 버렸답니다. 그가 허우적거리며 물 속에서 나오자, 왕이 껄껄 웃으며 물었겠지요. '그대는 지금 어디를 갔다 오느뇨?' 물으니, 그가 대답하기를 '예, 저는 금방 초나라 굴원(屈原)을 만나 보고 오는 중입니다'라고 대답했다 하옵니다. 그래 다시금 왕이 '그래 굴원이 뭐라고 하더냐?' 하니, 그(굴원)가 '나는 어리석은 임금을 만나 강에 몸을 던졌지만, 당신은 어진 임금을 만났는데 어찌 이곳에 왔느냐'고 했나이다. 왕이 이 말을 듣고 크게 기뻐하여 상으로 은사발 하나를 주었다고 하옵니다."

"아가야, 이리 가까이 온! 내가 너에게 또 한 번 얻어맞는구나."

"무엇을요?"

"네가 그런 이야기를 함은 필시 거기에 버금가는 급부를 말함이 아니더냐?"

"아니옵니다. 저의가 있었다면 소녀의 불찰이옵니다."

"아니다. 내게도 잘못이 있느니라. 지금까지 늘 나를 기쁘게 하였으니, 나도 진작에 답례를 했어야 했던 것을 미련하게 놓치고 말았구나!"

"대인이여, 소녀를 죽여 주시옵소서."

"오오, 이 고운 것을 어디에 두고 보아야 좋을꼬!"

"홍우(紅友 : 술의 별칭)를 벗하시더니 소녀를 너무 곱게 보시나이다."

그렇다. 술은 대하는 사람에 따라서 다르다. 술의 이칭으로는 공직에 있는 사람은 미록(美祿)이요, 유림은 두강(杜康)이요, 문사는 시구(詩鉤)요, 한량은 홍우(紅友)요, 범인은 죽엽(竹葉)이며, 소인은 화천(禍泉)이 된다.

하늘에 주성(酒星)이 있고, 땅에는 주천(酒泉)이 있다고 했다. 성인도 술을 마시고, 현인도 즐기었다. 신선은 더욱 잘 마시었다. 삼배(三盃)를 마시면 보통(普通)을 하고, 일두(一斗)를 마시면 대통(大通)을 한다 했다.

이렇듯 사또와 계랑의 다정다한(多情多恨)의 꽃다운 시절도 한 해를 넘기고 보니 계랑의 나이 열여섯이 되었다.

그 동안 계랑은 신현감으로 하여금 선정을 베풀도록 유도한 현원(賢媛)이요, 재원(才媛)이었다. 그러나 때로는 정신적 여희(麗姬)요, 고운 춘희(婘姬)이기도 했다.

신현감이 과만(瓜滿 : 벼슬의 임기가 참)으로 떠나갈 때가 되자 마지막으로 계랑을 불렀다.

"너의 무엇이라도 되고 싶었던 내가 이제 떠나가게 되는구나. 그 동안 너와의 정리(情理)를 잊지 못할 것이야!"

"소녀는 이곳 질청(길청, 관아)에 계속 남아 있으리까?"

"그래야 할 것이니라. 우리는 그 동안 운객(雲客 : 신선)처럼 지내왔으니 조금도 부끄러움이 없을 것이야. 아무쪼록 절조 있어야 할 것이로다."

"소녀, 따라 나서면 아니 되는 것이옵니까?"

"너처럼 영리한 것이 회자정리를 잊었단 말이더냐! 우리가 그 동안 어지럽히지 않았기에 오늘이 이처럼 정답고 뜻이 있는 것이로다. 너도 그것을 배워야 할 것이니라."

"이 소녀를 두고 가심, 소원이 하나 있나이다."

"그게 뭘꼬?"

"소녀를 밖으로 내보내 주시고 떠나시옵소서."

"밖이라, 무슨 뜻인고?"

"밖으로 나가 독립해서 살고 싶사옵니다. 그러자면— "

“그러자면?”

“그러자면 배운 도적질이나 할까 해서이옵니다.”

“그렇다면 상화방(賞花坊 : 기생 영업방)이라도 하나 차리겠다는 말이렷다!”

“용서하시어요.”

“뭐시라! 내 금방 잘 있으라 일렀거늘, 너야말로 이 고을 관아의 꽃이요, 귀염둥이가 아니더냐? 계속 이곳에 머물러 있어야 할 것이니라.”

“소녀 읍소(泣訴 : 눈물을 흘리며 간절히 호소함)라도 하오리까. 아니면 대궁(먹다 남은 밥)이라도 좋으니, 따라가게 하소서.”

“이거야 원, 작은 일이 아니로다.”

“대인께서 허락하지 않으시면 소녀는 이 세상에 있지 않을 것이옵니다.”

“아이쿠 이거, 너를 부른 내가 잘못이구나! 이럴 줄 알았음, 조용히 떠나는 것을…….”

“……”

“그래 좋다! 너를 강제 입적시킨 내가 무엇인들 못 하겠느냐. 내 이방을 불러 너를 방면할 것이로다!”

“아바마마, 황공무지로소이다.”

“너무 감격하지 말아라. 다시는 이런 만남 없을 것이로다.”

“대인, 어찌하여 사람은 많은 이별을 하고도 또 보내야 하는 것인지요?”

“글쎄다.”

“언제 다시 부르심을 약속하시렵니까?”

“신기하구나! 어린 너를 두고 친구하다니, 내가 정상이 아님이야.”

“정히 그러시면, 이 소녀 아미를 들 수 없나이다.”

"오오 그렇던가! 내 너를 두고 발길이 떨어지지 않을 것이야."

그는 며칠 후 차마 떨어지지 않는 발길을 아끼며 떠나갔다.

계랑도 신현감이 떠나기 전으로 교방을 나와 선은동(仙隱洞) 대밭 옆에 거처를 마련했다.

그리고선 그녀는 자신을 생각해 보았다.

'나는 누구인가.'

'나는 어디에 있는 것인가.'

시작도 끝도 없는 질문을 던지면서 계랑은 자신의 보금자리에서 조그만 또아리를 틀 수 있었다. 그야말로 자유인이 된 계랑의 날개가 겨울이 오는 길목을 지키고 있었던 것이다.

갑자기 헤어지자니

서울에서 찾아오신 멋스런 나그네와
정답게 사귄 지도 퍽 오래 되었건만
갑자기 헤어지자니 창자가 끊기우네.

－국 역

洛下風流客　　淸談交契長
今日飜成別　　離盃暗斷腸

〈이매창〉

어쩔 수 없이 겨울을 조용히 난 계랑은 이듬해 새로운 봄을 맞이했다. 늘 자신의 보좌역이 되어 준 옥심(玉心)이와 여기저기 집안을 단장하여 봄맞이를 했던 것이다.

계랑보다 나이가 서너 살 위인 옥심이가 그간에도 모든 일을 잘해 주어서 오손도손 겨울을 지낼 수 있었다. 눈치도 여간 아니어서 무엇 하나 불편하게 하지 않았다.

거기에다 두 사람의 논나니(웃음을 파는 여자)를 데리고 정식으로 영업을 해 볼 판이었다. 그리하여 계랑은 자기 집 조그만 다락에 올라 늘상 거문고를 타며 유가임을 알리었다.

하나 둘 사람들이 기웃거렸다.

몇 사람의 야랑들이 가볍게 목을 축인 후 가기도 했다.

그런데 문제는 왜 상화방으로서의 개업식을 하지 않느냐는 둥 수군거렸다.

그러나 계랑은 이를 듣는 척 마는 척했다. 그런데도 손님이 심심찮게 드나들고 있었다.

왜일까. 호기심일까. 아니면 주인이 누구인지 알고 싶어서일까. 그것도 아니면, 계랑의 얼굴을 보고 싶어서일까.

계랑의 얼굴에 관심이 있는 유랑들이라면 실망하고 돌아갔을지도 모른다. 풍월과 탄금이 아닌 이상 그럴 수밖에 없을 것이다.

그런데도 딴에 멋부리고 찾아온 손님들이 곧장 있었다.

이유는 있었다. 계랑이 늘 다락에 올라 거문고를 타고 있었던 것이 그들의 눈에 호기심을 자아내게 하였던 것이다.

자고로 여자에게는 아름다움의 세 가지 품계가 있다. 삼상(三上), 삼중(三中), 삼하(三下)가 그것이다. 삼상은 여자가 담 위에 있을 때, 말 위에 있을 때, 루(다락) 위에 있을 때를 말하는 것이고, 삼중은 여행중의 여자와 취중의 여자와 밤중의 여자를 말하며, 삼하는 달빛 아래 여자와 촛불 아래 여자와 주렴(사창) 아래 여자를 말하는 것이다.

이때의 여자는 모두가 아름답게 보이기 마련이다.

그러기에 계랑도 그들에게는 예사롭지 않은 미희로 보였을 게다. 거기에다 풍월을 잘해, 탄금의 솜씨가 추종을 불허했으니 그들이 넋을 빼고도 남았던 것이다.

어느 날은 같잖은 것들이 와서 사람을 피곤하게 하기도 했다. 참다 못한 계량은 거문고를 당겨 한 수 읊기 시작했다.

취한 손님 때문에 저고리가 찢어지네요
명주 저고리 하나야 아까울 게 없지만
그러다 임의 정이 끊어지면 어찌하리까.

〈 -국 역〉

醉客執羅衫　　羅衫隨手裂
不惜一羅衫　　但恐思情絶

〈이매창〉

이처럼 취객에 대한 역겨움을 시로 읊자 술자리가 갑자기 숙연해졌다. 이내 정색을 한 그들이 슬그머니 하나 둘 빠져 나갔다.

계량의 실력이 여지없이 드러난 하루였다. 세상은 힘으로만 살아가는 것이 아니다. 부드러운 것이 강한 것을 이기는 것이다. 결코 교접을 말하는 것이 아니다. 용장보다 덕장이 낫다는 말이다.

어느덧 여름이 되었다.

열일곱, 계량의 황금기가 뜨거운 여름을 만난 것이다.

그러나 여름날은 문승(蚊蠅 : 모기와 파리)에 시달리기 마련이다. 그리하여 계량은 한사코 쑥불을 피웠다. 쑥향(시네올, 방향 성분)은 악취 제거에도 사용하지만, 특히 쑥향은 벌레나 곤충들이 싫어해서 이들의 퇴치에 탁월한 효과를 보였다.

여느 때와 마찬가지로 계량이 화로에다 쑥불을 조금씩 피우고 있는데 손님 한 분이 불쑥 들어섰다.

혼자서다. 얼른 보아도 귀골선풍(貴骨仙風 : 귀하게 생긴 골상)이

다. 한산세모에 부채까지 제법 어울렸다. 나이도 젊어서 삼십 정도
되었을까.

"여기가 이 고을의 도원(桃園)이라 하여 찾아왔으니 말술이나 내
오게."

"계랑이라 하옵니다."

"통성명을 하자는 것인가? 내 이름은 강상월(江上月)일세. 천대
하지는 말게나."

"나리께서 누지에 오셨는데 천대하다니요."

"아닐세. 오늘은 그대와 견주고 싶어서 물어물어 왔느니, 괄세나
하지 말라는 말일세."

"늘 기다림에 지친 계집이 누군들 대하지 아니하리까."

"그럼 우선 술이나 한 잔 따르게나!"

"저에게 귀한 손님일 것 같아서 옥로주(玉露酒)를 올리겠나이다.
하오나 미진하다면 바꾸겠나이다."

"어허, 벌써부터 사람을 놀리면 되겠는가!"

"쇤네가 감히 하나 물어도 되겠나이까?"

"그럼, 묻다마다……."

"귀공의 귀성은 무슨 강자이온지요?"

"물강(江) -"

"아이고, 나리님이야말로 저를 놀리시네요. 아무리 이 신첩(新妾)
이 불문키로 서정강상월(西亭江上月)을 모르겠나이까."

"하하하……."

"그러시담, 이 소첩도 이름을 빙혼(氷魂)이라 할 것이옵니다."

"빙혼이라 -, 매화를 말함이 아니던가?"

"사단(詞壇 : 문단)에서 가끔 매창(梅窓)이라 표기했었나이다. 용
서하소서."

"그래, 아무튼 잘 만났네 그려. 내 결코 후회하지 않을 걸세."

서우관(徐雨觀), 그는 진사 서우관이다.

후리후리한 키에 잘 생긴 코, 짙은 눈썹, 빨려들 듯한 눈길, 부드러운 목소리, 해박한 지식, 어느 것 하나 모자람이 없는 사내였다.

계랑은 가벼운 흥분마저 느낄 수 있었다. 더욱이나 밤이 되니 야릇한 흥분이 피돌기를 하는 것이었다.

서우관; 그는 첫눈에 반하지 않고서는 배기지 못할 그런 남자였다. 계랑은 사뭇 가슴까지 떨리기 시작했다.

"존공(尊公) 앞에 앉아 있으려니 한사코 손끝이 떨리옵니다. 도와 주시옵소서."

"내 너무 건방졌다면 용서하게나."

큰일이다. 계랑이 먼저 적극적인 접근을 시도한다. 열일곱 어린 가슴에도 어느덧 사랑이 영글어 있었던가.

금방 홍안이 되어 버린 얼굴을 감추기 위해 계랑은 서랍을 열어 지필을 꺼내 든다.

> 내게 비바람 소리 내어주는 거문고 있어
> 외로운 노래일랑 뜯지 말자 다짐했는데
> 어느새 나도 몰래 백두음을 지어서 타네.
>
> — 국 역

> 幾歲鳴風雨　　今來一短琴
> 莫彈孤鸞曲　　終作白頭吟
>
> 〈이매창〉

계랑은 쓰기를 마친 다음 거문고를 무릎에 비껴 얹고서 조용히 말했다.

"소녀의 무례를 용서하소서. 임께서 진즉에 오셨더면 이 여름날이 이토록 길지는 않았을 것이옵니다."

"오 저런, 내가 죄인일세 그려!"

"그럼 저의 졸작을……."

"아닐세. 이보게, 가만히 앉아 있게나. 지금 그대의 글을 보며 충분히 감동하고 있는 터에, 음조까지 이 방을 가득 메우면 난 까무러칠 것일세."

"현군(賢君)의 뜻대로 하겠나이다."

"과연 이곳에 명화가 있다는 말, 허전이 아니었네. 모처럼 마음이 기뻐서 실수하더라도 이해하여 주게나."

"자꾸 그러시면 이 소녀가 더욱 민망하지 않겠나이까. 그러지 마시옵고 마음껏 취하소서."

"마음껏 취하라……, 그러다가 일어나지 못하면 어찌할 터인가?"

"어찌하긴요. 한번도 꺼내지 않았던 원앙 금침을 꺼내 드려야죠."

"가까이 오게나! 정 자네의 뜻이 그렇다면, 싫어할 내가 아니로세. 천리길을 물어물어 찾아온 내가 아니던가!"

"그러다가 소녀를 울리지나 마옵소서. 땅 위에 혈점 하나 없어서 늘 외로웠던 소녀랍니다."

"그러기에 외로운 노래일랑 뜯지 말자 했었는데, 내 앞에서 처절한 백두음(白頭吟)까지 타게 되었다는 말일래라?"

"……"

"이거야 원, 이제 자네의 백두음을 내가 책임져야 할 입장이 되어버렸으니, 이건 보통 문제가 아님일세. 큰일났구먼……."

백두음(白頭吟)이란 다음과 같은 처절함이 전하여진다.

한토(중국)의 사마상여(司馬相如)가 무릉의 여인을 첩으로 데려오려고 하였다. 그러자 그의 아내 탁문군(卓文君)이 〈백두음〉을 지어 쟁(현악기)과 함께 타면서 죽으려 했다. 이에 사마상여가 첩 데려오기를 그만두었던 것이다.

내용인즉은, 흰 머리가 되어 버린 부부로서는 도저히 헤어질 수 없다는 호소였다. 이후 두 마음을 가진 남편 때문에 안타까워하는 아내의 마음을 주제로 한 여러 편의 〈백두음〉이 지어지게 되었다.

계랑이 이 밤 백두음을 스스로 지어 타겠다고 하는 것은 진사 서우관의 첩이 되어 평생을 그늘에 살라 하여도 마다하지 않겠다는 뜻이다. 아무튼 서우관은 계랑에게 한 개의 큰 봉화가 되어 다가섰다.

서우관은 계랑의 갑사저고리가 바스라지도록 안아 주었다. 그때서야 그는 옥로갓 끈을 풀기 시작했다. 아주 긴 시간을 보내겠다는 신호이다.

"임자, 그대의 머리를 내가 올려 주고 싶은데 싫어하지 않을 텐가?"

"이럴 때 무어라고 말을 해야 하는지요. 일찍 가자(家慈 : 어머니)를 잃었기에 배우지 못했나이다."

"그렇다면 내 할 일이 많은고야. 내게 버섯비녀(남자의 물건) 하나 있으니 그대 머리 올리는 것은 문제가 아니로다!"

"몽둥이 하나 들고서 저의 성(城)을 쳐들어 오다니요ㅡ."

"왜, 그러면 아니 되는 것인가?"

"열일곱 해 쌓아 올린 성이 그렇게 쉽게 무너지겠는지요?"

"그게 성은 성이로되, 여인국이라서 단칼에 넘어질 수도 있단 말일세."

"자명고를 찢으리까?"

"아니야, 그러지 않아도 돼요. 이내 이 금비녀(남자의 그것)가 요술방망이거든ㅡ."

"그렇다면 도망도 칠 수가 없겠나이다."

"그럼, 그럼……."

갑작스런 거대한 파도가 계랑을 삼켜 버렸다. 어두운 밤, 한 마리 작은 새의 날개짓은 어디에서도 보이지 않았다. 우주의 대폭발 때문이었다.

거기, 서우관의 뜨거운 입술이 계랑의 온 몸을 밤내 누비고 다녔다. 마법에 걸린 무방비 상태의 계랑, 그녀는 그처럼 아득한 우주에로 빠져 들어갔다.

아름다운 밤이었다.

들국화 만발한 아름다운 밤이었다. 붉은 댕기 밤물치마 아가씨가 시집을 가는 아름다운 밤이었다.

드사이다. 정종모발(頂踵毛髮 : 정수리에서 발뒤꿈치에 이르기까지의 온 몸)을 하나도 남김없이 드사이다. 이 밤의 황제를 위해 한 사발 육회를 준비하였나니, 마음껏 드사이다.

본시 맷돌은 웃짝만 움직이게 되어 있다. 밑짝까지 돌게 되면 멍석이 죽사발 되기 때문이다. 나룻배의 노는 노좆에 잘 끼워 있어야 탈없이 물결을 잘 헤쳐 나갈 수 있음도 그것이다. 지금 무슨 말을 하고 싶어 이러는 것인가.

비녀 이야기나 해야겠다. 낭자비녀라는 것이 기실 여자들의 노리개이다.

본디 비녀를 꽂을 자격은 기혼자에게 한한다. 비녀는 남성 물건의 상징이기 때문이다. 하여, 비녀를 꽂았다는 것은 남자의 하초에 접촉했다는 의미가 된다.

그러기에 일찍이 해모수가 주몽의 어머니 유화에게 주었던 비녀를 빼앗은 것은 이혼을 의미한다. 영영 떠나겠다는 선언인 것이다. 비녀를 잃은 여자, 곧 남자가 없는 유화는 그러기에 쉽사리 다른 남자에게 안길 수가 있었던 것이다.

오랜 옛날, 여자 중심(모권사회)은 난혼(亂婚)이 되고, 남자 중심

(부권사회)은 정혼(定婚)이 된다는 사실에 주목할 필요가 여기에
있다. 도대체 또 무엇을 말하고 싶어서 이러는 것인지, 빨리 계랑
에게 가 보아야겠다.

계랑이 다음날은 거문고의 줄을 고른다. 술대로 내려치는 맛이
란 가야금보다 낫다. 가야금 열두 현이 수다스러운 산문이라면, 거
문고 여섯 현은 정갈한 한 편의 운문(詩)이 된다.

갈바람 뜨락에 꽃잎 분분 흩날려서
거문고 비껴 안고 강남곡 뜯노라니
만곡이. 흘러내린 한 편의 시가 되네.

－국 역

竹院秋深曙色遲　　小庭人寂落花飛
瑤箏彈罷江南曲　　萬斛愁懷一片詩

〈이매창〉

이매창, 아니다. 계랑은 시심의 천재이다. 그때 그때마다 너무도
적절한 주옥 같은 운치를 뽑아 올린다.

진사 서우관은 계랑의 아름다움보다도 시상에 취해서 떠나갈
줄 몰랐다.

그는 그야말로 한량이었다.

어딜 가도 오래 있지 못하는 그가 계랑의 집에서 달여 머무르고
있었다. 계랑의 하처방(下處房 : 사첫방, 점잖은 손님이 묵고 있는 방)
에서 그야말로 두문불출했다.

서우관은 낭인 기질이 농후하여 진사 이상은 나아가지 못하고
전국을 휘돌면서 무엇인가 때를 기다리고 있었다. 그런 그가 지금
계랑에게 빠져 있는 것이다.

계랑, 그녀의 어디에 그토록 한 사내가 헤어날 줄 모르는 매력이 있는 것일까. 움쑥한 눈매에 빠져 있는 것일까. 말을 할 때의 입놀림이 조금은 지적인 데에 침혹해 버린 것일까. 아니면 그녀의 속살이 그토록 뜨거웠던가.

그건 아니다. 절대 아니다. 사리가 분명하고, 매사에 절조 있는 그녀가 음탕하지는 않으리란 믿음이다.

때로 소연이나 대연회에서도 희언(농담)은 잘하는 편이나 몸가짐은 정숙했다. 그런 그녀가 감탕질이나 할 계집이 절대 아닌 것이다.

"이보게 계랑, 어찌하여 만곡(萬斛 : 많은 눈물)인가 ? 내가 음양도적이라도 될까 봐서 그러는 겐가 ? "

"당치 않습니다. 서방님이 폐포파립(거지) 될까 봐 그러하옵니다."

"내 그렇게 됨, 관부(조정이나 관청)에서 그대를 가만두지 않을 것일세!"

"아무렴, 한사(가난한 선비)께 급식공양하였다고 상이나 주지 않을는지요 ? "

"비불이라(아닌게 아니라), 해웃값(행하, 화대)도 없는 내가 입이 열 개라도 할말이 있겠는가!"

"아니, 지아비께서 지금 '해웃값'이라 했는지요 ? 천첩을 아껴주심이 그 정도 생각이라면 심히 섭섭하옵니다. 이후 열년(閱年 : 일년 이상)을 살더라도 당최 그런 말씀 마옵소서."

"알았네, 이 사람아! 잘못하다간 쫓겨나겠네 그랴."

"서방님, 용서하소서. 저에겐 아무도 없사옵니다. 이 세상에 오직 저와 함께 있는 분은 서방님 한 분뿐인 걸요. 오래오래 이 계집을 지켜주소서."

계랑은 다시금 눈물을 보인다.

여자의 눈물은 때로 무쇠라도 녹이는 것이라서, 남자는 잘못 실족하게 된다.

이 밤 완자창(만자창, 고급스런 문짝) 안에 갇히어서 호정(여우의 넋)에 미혹당한 한 사내가 있으니, 그가 서우관이다. 그렇다고 계랑이 매구(천년 묵은 불여우)는 절대 아니다. 호취(암내)가 가득함도 더욱 아니다.

순수다.

계랑의 순수가 서씨의 발목을 잡고 있는 것이다.

물론 계랑의 무지기(태가 고운 속치마)와 단속곳(고쟁이의 일종)이 고혹의 주범이 아닐 수 없다. 여느 자식이라고 거웃(붓꽃, 음모)이 뭉개지도록 불놀이 아니 좋아할 사람 없을 것이니, 이 난은 접어 두어야겠다.

그렇게 해서 서우관은 계랑의 집에서 가을까지 보낸 다음 석별을 고했다.

"……그리하여 기어이 가시렵니까? 그러심, 이 소첩은 어찌해야 하옵니까?"

"이번 행보에는 어려우니 좀 기다려 주게나."

"영거(領去 : 함께 데리고 감)하지 않겠다면 저 역시 애처로이 붙들지는 않겠나이다."

"이 해가 가기 전 다시 옴세. 그리 알고 잘 있게나."

"천리상사(千里相思)에 밤마다 단장사(斷腸詞)를 부를지언정 눈물은 흘리지 않겠나이다."

"왜, 미워서?"

"다시 만나는 날 쏟아부을려구요."

"어허, 맘 상해 하지 말라니까!"

"다시 오지 마소서!"

"그건 또 왠가?"

"눈물의 강을 다스리지 못하면 임이 위험하나이다."
"오, 그렇던가. 내 다시 와서 그 강에 빠져 죽고 싶으이─."
　붙들고서 떨어질 줄 모르는 계랑은 서우관의 허리춤에서 서럽
다. 계랑은 이제 그를 놓아 주고 기다림의 인내를 배워야 한다.
　홀연히 떠나간 서우관, 그는 그렇게 하여 부안을 떠나갔다.

임아 임아 우리 임아
이제 가면 언제 오나
병풍 속에 그린 닭이
꼭꼬 울면 다시 오나
옹솥 속에 삶은 밤이
싹이 트면 다시 오나
명년 요때 새싹 돋아
꽃이 피면 다시 오나.

임아 임아 우리 임아
이제 가면 언제 오나
흉년 들어 냉국 신세
차마 싫어 아니 올까
피죽 끓여 줄까 봐서
발길 끊고 아니 올까
어디 가서 여우 만나
나를 잊고 아니 올까.

임아 임아 우리 임아
임아 임아 우리 임아
임이 아니 미운 나니

어서 빨리 와야 하네
임아 임아 설운 임아
죽자 사자 빨리 오소
귀를 막고 아니 오면
임의 돈절 나는 죽소.

서울로 올라간 서우관은 겨울이 가고 봄이 와도 소식이 없다.

차마 걸음을 아끼며 떠나가던 그가 이렇게 매몰차다니, 결코 눈물을 보이지 않으리라던 계랑이 돌아앉아 눈물을 훔친다. 구멍 뚫린 가슴은 벌써부터 찬바람이 들랑거린다.

기다림은 여인을 지치게 한다.

그러기에 사랑이 유한함을 계랑은 빨리 깨달아야 했다. 그걸 모르는 여인의 밤은 길고 길 수밖에 없다.

서우관, 그는 남성다운 묵직함, 걸직한 목소리, 건장한 체구, 그런 것들이 좋아서 연약한 계랑이 한없이 빠져들었다. 그가 노래를 잘하고, 시를 잘 지어서 좋아했던 건 결코 아니었다.

그래도 안심이 된다. 결코 유약한 계랑이 아니기에 떨치고 일어설 것으로 보인다.

어려워라 어려워라
기다리기 어려워라
기다린들 임이 오며
잊혀진들 누가 알리
아니 올 줄 알면서도
행여 올까 기다린다
임은 그리 무정한데
나는 어이 유정한고

기다리지 마자건만
마자 한들 잊을손가
임이 나 같으면은
한순간에 오련마는
길이 막혀 못 오시나
물에 빠져 못 오시나
어디선가 신발 소리
이제서야 오시는가
반가이 영접코자
사립 밖을 살펴보니
허깨비가 지나갔나
아무 것도 보이잖네.

어린 나이에 주모가 된 계랑의 봄날이 차갑기만 하다.

누가 연인의 기다림을 행복한 시간이라고 사치하는가. 고통은 차라리 미움을 낳는다.

이 몸이 생기려면 임이 나지 말거나, 임이 생기려면 이 몸이 나지 말았어야 한다. 공교롭게도 임과 내가 한세상에 생겨나서 연분인 듯하건마는 무정하고 답답하니 원수일 수밖에 없다.

계랑의 단장사(斷腸詞)가 너무도 슬프다. 계랑에게 어울리지 않는 단장사 한 토막이 거문고 병창으로 문풍지를 때린다. 지쳐 쓰러지지나 말았으면 좋겠다.

그렇다. 기다림은 재회가 전제되었을 때 고통을 이겨낼 수 있는 것이다. 오지 않을 사람을 두고서 기다림은 허상에 불과하다. 때로 직감은 예감을 낳고, 예감은 상상을 낳고, 상상은 공상을 낳고, 공상은 허상을 낳는다.

모두가 홀로 있다. 사랑에 목말라 하느니 차라리 땅을 파는 게

46

좋다. 죽는 게 낫다는 말이다. 그러기에 사랑은 어떤 변화에도 놀라지 않을 각오가 되어 있어야 한다.

일이 이리 되었으니 슬퍼도 참아야죠
임께선 그동안 그림 그리기만 했지요
명조에 훌쩍 떠나 어디로 가시렵니까.

-국 역

堪嗟時事己如此　半世功夫學畵油
明日浩然歸去後　不知何地又覇遊

〈이매창〉

서우관, 그는 밤의 신사요, 밤의 귀공자요, 밤의 황제였다.

이렇듯 서첩에 차곡차곡 도사린 임은 어디 가서 소식이 없는 것일까. 그리움의 시만 서첩에 쌓인다.

왜일까. 그날의 추억을 박제로 만들어 걸어 두고 싶음인가. 아니면 그리움의 시간들을 가둬 놓고 싶음인가. 그래도 그는 계랑의 노래 끝에서 달아나 버렸다.

남는 것은 무엇인가.

남아 있는 것은 도대체 무엇인가.

문풍지만 가늘게 떨어도 천근의 공허가 줄달음쳐 온다. 아무리 거부의 몸짓으로 새벽을 밀어내도 역부족이다.

옆에서 이를 지켜보는 옥심이도 안타까워한다. 물론 나이 몇 살 더 많다고 슬거운 티를 낸다. 어린 계랑이 실족하지 않도록 아침 저녁 신경을 곤두세워 살핀다.

그러기에 옥심이가 조석으로 꼭꼭 계랑의 머리를 손질하여 준다.

서우관의 듬직한 팔베개 대신 계량의 뒤통수에는 이제 낭자(쪽)가 둥그렇게 자리하고 있다. 그가 떠나간 뒤 계량은 머리를 올렸다. 임자 있는 몸이라는 표시이다. 그것이 당한 것이 되었건, 움켜쥔 것이 되었건, 누구든 그걸 알고 조심하든, 접근하든 하라는 암시이다.

넉살 좋은 옥심이가 머리타령으로 거든다. 참빗에 감긴 머리, 한 올 한 올을 풀어 내며 흥얼거린다.

> 어여머리 또야머리 없은머리 다래머리
> 떠구지머리 도가머리 조짐머리 모두머리
> 가리마머리 외대머리 댕기머리 용머리
> 용두머리 첩지머리 낭자머리 새앙머리
> 종종머리 귀영머리 바둑머리 귀밑머리
> 더벙머리 떠꺼머리 가랑머리 댕기머리
> 쪽머리 큰머리, 아이고 숨차 고머리

밤이 되니 계량은 다시금 속된 단장사를 지어 부르기 시작했다. 그렇게 해서라도 차가운 공방을 이겨낼 수 있는 것이라면 그렇게라도 해야 한다.

혹시 아시는가. 그러다가 기별이 와서 가마 타고 서울 가게 될지 모르잖는가. 계량의 불개절(不改節)이 어느 한날 빛을 발할지는 누구도 모른다.

> 생각 끝에 한숨이요
> 한숨 끝에 눈물이라
> 눈물 뿌려 한탄하니
> 들어 보소 단장사를
> 그리하여 날 속이고

이리하여 날 속이니
속인 그는 어떠하며
속는 나는 어떠하리
상사로 말미암아
병들어 누웠으니
처마 끝에 우는 새도
종일토록 애처롭다
무심하다 무심하다
병났어도 무심하다
문 밖에 예리성은
지나가는 나그넨가
산을 봐도 수심이요
물을 봐도 수심이라
세월이 수상하니
생각한들 무엇하리.

기다리고 기다리던 보람이 있었다. 서울의 서우관으로부터 봉서가 날아왔다. 이 봄이 가기 전 서울로 올라오라는 것이었다.

그런데 가마도 보내주지 않고서 올라오란다. 남자도 아닌 여자의 상경은 그야말로 형벌이다.

이제 계랑은 사랑의 형벌을 감내해야 한다. 온 몸에 각인한 사랑의 형벌이다.

천만 가지 시름을

천만 가지 시름을 거문고에 달래려고
강남곡 타는 동안 봄은 지나가는고야
이렇듯 우는 짓도 이제 차마 못하겠네.
　　　　　　　　　　　　　　　　　－국 역

　誰憐綠綺訴丹裏　　萬恨千愁一曲中
　重奏江南春欲暮　　不堪回首泣東風
　　　　　　　　　　　　　〈이매창〉

　계랑은 옥심이와 서울길을 나섰다. 천리 길을 가기 위해 탑골치 (양질의 미투리)를 몇 켤레나 준비했는지 모른다.

　날씨는 길을 걷기에 무척이나 좋았다.

　하루에 백여 리는 걸었을 게다. 월참(越站 : 역이나 주막에서 쉬지도 않음)을 하기 몇 번이었던가. 물길을 건널 때마다 옥심이가 월천꾼(越川꾼 : 내를 업어 건네주는 사람)이 되어 주었다.

　날이 어두워지면 주막집 여숙보다 민가를 찾아 밤을 났다. 그래도 둘이서 꼭꼭 안고서 잤다. 또한 날씨가 수상하면 길을 나서지도 않았다.

　그래도 힘 좋은 옥심이가 옷보따리를 잘 챙기어 따라다녔기에 열흘 만에 서울 한양땅을 밟을 수 있었다.

　노들강(노량진) 나루터에서 세안을 한 다음, 월소(月梳 : 얼레빗)를 꺼내어 머리도 빗었다.

　그런데 이게 웬일인가. 낙하(한강물)를 바라보노라니 계랑의 몸

에 월사(月事)가 시작되는 게 아닌가. 월수(月水 : 몸에 것, 경수)가 흘러나와 서답(개짐, 월경대)을 찾으니 하나도 가져 온 것이 없었다.

난감했다. 이제 물을 건너 성장을 하고서 서진사를 만나야 하는데, 불편하기 그지없었다. 그 동안 초췌해진 얼굴에 달걸이까지 시작되었으니 한사코 걷는 데 불편했다. 하기사, 발뒤꿈치와 발가락이 부르터서도 빨리 걸을 수가 없었다.

가까스로 양화도(楊花渡 : 마포 당인리 근처)에 도달하니 오가는 장안의 많은 사람들을 볼 수 있었다. 양화도 색시(요염한 교태를 부리는 여자) 선유봉으로 돈다더니 오가는 여자들 모두가 계랑보다 예뻐 보였다.

수소문하여 인왕산 밑 청운방 몽아헌(夢我軒)으로 찾아 들어갔다.

서우관이 기다리고 있었다.

"어서 오시게나, 우리 항아!"

"이렇게 못생긴 항아도 있던가요. 진짜 항아가 들으면 섭섭하겠나이다."

"당치 않은 소리, 서울의 매화가 시기할 것일세!"

"서방님, 그보다 이 천첩이 안부를 묻네요."

"나야 늘 만고강산이 아니던가. 오면서 고생이 많았을 터인즉, 오늘은 편히 쉬게나."

"그럼 내일 부모님께 인사를 드릴까요?"

"아닐세, 당분간 계랑은 여기서 숨겨진 여인으로 있어야 할 것 같네. 여의치 않는 사정이 있어 봐서……."

"사정이 여의치 않다니요. 무슨 변고라도 있으신지요?"

"변고는 아니고, 요즘 나라 안팎이 어수선해서 축첩이나 하고 있을 시절이 아니라네. 그러니 이곳에서 은거했다가 때를 봐서 어른들께 인사드림이 좋을 것 같으이."

"뭐라고요! 그러시담 왜 올라오라고 하셨는감요. 가만 버려 둘 일이지……."

"이 사람아, 내가 보고 싶어 그런 게 아닌가. 그 동안 자넬 보고 싶어서 죽는 줄 알았다구!"

"거짓말! 수일 내로 하향하겠나이다. 이 몸이 미처 인사를 못 드리고 떠나더라도 원망하지 마소서."

"이러다가 다투기 십상이네. 아무튼 오늘은 편히 쉬게나. 늘 짬을 내서 들를 터이니, 무작정 기다리지는 말게나."

"계집이 지아비를 기다리지 말라니요. 부안에서의 약조가 이 정도이었나요?"

"그럼 우리 어디로 도망쳐 버릴까?"

"……"

"그러니, 내 말을 들어요. 잠자코 있으면 우리에게도 좋은 일이 있을 것일세."

"모르겠나이다. 차라리 저를 버리심, 조용히 물러나겠나이다."

"어허, 투정은 계랑답지 않아요."

"그러면 죽은 듯이 있으오리까!"

"이 사람이 오면서 노독이 단단히 들었구만. 내 이제 잘함세. 먼 데까지 오라 해서 등한시할 내 아니니 진정하게나."

"……"

"그나저나 손이라도 잡아 봐야지."

"새삼스럽게 가슴이 뛰네요."

모처럼의 만남이 반가움보다 투정으로 변했다. 그러나 이내 곧 팽팽히 당기던 서로의 이기심을 풀 수 있었다.

사랑은 때와 장소를 탓하지 말아야 한다.

허술하기 짝이 없는 '몽아헌'에서 그들은 다시 사랑을 꽃피울 수 있었다. 따뜻한 체온이 담긴 눈길을 한 사발씩 가슴에 부으면 여인은 숨을 헐떡이게 돼 있다.

열여덟, 야들야들하기만한 계량이 성숙미를 보인다. 그 나이에도 알 건 알아서 사랑의 강을 헤엄칠 줄도 알았다.

어느덧 여름이 되었다. 호젓한 처소에서 여름밤의 별들을 헤어 보기도 했다.

서우관은 아무 때나 밤낮 구별 없이 계량에게 와서 놀다 갔다.

그런데 문제는 집안이나 직분이나 본처나 자식이나 어느 것 하나 확실하게 드러내 놓지 않는다는 것이다. 무슨 비밀을 늘 지고 다니는 사람처럼 보였다.

그래도 계량의 처소에 오면 풍월로 화답하기보다는 그림 그리기를 좋아해서 많은 시간을 보내기도 했다. 또한 이상한 것은 화초보다 금수 그리기를 더 좋아했다. 어떨 땐 그림의 선이 굵어서 살아 움직이는 듯한 인왕산 호랑이를 그려 내놓기도 하였다.

살아 있는 그림 솜씨 신기도 해라
날고 기는 짐승이 붓 끝에서 나오네
그대가 주신 그림 거울 보듯 하리라.

-국 역

手法自然神入妙　　飛禽走獸落毫端
煩君爲我靑鸞畵　　長對明銅伴影懷

〈이매창〉

　그 남자의 그 여자다. 계랑은 그림에 어울리는 시 한 수를 토해 냈다.

　사실 계랑은 위대한 시인이다. 이백(李白)이 술 한 잔에 시 한 수라지만, 계랑은 하나의 정경에 한 수씩은 빠뜨리지 않았다. 물론 규방의 규원시가 아닌 연애시를 숱하게 쏟아붓고 있지만, 편자(編著 : 엮은이)의 필력이 따르지 못하고 있을 뿐이다.

　여름이 막바지 기승을 부리던 어느 날 오후, 그들은 다정히 술 잔을 거후르며 이야기를 주고받았다.

　"요즘 당쟁 때문에 조정이 하루도 평온한 날이 없어요. 서인이 들어서더니만 더욱 시끄러워졌어."

　"그러게 말이에요."

　"후회가 되는 일이 한두 가지가 아니야."

　"뭘요. 낭군께서 후회될 일이라면 이 소첩도 관심 있는 일이 아니겠는지요 ?"

　"아닐세. 그대는 걱정할 일이 전혀 아니라네. 허기사 세정의 변전이란 여인들에게는 부질없는 것이기도 하고……."

　"그래도 이 아낙은 관심이 많답니다."

　좀체 시류에 대해서 이야기하지 않던 서우관이 조정의 분쟁을 입에 담았다.

　계랑 역시 한성 사람 되었다고 이제는 세상 변화도 귀담아 들었다. 근간에는 일본의 동태도 심상치 않다는 것이었다.

54

"이보게, 그보다 내 재미나는 이야기 하나 함세. 들어 볼 텐가 ? "

"나랏이야기가 아니라면 야유원(冶遊園 : 노는 집)에서 생긴 이야기라도 되는지요 ? "

"아무튼 들어 보게나."

"이야기하소서. 숨소리도 내지 않겠나이다."

"지난 명종조에 송인수(宋麟壽)가 호남 방백이 되어 남평(南平) 수재 유희춘(柳希春)과 무장(茂長) 수재 백인걸(白仁傑)과 서로 만나 친했었다네. 그런데 공이 부안 기생이 마음에 들어 유와 백이 함께 노는 자리에서도 늘 함께 하였다구만."

"삼차비(三差備 : 특별한 임무를 맡은 세 사람)가 따로 없네요."

"그렇지. 그래, 공이 임기가 차서 떠날 때 송별을 하기 위해 유·백 두 수재와 그녀(기생)도 합석을 하게 되었대요. 공이 말하기를 '내가 이 여인의 민첩함을 사랑해서 그 동안 자리를 여러 번 같이했었으나 어지럽히지 않았던 것은 실로 죽기가 두려웠음이오' 하니, 그녀가 바로 앞에 있는 여러 무덤들을 손으로 가리키면서 말하기를, '과연 그렇습니다. 저 잇닿아 있는 무덤들은 다 저의 지아비 무덤들입니다' 하니 모두가 껄껄껄 웃었다네."

"서방님, 그 이야기를 저에게 하는 저의가 무엇입니까 ? "

"이 사람아, 이야기는 이야기일 뿐이야. 말끝마다 자꾸 곡해해서 듣는 것도 버릇이 돼!"

"죄송하옵니다. 죽여 주소서."

"금방 죽여 달라지……."

그들은 한 쌍의 원앙이다. 한쪽은 그림을, 한쪽은 운율을 좋아한다. 성격도 한쪽은 호탕하고 한쪽은 찬찬하다.

계랑이 그래서 서우관을 더욱 좋아하는지도 모른다. 그는 계랑의 그런 성격이 좋아서 놓질 못하고……

나에겐 그 옛날 진나라 쟁이 있어도
이곳엔 이 좋은 소리를 아는 이 없어
주나라 왕자교의 생황에다 화답하리라.
                                      - 국 역

我有古秦箏   一彈百感生
世無知此曲   遙和緱山笙

                                      〈이매창〉

쟁(箏)은 한토의 가야금류이며, 생황은 역시 한토의 피리류이다.

왕자교(王子喬)는 주나라 영왕(靈王)의 태자이다. 국정을 솔직하게 간하다가 미움받아 서민이 되었다. 그가 생황을 잘 불어 봉황의 울음 소리까지 내었다. 부구(浮丘)라는 선인을 만나 30년이나 숭고산에서 노닐다가 학을 타고 하늘에 올랐다고 전해진다.

결국 계랑의 시는 현악기와 관악기의 조화를 말하고 있는 것이다. 여성 상징의 현악기와 남성 상징의 관악기가 그것이다.

그러나, 이렇듯 그들의 시가와 묵향의 조화로움도 오래 가지 못했다.

서우관은 동인과 서인의 당파에 연루되어 위배되었고, 더구나 정여립(鄭汝立)의 모반사건에 관계함이 뒤에 탄로되어 죽임을 당하였다. 1589년 기축옥사(己丑獄事) 이후 2년여, 서우관의 검거로 마지막 마무리가 되었던 것이다.

그러니까 1575년, 계랑의 출생 2년 뒤부터 당파는 시작되었다. 조정의 김효원(金孝元)과 심의겸(沈義謙)이 대립되어 신·구의 정객들이 각기 도당을 만듦으로써 조선조 당쟁의 기원이 되었다.

당시 이름 높았던 젊은 관리 김효원 일파와 명종비의 아우로 권세를 누린 심의겸 일파와의 반목이 끝내는 모략과 대립으로 치달

게 된 것이다. 이 두 사람이 대립하게 된 직접적인 원인은 전랑(銓郎 : 내외 관원을 천거, 전형하는 실무자)의 직을 에워싼 암투에 있었다.

처음 김효원이 장원급제로 문명이 높아 전랑의 물망에 올랐으나, 심의겸이 이에 반대한 것이 최초의 사단이 되었다. 그가 반대한 이유는, 김효원이 일찍이 권신(權臣) 윤원형의 집에 머물렀던 일이 있었는데, 이를 두고 권세에 아부하는 자라는 지적을 했던 것이다.

얼마 후 김효원이 마침내 전랑이 되었다가 이임하게 되었을 때였다.

그때에는 심의겸의 아우인 심충겸이 천망에 오르게 되었는데, 이번에는 김효원이 이를 반대하였다. 이유는, 그가 왕의 외척이기 때문에 인사를 담당하는 직의 전랑을 맡길 수 없다는 것이었다. 이에 심의겸은 그것을 자기에 대한 보복이라고 생각했다.

결국 김효원에 속한 사류들은 심의겸이 온당치 못하다 하였고, 심의겸을 지지하는 사류들은 김효원이 보복을 기도함이라 하였다. 두 사람은 마침내 동·서로 분열되어 더러운 반목과 질시를 거듭하기에 이르렀던 것이다.

그때 김효원의 집이 서울 동편의 낙산 밑 건천동에 있었기에 그의 무리를 동인이라 했고, 심의겸의 집이 서편 정동에 있었기에 그의 일파를 서인이라 일컫게 되었다.

동인에는 주로 젊은 신진들이 대거 참여하였고, 서인에는 주로 원로들과 경기지방 사람들이 가담하였다. 물론 동인에는 이황(李滉)의 영남학파도 깊은 관계를 맺고 있었다. 중심 인물들은 유성룡, 이산해, 이발, 우성전, 최영경 등이다.

그러나 당쟁은 이이(李珥)의 노력으로 그가 살아 있을 당시에는 그렇게 치열하지는 않았다. 1584년, 그가 죽은 후 동인이 정권을 장악하게 되면서부터 다시 격렬한 당쟁이 시작되었다.

그러다가 1589년 정여립의 도참설(圖讖說)에 의한 모반사건은 서인의 뒤집기에 결정적인 기회를 마련해 주었다. 서인에 의해 동인은 몰락하기에 이른 것이다.

본시 정여립은 전주 출신으로 머리가 명석하고 통솔력이 뛰어났다. 일찍이 경사(經史)와 제자백가(諸子百家)에 두루 통달했다. 그는 1570년 문과에 급제하여 이이와 성혼(成渾)의 문하에서 총애를 받았었다. 예조 좌랑이 되었다가 1584년 수찬으로 사직했다.

본래 서인이었으나 1585년 수찬이 되어서는 집권중인 동인에게 아부했다. 그리하여 그가 스승을 배반하고 비난하므로 왕(선조)이 불쾌히 여겨 관직을 사직하고 고향으로 돌아갔다. 그 후 많은 선비들과 관계를 맺고 사귀어 명성이 높아졌다.

그러자 그는 다시 정권을 잡을 욕심으로 지방에서 대동계(大同契)를 조직하여 신분의 제한 없이 선비나 불평객들을 모아 무술을 연마케 하는 등 사조직을 키워 나갔다.

1587년 전주 부윤(府尹) 남언경의 요청으로 변경에 침투한 왜변(倭變)을 방어해 준 일이 있은 후 대동계의 조직을 더욱 적극적으로 확대·강화시켜 나갔다. 그리하여 해주의 지함두, 운봉의 의연, 안악의 변숭복 등의 동지와 모사를 하여 비기(도참설)를 퍼뜨리며 이적(異蹟) 등을 조작하였다. 이씨가 망하고 정씨가 흥한다는 것이었다.

그가 이런 식으로 민심을 선동하자, 소문은 의외로 빨리 퍼져 나갔다.

거사를 앞당기기로 하고서 1589년 겨울, 한강의 결빙을 이용하여 황해도와 호남에서 동시에 입성하여 훈련대장과 병조판서를 먼저 살해해 병권을 잡으려고 모의했었다. 그러나 안악군수와 황해도 관찰사, 신천군수 등이 이 사실을 미리 의금부에 고변하여 관

58

련자들이 모두 잡혀 처형되었다.

결국 정여립은 진안(鎭安)의 죽도(竹島)에서 관군들이 포위해 오자 그의 아버지와 함께 자살하고 말았다. 이 사건으로 동인에 대한 박해가 시작되었던 것이다.

당시 의협심이 강한 서우관은 서울의 동태와 정보탐지에 일익을 담당했다. 거사가 성사된 후 자리가 확보되어 있었기 때문이다. 기축옥사는 교묘히 피했으나 동인에 소속된 그가 끝내 서인의 추적을 따돌리지 못했던 것이다.

그런 그가 서울에 있었음이 잘못이었다. 서우관, 그는 먼 지방으로 가서 이름 없이 살아야 했다.

세상을 잘못 판단한 그는 계랑과의 헤어짐의 인사도 없이 끌려가 참형(斬刑)을 당하고 말았다. 계랑이 비록 도성에 살았으나 시체도 찾을 수 없었다.

계랑은 한강에 나와 몇 번이나 죽어 버릴까 했다. 그러나 그때마다 옥심이 따라 나와 만류하는 통에 차마 죽을 수도 없었다.

이제 어찌해야 하는가.

어디로 가야 하는가. 누굴 믿고 살아야 하는가.

계랑은 며칠을 두고 혼자 고민하였다.

부안으로 내려가자니 그럴듯한 명목이 없었다. 사람들을 만나면 무어라고 대답을 해야 할지, 방안이 서지 않았던 것이다.

옥심이와 의논 끝에 허술하기 짝이 없는 몽아헌(夢我軒)을 청소하고 수리하여 주점을 차리기로 했다. 풍악과 가무는 계랑이 맡고, 손님의 치근댐은 옥심이 맡기로 했다.

어차피 천민은 변신을 잘해야 했다. 옥심이의 각오가 대단했다. 때가 검게 낀 취객이 살을 문질러도 참아 내겠단다. 거기다가 계랑이 멋있는 운치를 토해 내기만 하면 못할 일이 없었다.

우선 '몽아헌' 현판을 떼내고 부안(扶安)이라고 써 달았다. 알아

볼 수 있는 사람만 알아보라는 것이다. 부안의 부(扶)자가 도울부, 또는 붙들부 자이다. 그러니 이름이야 안성맞춤이 아닌가.

첫손님으로 나이 많으신 분이 싸리문 안으로 들어섰다. 정자관을 쓴 것으로 보아 사대부 집안인 성싶었다.

"이리 오너라!"

집안에 들어서서도 이리 오라고 소리한다. 애써 품위를 유지하려고 하는지도 모를 일이었다.

"이리 왔나이다. 누구를 찾으신지요?"

옥심이가 손님을 맞아 안동하려고 했다.

"허허 고얀 것, 여기가 붙들고 도움 주는 곳이렷다?"

"맞사옵니다. 잘 오셨나이다."

"그러면 친히 안동을 할 것이니라!"

"예, 안으로 드사이다."

노인을 안내하여 상방에 모시고서 건넌방의 계랑을 불러내 대면시키었다.

우선 계랑이 정중히 인사를 올리었다.

이내 곧 옥심이가 소담한 주안상을 들고 들어왔다.

"여기가 선가(仙家)나 무가(巫家)의 집인 줄 알았더니, 주가(酒家)의 집이었네 그려."

"소녀 계랑이라 하옵니다. 곱게 보아주시옵소서."

"억양을 보아하니 이곳 사람들이 아닌 것 같은데, 그런 것이렷다?"

"그렇사옵나이다. 내쫓으실런지요?"

"당장에 물 밖으로 보낼 것이로다. 그러나 붙드는 재주를 보아가면서 그리할 것이야!"

"그러니 잘 모시겠나이다. 우선 약주를 한 잔 받으시옵소서."

"그럴까, 그럼……."

“어르신께서는 이곳 가까운 곳에 사시는지요?”

“그것은 알아서 무얼할꼬?”

“죄송하옵니다. 실인즉, 저의 집에 첫손님이라서……”

“그렇던가. 그렇다면 영광이로다.”

“두고 두고 기억하겠나이다.”

“기분이 좋구먼. 그래 소저(아가씨)가 손님을 붙드는 재주란 무엇인고?”

“거문고를 조금 배워 두었나이다.”

“그래 그 정도 가지고서 나와 대적이 되겠다고 생각하는 것이더냐?”

“아닙니다. 가끔은 어르신께서 운(韻)을 띄우시면 받아 읊겠나이다.”

“허허, 기특한지고. 내 발길이 헛되지 않았을 것이로다!”

계랑은 거침없이 지필묵을 꺼내 들었다. 그리고선 정갈하게 앉아서 또박또박 정서로 써내려 갔다.

그 동안 퍽이나 심심하였고, 견줄 이 없던 차에 용기를 내 보았다.

· 술잔도 몇 순배 돌아간 뒤라서 서로간에 취흥이 여간 도도해진 것이 아니었다.

서울의 시속도 변했다고 말들 하나
세상사 역겨움은 듣고 싶지 않아라
귀하신 신릉군도 무덤 속에 들었나니.

-국 역

休言洛下時多變　　我願人間事不聞
莫向樽前辭一醉　　信陵豪貴草中墳

〈이매창〉

신릉(信陵)이란 신릉군을 말하는 것으로, 전국시대 위나라 소왕(昭王)의 아들이다.

식객이 무려 삼천 명이나 되었는데, 그 가운데는 별별 재주꾼이 있어서 그를 도왔다.

그가 현명하다고 소문이 나서 이방의 제후들이 위나라를 치지 아니하였다.

계랑이 미소를 지으며 펼쳐 보였다. 노인의 얼굴에 즐거움이 역력했다.

"옳도다! 옳도다! 아주아주 수작일세."

"감히 졸문을 내보여 송구스럽사옵나이다."

"겸손은 이럴 때 쓰는 것이 아니야!"

" …… "

"그렇지, 궁성이란 결코 좋은 곳만은 아니야. 피비린내도 나는 곳이지. 아가는 그것을 일찍 깨달았구나!"

"과찬이시옵니다."

"아가는 어디서 글을 배웠던고?"

"아버지와 약방, 산사 등 여러 곳에서 귀담아 들었나이다."

"제법 말솜씨도 열려 있구나. 춘장(春丈)께서는 어디 계시는고?"

"오 년 전 세상을 버리셨나이다."

"오 저런, 어여쁘도다(가엾도다). 그러기에 이처럼 힘든 세파를 혼자서 밀고 나가는 것이더냐?"

"……"

"곱구나. 나의 백발을 감출 수 없음이 오늘 따라 한스럽구나!"

"……"

"오오, 어찌하여 이곳에 자리했더냐? 만나지 말았어야 했느니라."

"이제야 조금 취하신 것 같사옵니다."

"아가야, 내 가는 길을 도와줄 수 있겠느냐?"

"그럼요. 백번도 도와드리겠나이다."

"백번이라……."

노인은 뒷날도 몇 번이나 찾아와 취한 후 돌아갔다.

주점을 연 지 열흘이 채 못 되어 손님들이 꾸역꾸역 모여들기 시작했다. 계랑이 얼굴은 예쁘진 않을지라도 풍류를 알고 음률에 능한 까닭에 장안의 한량들이 심심찮게 모여들었다.

그 중에는 문장으로 환심을 사려는 얼치기 시인 묵객들도 한두 사람이 아니었다.

그럴수록 계랑의 가슴은 더욱 허전했다. 서우관이 뚫고 지나가 버린 가슴은 늘 채워지지 않는 빈 배, 바로 그런 것이었다.

어느덧 겨울로 접어들었다. 열여덟 겨울이 그렇게 지나가고 있었다.

섣달도 며칠 남지 않은 어느 날이었다.

김모(金某), 최모(崔某)라는 두 한량이 초저녁부터 찾아와 술을 마시고 있는데, 나중에 유모(柳某)라는 처음 보는 분이 찾아와 따로 자리를 했다.

김모, 최모는 제법 협기(俠氣)가 있는 위인들인지라 상당히 떠들 면서 술을 마시었다. 그러나 나중에 온 유가(柳哥)라는 사람은 조 용히 미소만 지을 뿐, 말수를 아끼었다.

"보아하니 세 분은 모두가 풍류객이신 것 같은데, 세 분께서 서 로 수창(酬唱 : 시가를 불러 서로 주고받음)하시면서 이 자리를 즐겁 게 보내는 것이 어떨는지요?"

계랑이 이렇게 발의하자, 유모는 계속 빙그레 웃기만 할 뿐 아 무 대꾸도 아니하였다. 그러나 김모와 최모는 자기들 딴에는 얼치 기 시인은 되는지라 크게 기뻐하면서 말했다.

'그거 참 좋은 제안인데, 우리 세 사람 중에서 가장 좋은 시를 읊는 사람에게 무슨 상이라도 주려는가?'

"제가 어찌 감히 상을 올릴 수 있겠나이까. 다만 제가 보아서 장원을 하시는 분께는 존경하는 뜻에서 술 석 잔을 올리겠나이다."

"에게 이 사람아, 그 정도 가지고 되겠는가. 장원을 한 사람은 자네가 재워 주게나."

"제가 업저지(아이를 업어 주는 하인)라도 되는가요, 업어서 재워 주게……."

"그렇지 않음 재미가 없지 않은가 말일세."

"그러기에 수창을 하는 데 하나의 조건이 있사옵니다. 남녀가 술자리에서 수창을 하다 보면 흔히 음탕한 시가가 나오기 쉬운 법이니, 이 자리에서는 그런 시는 삼가해 주시기 바랍니다."

'여기서 하나 밝혀 놓을 것이 있다. 기녀 계랑의 이야기를 다룸에 있어 혼동이 오기 때문이다.

이 대목에서 김, 최, 유, 계랑 네 사람의 음풍(淫風) 수창은 당초 홍봉사(洪奉事), 김종(金宗) 공저(共著)의 《속고금소총》에서 기인한 것이다. 그래 그것이 이야기꾼의 장난에 지나지 않았던 것을 이능화(李能和) 선생이 〈조선해어화사〉에 엮어 놓았다. 그리하여 경향 각지의 학자 교수들이 나름의 기호를 쫓아 인용해 놓았기 때문에 어수선할 뿐이다.

무릇 여러 곳에서 여러 작품이 인용되고 있으나 졸렬하고 정교하지 않아 버리기로 했다. 더욱이나 여러 사람이 첨삭하여 뚜렷한 기준도 없으며, 원문이 훼손되었음도 낭패 중에 하나이다.

이에 편자는 그 중 무난한 작품 하나를 선택하여 엮어 둔다. 휘도는 이야기를 추스리자면 지면의 낭비와 지루함이 없지 않기 때문이다.'

먼저 김생이 한 수 읊고 나서 좌중을 둘러보며 자신만만해 했다. 그러나 계량은 가벼운 미소를 지으며 고개를 좌우로 저었다. 그러자 최생이 나서며 한 수 읊었다.

그래도 계량은 마음에 든 것이 없었다. 그리하여 이번에는 계량이 유생에게 한 수 읊기를 채근하자 '나는 염복(艶福)이 없는 사람이 돼놔서 잘 될는지 모르겠다'며 소리내어 읊기 시작했다.

강가에 말 세우고 이별이 더뎌
버들가지 긴 것조차 원망스럽네
인연 엷은 가인이 볼수록 고와
탕자는 정에 젖어 뒷기약을 묻네.

立馬江頭別故遲
生憎楊柳最長技
佳人綠薄含新熊
蕩子情深間後期

〈柳哥〉

계량은 그때서야 손뼉을 치며 감탄을 마지않았다.

"공께서 이처럼 누추한 곳에 왕림하실 줄 몰랐나이다. 풍인(風人)을 사모한 지 오래였는데, 오늘에야 만나게 되어 기쁘옵니다."

계량은 우선 술 한 잔을 곱게 따라 올렸다.

"모처럼 시향(詩香)에 젖게 해 주셨음을 감사하나이다. 그게 어찌 천금(千金)에 비하겠나이까!"

"자꾸 그러지 말게나. 민망하이."

"아니옵니다. 남녀의 정분을 너무도 깔끔히 묘사했을 뿐만 아니라, 그 기상이 건장하게 보이나이다."

"이 사람이 누구 초립(갈대 모자)을 씌울려고 그러나……."

"무스개 말씀을 그리 하신지요. 오늘은 공께서 장원을 하셨으니, 천첩이 약속의 석 잔을 올리겠나이다. 사양하지 마시옵소서."

"정히 그렇다면, 두 분 귀공자님께도 잔을 올리게나!"

"그럼요. 명대로 하겠나이다."

.이때 머쓱해진 김, 최 두 사람은 자리를 떨치고서 물러가 버렸다.

"지금 나라 안에서 이처럼 좋은 시를 지으실 분은 유(柳)자 도(塗)자를 쓰시는 어른밖에 없으리라고 생각되옵는데, 선비님께서는 혹시 그 어른이 아니신지요?"

"그 사람을 만나 본 적이라도 있는 것인가?"

"직접 뵙지는 않았사오나, 그 어른의 시를 몇 번 읽었사옵니다."

"그렇다면 고마운 일이군."

계랑이 얼른 알아차리고 정색을 했다. 반가워서 어쩔 줄 몰라 했다.

"서방님, 천첩의 집을 찾아 주시다니 너무 기쁘옵니다. 그렇잖아도 만나 뵙고 싶었던 차에, 감동케 하시니……."

"나 역시 그대가 시작에 능하고 음률에 정통하다는 소문을 듣고서 오늘 밤 일부러 찾아온 것일세. 그대의 아호가 '매창'이 아니던가?"

"네, 그러하옵니다."

"그대의 시는 나도 몇 편 읽었다네. 시재(詩才)가 대단해!"

젊은 주모 계랑은 그 소리를 듣고서 크게 감격하였다. 필경 부안에 있을 때에 지은 시가 서울에 있는 일류 시인에게까지 읽혀질 줄은 꿈에도 생각지 못했기 때문이다.

"유구(乳口)에 지나지 않는 것을 그처럼 칭찬해 주시니 부끄럽사옵니다."

"부끄럽기는, 그대가 열네 살 때에 지었다는 추천(그네)이라는 시도 천하일품이 아니던가."

"……"

"서울에 있는 문사들 간에도 그대의 명성이 자자하다네."

"서방님, 너무도 면구하오니 칭찬은 그만하시고 술잔이나 받으시옵소서."

유도의 자는 유사문(柳斯文)이다. 그는 당대의 풍류랑이었다. 그런 그가 계랑과 함께 하고 있었으니 정담이 흐를 수밖에 없었다.

"그대가 날더러 자꾸 서방님이라고 하면 촌수가 무촌이 되는 것이 아니던가. 그렇다면 이 밤 쉬어 가도 되겠는가?"

"그야 서방님 마음대로이지요. 본래 혼례상에도 석 잔은 해야 된다지 않사옵니까. 이 밤을 마음대로 끌고 가소서."

"고마우이. 그러나 오늘은 그만 물러가려네. 훗날을 기약하고서……."

"천첩의 마음을 팥죽 끓듯 해 놓으시고 가시다니요. 처음부터 저를 속이시지 않구요!"

"미안하이. 실은 부친 상중이라서……."

"물론 천첩도 사랑은 두렵나이다. 추하게 변할지도 모르는 것이기에……."

호젓한 분위기가 차가운 밤바람을 밀어내는가 싶었으나, 그것도 잠시뿐이었다.

계랑은 유도의 진솔한 태도며 꾸밈없는 순수가 마음에 들었다. 그러기에 더 이상 붙들지 않고서 그를 보내 주었다.

다른 날 같으면 야지랑스럽게 손님을 바래다 주었을 테지만, 계랑은 팔짱을 낀 채 돌아섰다. 한겨울 달빛도 숨소리를 죽인 채 유도의 뒤를 따라 나갔다.

서울의 겨울은 지독히도 추웠다. 무엇이든 금방금방 얼어 버렸다. 날씨도 사뭇 추우면 손님이 없기 마련이다.

계랑과 옥심은 이듬해 초봄 새간을 정리하여 고향길을 재촉했다.

서울에서 계속 살라면 못 살 것도 없겠지만, 마음이 그녀를 붙들지 못했다. 물론 서우관과 사별한 서울에서의 생활이 그녀의 마음을 늘 아프게 했다. 언제든 자리 한쪽이 늘 비어 있는 그런 감정으로는 서울의 생활이 결코 도움이 되지 않았던 것이다.

그 동안 장사도 잘 되었던 편이라서 여유도 생기었다. 짐꾼 두 사람 구해서 함께 출발했다. 그러기에 내려가는 길은 올라왔던 길보다 쉽게 편히 갈 수 있었다.

빨리 가야지. 빨리 가서 산매(山梅)도 보고 복사꽃, 오얏꽃도 보아야지. 그들의 발길은 가볍기만 했다.

지난해 오늘 저녁

지난해 오늘 저녁 즐거워서 춤추었지
서울의 옛님은 지금 어디 계시는고
꽃잎이 그날처럼 섬돌 위에 쌓이네요.

— 국 역

曾年此夕瑤池會　我是樽前歌舞人
宣城舊主今安在　一砌殘花昔日春

〈이매창〉

옛집을 찾아든 계랑과 옥심은 여장을 풀었다. 일 년도 채 못 된 귀가였다.

그 동안 많은 변화를 체험한 계랑은 다시금 집안 단속을 한 뒤 문을 열었다.

열아홉의 봄을 그렇게 맞이하고 있었던 것이다.

3월, 아직도 잔설이 먼 산을 덮고 있는 어느 날 오후였다. 바람 끝이 찬 듯 몸을 웅크리며 한 분 손님이 찾아들었다.

양태를 보아하니 거지에 가까운 그런 차림이었다. 얼마나 배를 곯았는지 입술이 부르터 있었다. 몸에서는 냄새도 나고……

"사람이 왔으면 거두어야 함이 옳은 일이거늘, 왜 안내를 하지 않는 겐가?"

"아 예, 올라오시어요. 버선을 신으려다가 인사가 늦었나이다."

"다음부턴 솜버선은 버리고 홑버선을 신게나!"

   탯거리는 볼품이 없었으나 말씨는 불호령이었다. 눈총도 반짝반
짝 빛나고 있었다.
   더욱 계랑이 호감을 산 것은 적당한 구레나룻 수염이었다. 잘만
갈아입히면 멋진 사내가 될 것도 같았다. 눈치 빠른 계랑이 그걸
놓칠 리 없었다.
   "선비님, 우선 따뜻한 곳으로 앉사와요. 소반상을 올리리까, 아
니면……."
   "주안상을 올리게나!"
   "그러시죠. 그러나 먼저 씻으시고 옷을 갈아입으셔야 하겠나이
다."
   "내가 어째서! 자네야말로 어우동의 배알치기를 몰라서 그러는
겐가!"
   "그래도 그렇지, 냄새가 나서야 ……."
   "이런 고약한 사람을 보겠나. 객이 술을 청하면 주기나 할 것이
지, 웬 말이 그렇게 많은 겐가!"
   '어을우동의 배알치기'란 이렇다.
   성종(9대) 때 승문원지사(承文院知事)인 박윤창(朴允昌)의 딸 어을
우동(於乙宇同)이 종실 태산군(泰山君)과 결혼하였다.

　그녀는 그의 집에 고용되어 있는 은장이 미소년을 꾀어 간통하다 쫓겨났다. 그 후 그녀는 비녀(婢女)와 함께 별채에서 유객질을 하여 매일 밤 미음(媚淫)을 하였다.

　이에 의금부(義禁府)의 조사에 의해 드러난 수십 명의 범간자 가운데는 종실, 학자, 의원, 생도, 관리에 이르기까지 다양하였다. 그러니 위정자의 수치가 말이 아니었다.

　공론 끝에, 조정의 '인간상정'이란 인간적인 판단 아래 죽음을 면하고 출옥하였을 때다. 그녀의 몰골이 형용할 수 없을 정도로 거칠었다. 그러나 그녀의 비녀가 어을우동의 배 밑을 치며 '이곳만 성하면 아무 걱정 없습니다'라고 했다.

　'어을우동의 배알치기'란 말은 이에 연유하고 있는 것이다.

　성종은 이 음풍사건을 계기로 소극적인 자녀안(恣女案)을 보강하여 재가녀자손금동법(再嫁女子孫禁銅法)을 제정 공포하여 재가까지도 음행(淫行)으로 단정했으며, 그의 후손은 일체의 과거 시험이나 벼슬에서 소외시켜 버렸다. 그리하여 조선조의 윤리가 추상 같은 규범을 갖게 된 것이다.

　조선조 여인들의 비극은 그녀로 하여금 비롯된 것이니, 화살은 당연히 어을우동에게로 가야 한다. 윤상(倫常)에 관한 범죄는 그 집의 가장이 사형(私刑)을 가해도 무방하게끔 묵인하였던 것도 순전히 어을우동에게서 기인되었음을 밝히어 둔다.

　결국 남루한 선비는 못 이기는 척 손발을 씻고 얼굴을 씻었다. 그러나 계랑이 건네준 옷은 갈아입지 않았다.

　"배가 고프니 우선 술이나 한 잔 주게나."

　"술도 술이지만, 옷이나 갈아입으셔요. 그래야 쉰네의 눈이 불편하지 않을 것 아닌갑요."

　"이제 콧구멍은 해결되었으나 아직도 눈구멍이 불편하다 그런 말씀이렷다. 난 입구멍이 불편하니 어서 텁텁한 막걸리 한 사발 내오게나."

"첩은 계속 눈구멍이 불편하와 앉지를 못하겠나이다."

"정히 그렇다면 지필묵을 내오게나. 내 그놈의 눈구멍을 시원하게 하겠으니……."

선비는 대호지 위에 금방 휘갈겨 썼다. 그리고선 나직이 음독한 다음 술잔을 들었다.

이를 본 계랑이 금방이라도 날을 듯 기뻐하였다. 그도 그럴 것이, 자기에게 주는 향염시(香艶詩 : 여인에게 주는 시)였기 때문이다.

남국의 계랑 이름 일찍이 알려져서
글 재주 노래 솜씨 한성에 울렸어라
오늘에사 그대 참모습 대하고 보니
선녀가 떨쳐 입고 내려온 듯하여라

曾聞南國癸娘名　詩韻歌詞動洛城
今日相看眞面目　却疑神女下三淸

〈村 隱〉

계랑이 글 밑에 씌어진 촌은(村隱)이란 아호를 보자 금방 어찌할 바를 몰라하다가 일어나 큰절을 올리었다.

촌은 유희경(劉希慶)은 대시인으로 들어서 너무도 잘 알고 있었기 때문이다. 그런 그가 지금 계랑 앞에 남루한 차림으로 나타난 것이다.

이것은 계랑에 대한 유희경의 시험이었다. 계랑이 조금만 눈치 없는 여자였다면 유희경은 돌아설 판이었다.

계랑이 감격하여 큰절을, 그것도 재배하였다. 재배(再拜)란 두 번

절하는 것으로 여자가 지아비에게 하는 절이다. 남자의 일배에 여자의 이배가 그것이다.

절이란 엄격해서 신하가 임금에게 나아갈 땐 네 번 절했다. 임금과 부모는 동격이라서 낭하나 계하에서 네 번 절하는 것이 원칙이다. 그러나 그 옛날에도 약식은 있었다.

"미처 헤아리지 못하여 죄송하옵나이다. 천첩을 꾸짖어 주소서."

"이보게나 젊은 주모, 왜 이러시는가? 내 진작부터 자넬 보고 싶었으나 정처없이 떠돌다 보니 이처럼 발길이 늦었다네."

"아닙니다. 진작에 문사(文士)를 찾아뵙지 못한 불찰을 용납하여 주시어요. 지금부터라도 잘 모시겠나이다."

"허허, 이럴 줄 알았음 내 진즉에 올 것을……."

"그러시다 마다요. 이제 푹 안식하소서."

"이보게나, 내 옷을 갈아입어야 하겠으니, 누굴 불러 주게나. 오다가 이곳 사또를 만나 정담을 나누다가 약조한 바 있어 그곳에 옷을 두고 왔음일세. 미안하이."

"어르신이 저를 놀리시려고 작정을 하셨군요. 저도 갚아드리고 싶은데, 허락하실는지요?"

유희경(劉希慶), 그의 자는 응길(應吉)이며 호는 촌은(村隱)으로, 1545(12대 인종 원년)년 서울에서 태어났다.

그는 서민 출신으로 벼슬길에 나아가지 않고 오직 글 읽기만 하였다. 그런 까닭에 그는 대시인으로서 경향 각지에 알려져 존경의 대상이 되었다. 일찍이 백대붕과 함께 영의정 박순(朴淳)으로부터 당시(唐詩)의 가르침을 받기도 했다. 그는 결코 위항시인(委巷詩人 : 반항적인 시풍을 가진 시인, 참여시인)은 아니었다.

그는 제도권 문학으로서의 송시(宋詩)가 아닌 흥취와 비애를 위주로 하는 당시를 즐겨 썼다. 그의 문학적 토대로 보아서는 송시풍일 테지만, 과거 시험을 치러야 할 사람에게는 좋지 않은 당시

풍에 젖어 있었다.

서울 북촌의 원동(院洞) 시냇가에 침류대(沈流臺)라는 정자를 지어 놓고 날마다 시인 묵객들과 어울려 청아한 생활을 즐기는 천하의 풍류객이었다. 그런 그가 계랑의 집에 나타났으니, 이것 또한 사건이었다.

물론 계랑은 벼슬이 높다고 벼슬에 굴복할 계랑도 아니요, 돈이 많다고 돈에 현혹될 계랑은 더욱 아니다. 다만 일찍이 아는 바로 유희경은 당대의 대시인이요, 천하의 풍류객인 까닭에 계랑은 진즉부터 그를 사모해 왔다.

"어르신, 어르신을 소녀가 정성을 다하여 모시고 싶사옵니다."

"그러지 말게나. 내 불혹을 넘은 지도 오래이거늘, 나의 실족은 만인의 조소가 될 것임일세."

"어르신을 사모한 지 오래이더니, 오늘 이렇듯 가까이 뵈올 수 있는 영광을 주시니 마냥 기쁘옵니다."

"정히 그렇다면 나를 위해 거문고나 한 곡조 들려 주게나."

"손가락이 떨리어 잘 되려는지 모르겠네요. 어여삐 보아 주소서."

계랑은 거문고를 끌어당겨 한바탕 전주곡을 울리다가 이윽고 이태백의 〈장진주(將進酒)〉라는 시를 거문고와 병창하기 시작했다.

그대 보는가. 황하(黃河)의 물이 천상(天上)으로부터 와서 기운차게 흘러 바다에 이르면 다시 돌아오지 못하는 것을. 또 보이는가. 고당(高堂)의 명경(明鏡)에 비치는 백발을. 아침에 청사(靑絲)이던 머리가 저녁엔 눈처럼 희었네. 그대 생의 뜻을 얻었거든 모름지기 열락을 다할진저. 누런 술단지를 공연히 달빛에 버려 두지 말지니.

74

　거문고 소리와 노래가 황홀경에서 빠져 나오자 유희경은 무릎을 치며 감탄했다.

"보배로다! 부안의 보배로다! 그대의 가락을 이백에게 들려 줄 수 없음이 한스러우이."

"마음에 드시온지요?"

"들다마다. 내가 지금 어디에 와 있는 것인가? 도원인가, 무산인가, 요지연인가!"

"지나친 과찬이옵나이다."

　이때 유희경이 다시 한지 위에 자신의 심경을 그려 냈다. 글씨도 힘있고 정갈한 송설체(松雪體)로 멋이 잘잘 흘러 넘쳤다.

<blockquote>

버들꽃 고운 몸매도 잠시 동안이라서
예쁜 얼굴 주름지면 고치기 어렵다오
선녀인들 독수공방 어이 참아내리요
무산의 운우지정 자주자주 내려보세.

柳花紅艶暫時春　　撻髓難醫玉頰嚬
神女不堪孤枕冷　　巫山雲雨下來頻

〈村隱〉

</blockquote>

"저의 구미(九尾)가 너무 길었나 보옵니다. 빨리 감추울 것을."

"정숙한 여인도 숨을 헐떡일 때가 있는 것이라네."

"제 진심의 축을 마구 흔들어 버리시는군요."

"황조(꾀꼬리)의 울음이 나를 어지럽게 했음일세."

"그렇다면 송화주(松花酒)를 올리겠나이다. 이제 저의 날들을 온전히 다스리소서. 다만 앵혈(鶯血 : 꾀꼬리 피로 처녀 확인)은 감추었나이다."

"그게 무슨 상관인가. 내 느지막에 부안 와서 등글개(첩)를 옆구리에 차게 되었으니, 사나이 기상이 조금은 멋있게 보일까 싶네."

계랑이 그때서야 유희경의 무릎 가까이에 다가앉았다. 옷을 갈아입은 그의 수려한 자태가 눈이 부실 지경이었다. 고고한 품위, 느긋한 여유, 구수한 말솜씨, 예리한 눈초리, 넉넉한 웃음, 어느 것 하나 맘에 들지 않는 것이 없었다.

여자의 마음은 저토록 간사한 것인가. 좀체 작부(作夫)를 모르던 계랑이 마음의 문을 열었다.

그들은 굳은 언약이라도 한 듯, 육신과 영혼을 맷돌질하여 긴 밤으로의 여행을 줄달음쳤다. 풀무질의 거친 호흡이 귓전을 떠나지 않는 그런 밤이었다.

그렇다. 계랑은 유희경의 가슴속을 헤엄치는 한 마리 작은 물고기였다. 환상의 작은 물고기는 외로운 한 여인의 의식을 관능적으로 밀며 헤엄치고 있었다.

완전한 존재와 의식, 완전한 육체와 영혼은 어떤 것일까. 엄숙한 자는 뒤에서 꼬집어야 다루기가 쉽다던 노기(老妓)의 독백이 그럴 듯하다.

계랑은 날마다 웃음 수레를 밀면서 유희경의 무릎 가까이에 있었다. 다음날, 다음날 밤에도 계랑은 지칠 줄 모르는 열락의 밤을 즐기고 있었던 것이다.

아니나, 여기서 편자(엮은 이)는 한 가지를 득도하게 된다. 여자는 간음한 여자에게 절대로 돌을 던지지 않는다는 사실이다. 또한 불여우가 언젠가는 잡히어 죽게 되는 것은 그 마각의 꼬리를 끝까지 감추지 못했을 때라는 것도 알게 된다.

계랑이 어찌하려고 이렇게 유희경의 사랑에 흠뻑 젖어드는 것인지 알 수가 없다.

유희경 역시 보통 일이 아니다. 스물여덟 연하의 계랑에게 빠져 맥을 못 추니 문제가 아닐 수 없다.

그가 여색에 현혹되지 않는 절조 있는 인물이라는 것은 사실이다. 당대의 명사들과 어울려 서울 장안에서 노니는 동안 이름난 미기(美妓)들과 친숙하기도 했다. 그러나 그는 오십이 가까운 오늘날까지도 아직 이렇다 할 염문(艶聞)을 뿌린 적이 한번도 없었다.

기실, 풍류를 좋아하는 기녀들 몇몇이 그를 좋아 따랐건만, 유희경은 자리를 어지럽힌 적이 한번도 없었다. 그러기에 그를 아는 사람들은 그를 '서울 홀아비'라는 별호를 지어 주기까지 했다.

그처럼 몸가짐이 단정했던 유희경이 계랑에게만은 맥을 못 추고 있으니 큰일이 아닐 수 없다. 남들에게 놀림을 당하거나 말거나 상관없이 어린 계랑의 치마폭에 감싸여 있다.

천재는 천재끼리 통한다고 했다. 계랑의 어디에도 예쁜 구석은 없다. 다만 움쑥한 눈이 천길의 비밀을 지닌 그런 아련함이 있을 뿐이다. 그러기에 시심의 저 깊은 심상(心象)에서 맥을 같이하고 있었던 것일까.

> 일찍이 동해에 시선이 강림하시어
> 구슬 같은 글귀의 뜻이 서글퍼라
> 구령선인 노닐던 곳이 그 어디인지
> 삼청세계 심사를 장편으로 엮었네.
>
> 술단지 속의 세월은 기울 줄 몰라
> 속세의 젊은 시절 잠시면 지난다네
> 먼 훗날 하늘 상제에게로 돌아가서
> 옥황 앞에 맹세하고 그대와 살리라.

曾間東海降詩仙　　今見瓊詞意悵然

縱嶺遊蹤思機許　　三靑心事是長篇

壺中歲月無盈缺　　塵世靑春負少年
他日若爲歸紫府　　請君謀我玉皇前

〈이매창〉

이를 본 유희경이 기뻐서 어쩔 줄을 몰랐다. 영원히 변치 않으리란 계랑의 마음을 읽고서 홍안이 된다. 그야말로 불그레한 얼굴이 상대방의 불그레한 마음을 들여다보고 있는 것이었다.

그러기에 사랑은 영원하다.

십장생 병풍이 그걸 암시하고 있다.

그들은 그토록 사모와 흠모와 앙모와 경모가 뒤범벅이 된 그런 날들을 보내고 있었다.

"소첩은 이토록 어르신을 지척에 모시게 되어 기쁨을 감출 길 없나이다. 아무쪼록 소첩을 오래오래 아끼어 주시옵소서."

"백락(伯樂)이 명마를 이제야 만났으니, 서역 구만 리라도 내 멀다 하지 않으려네."

"어르신, 오죽했으면 송도기 황진이가 화담을 두고 어른님 오신 날 밤이어든 굽이굽이 펴리라 했겠는지요. 자신의 소회(所懷 : 마음에 품은 회포)를 낱낱이 펼쳐 보이겠다는 여심이 너무도 절실하지 않는지요. 그러기에 여인의 행복은 오직 한 남자의 품에서만 점멸한답니다."

"그렇던가! 그대로 하여금 세상을 하나씩 깨우쳐 가는구만."

"부창부수(夫唱婦隨)라 하지 않았던지요. 따라감이 너무 힘들지나 말았으면 좋겠습니다."

"그렇담, 천천히 따라오면 될 게 아니던가?"

"그러다가 길을 잃어 헤매이게 되면 어찌하옵니까. 죽으나 사나

부지런히 따라갈 수밖에요."

"그렇다면 내 안심이 되는구먼."

"안심하소서. 금방 옥황 앞에 맹세한 소녀가 아니었는지요?"

유희경이 삼월 하순에 찾아와 계량의 집에 머문 지도 열흘이 넘었다. 진역(震域 : 우리 나라의 이칭)의 대시인이 창기의 정랑(기둥서방)이 되어 맹하(孟夏 : 4월)를 보내고 있다.

사숙(私宿)의 주막(酒幕)이란 본시 사창(私娼)에 지나지 않았다. 유곽(遊廓)이 바로 그런 곳이다.

시대적으로 공창(公娼)이 대우받던 시절에 사창은 관의 눈치를 보아야 했고, 울력성당(깡패 ; 겁주는 무리)이나 야랑들에게 시달림을 받을 때도 있었다. 그러나 지방 사또의 보살핌을 받을 때에는 사정이 달랐다.

그러기에 계량이 사대부들을 벗하던 유희경의 별실로 알려진 뒤부터는 계량의 집 근처에 시정배들이 발길을 끊었다. 그도 그럴 것이, 전국의 지방관들이 유희경을 모르는 사람이 없었기에, 부안 고을 사또도 계량을 불편하게 하지 않았다.

대개의 일반 주점은 대문 밖에 등롱을 매달아 놓으면 됐다. 밤이면 그 등롱 속에 불을 켜 놓아 누구든 찾기 쉽게 하기도 했다. 울긋불긋한 천을 둘렀기에 마치 청사초롱을 걸어 둔 것처럼 보여 유랑하는 선비들의 권위를 세워 주기도 했다.

객실에 들어서면 보로며 안석이 언제나 준비되어 있고, 장침이나 사방침(팔걸이)도 놓여 있다. 갖가지 모양의 촉하(燭下 : 촛불 아래)에 외대머리(얹은머리를 한 기녀의 머리)를 한 유녀들이 처절한 자태를 자아낸다.

더러는 방문 앞에 주렴이나 망사가 걸쳐 있기도 하고, 가장(架藏 : 시렁 또는 책장)에 기대인 거문고가 하나쯤 있기 마련이다. 물론 지필묵도 보이는 곳에 놓아 둔다.

주안상은 언제나 밖의 주청이나 과방청에서 준비되어 상채 들어온다. 그렇다고 흰 종이를 까는 일은 없다. 술병도 상 위에 함께 들여 온다. 술은 백자 호리병이나 주전자에 담아진다.

안주로는 산채, 탕(전골), 적(지점이), 유과(산자), 절병(갖가지 떡) 해물, 방자고기(불고기) 등이다. 물론 과일도 계절에 따라 올려놓는다. 때로는 배고픈 손님을 위하여 백숙도 준비해 둔다.

대개 창부(娼婦)의 집이 이러하니 사나이 호기심을 가질 법도 하다. 무릇 생경한 것을 보고자 하는 인간 심리가 그들의 발길을 바장이게 하는 것이다.

사월 초순(음력), 그들 유희경과 계랑은 여느 때와 마찬가지로 유유자적했다. 계랑이 먹여 주고 입혀 주고 재워 주니 유희경의 생활이 날로 번들번들했다.

만산에 철쭉도 만개하여 활기찬 봄을 두고, 그들은 한사코 밀실에 들어앉아 담소했다. 언제라도 순순한 청주가 눈앞에 대기해 있으니 사나이 하루가 무던하기만 했다.

"어르신 무료하실까봐 기녀 이야기나 하나 하렵니다. 전에 신현감이 들려준 고화(古話)입니다."

"그래, 들어 보세나."

"일찍이 평양기 무정개(武貞介)가 판서 유진동(柳辰同)의 사랑을 받았답니다. 어느 날, 무정개가 유판서를 따라 몇몇 고을을 두루 구경하다가 마침 전 주인(전 남편)의 종을 만났다나요. 그래 그녀가 인간적인 정리에 목매어 슬피 울었다 하옵니다. 그랬더니 유판서의 종이 이 광경을 못마땅히 바라보고 나무라기를 '아씨의 애정이 전적으로 옛사람에게 있어 우리 상전을 소중히 여기지 않음을 이제 알겠습니다' 하였답니다. 이에 무정개가 대답하기를 '너는 사리에 통달하지 못하였구나. 내가 너희 상전을 마땅히 잘 모셔야 하겠지만, 만약 불행히도 그렇지 못하게 되어 또 다른 사람에게 시집가게 되어 어느 날 너를 만나게 되면 오늘보다 열 배나 더 눈물을 흘릴 것이다'라고 말했다 하옵니다. 그녀의 민첩함을 알 것 같지 않나이까?"

"재치가 있었구면. 그러기에 한세상 살아가려면 눈치도, 재치도 필요한 것이라네."

"한없이 약한 것이 정이라더니……."

"그럼 나도 평양 기녀 이야기 하나 하려네. 그 유진동(柳辰同)이 판서가 되기 전 이야기라네."

"경청하겠나이다."

"그가 감군어사(監軍御史)가 되어 평양에 가니 평양감사가 유어사를 위해 부벽루에서 크게 연회를 베풀었다네. 그때 평양 기생들이 저마다 성장을 하고서 교태를 내보이고 있는데, 어사가 도착하여 기생들을 둘러보고서는 '평양의 교방이 언제 혁파(革罷)되었느냐?' 했대요."

"그 말이 무슨 말인지요?"

"그 말은 기생 중에 인물 없음을 비꼬아서 한 말이지."

"그렇군요, 생각해 보니……."

"그래 그 중에 무정가(無定價)라는 기생이 대뜸 '감군어사는 언제 다시 다른 분이 오게 되시나이까?' 했다지 뭔가."

"그러니까 그 말도 어사로서는 인물 못됨을 은근히 꼬집은 것이네요?"

"그렇지. 그래서 평양감사가 크게 기뻐하며 그 기생에게 후히 상을 주었다네."

"그야말로 해학 명기옵니다."

"수원기(水原妓)의 서릿발은 어떻고!"

"수원기가 왜 어쨌게요?"

"수원의 한 기녀가 객을 거절했다는 죄로 볼기를 맞고서 대들기를 '어우동(탕녀)은 음란한 짓을 좋아해서 죄를 얻고, 나는 음행을 하지 않음으로써 죄를 얻었나니 조정의 법이 어찌 이처럼 한결같지 아니한가!'라고 했다니, 그 기상이 가상하지 않는가?"

"글쎄요."

열군(列郡)에 기녀를 둔 것은 관원들의 수청 외에도 외사접대(外使接待)라는 또다른 목적이 있었다. 그러나 이러한 것은 표면상의 이유에 지나지 않고, 오직 사대부의 노리개로서 지극히 자연발생적인 필요악이었던 것이다.

그러니 그녀들은 사회의 밑바닥에 태어나 귀족의 주연이나 사교장에서 창으로 흥을 돋우고, 사죽(관현악기)으로 춤추며, 시화로써 수작하는 기생이라 이름하는 여인들이다.

그러기에 수청이라든가, 첩으로 기생하는 일에 애초 진실한 사랑이 있을 수 없는 생의 방편에 불과할 뿐이다.

사랑과 복종(의무) 사이에서 교묘히 삼각관계를 운영하는 여인이기에 그들은 정조를 요구하는 상대에게는 대가를 전제로 하게 된다. 그래서 권위나 위선에 찌든 토호나 관료, 사대부의 노리개 가운데서 요기(妖妓)가 나올 수도 있는 것이다.

본시 사랑의 대상은 스스로 찾는 것이기에, 사랑의 거래는 대등한 입장에서만 동질의 의미를 갖는다.

계랑과 유희경의 사랑도 그런 의미에서는 완전하다. 연륜의 차이는 아무 것도 아니다. 몸을 끌고 다니는 것은 언제나 마음이기 때문이다.

우리들 영혼은 시간의 연륜이 아닌 자각과 청결을 터로 하여 성장한다. 때문에 영혼은 부모와 자식, 스승과 제자, 빈부와 직급의 차이에 관계없이 제각기 의로운 형태로 영근다. 사랑이 고결해야 함은 그것이 영혼의 피부가 되기 때문이다.

먼 산 푸른 빛이

먼 산 푸른 빛이 물 위에 떠 있고
강언덕 버드나무 노을에 잠겼어라
만선의 고깃배는 살구꽃 마을로 가네.

- 국 역

遠山浮翠色　　柳岸暗煙霞
何處青旗在　　漁舟近杏花

〈이매창〉

계랑은 유희경을 채근하여 모처럼 봄나들이를 했다.

어디로 갈 것인가를 의논 끝에 동진강(東津江) 쪽으로 나가 보기로 했다. 우선 걷기에 좋을 것 같아 그쪽을 택한 것이다.

천천히 쉬엄쉬엄 걸어도 하루면 충분한 거리였다. 언제나 이삼 보 뒤를 따르는 계랑을 뒤돌아보며 유희경이 자꾸만 이야기를 건다. 계랑은 장옷을 걸친 둥 마는 둥 붙잡고서 부지런히 발길을 옮기었다.

들에는 무논에서 논갈이를 하는 농부, 두엄을 내는 사람, 벌써부터 물고를 다스리는 사람, 떡 이바지를 이고서 근친 가는 새악시까지 심심찮게 사람들을 만나 볼 수 있었다. 먼 야산에는 산수유, 철쭉, 목련, 살구꽃 등이 어우러져서 장관을 이루었다.

춘경은 지나치며 보는 것만으로도 마음을 상쾌하게 했다. 계랑이 연신 탄성을 자아내는 것도 당연했다.

"나서기를 참 잘한 것 같사와요."

"그러게나 말일세."

"자꾸만 입 안에서 몇 마디가 빙빙 도네요."

"무얼 말인가 ?"

"원산비취색 유안암연하, 하처청기재 어주근앵화, 어떻나이까 ? "

"낙구(落句 : 끝구절)에 감칠맛이 있구먼. 그런데 '유안'의 '암연하'는 좀 처지는 것 같으이."

"그러신가요 ? 집에서 차분히 다듬었더라면 더 좋았을 것이옵니다."

"어쨌든 쫄랑대지 말고 잘 따라오기나 하게. 또랑을 건너뛸 땐 조심도 하고……."

그들은 목적지인 용계 나루에 다다랐다. 강가의 조그만 둔덕으로 올라갔다.

두 사람은 그곳에 올라 그렇게 크지 않은 강과 들녘을 바라보았다. 여기저기 평화가 가득한 그런 정경이었다.

작은 물새 두 마리가 강줄기를 따라서 열심히 왔다갔다 했다. 모래톱 근처에는 아까부터 아이들이 무엇인가를 주워 담고 있었다. 벽공(碧空)에 벽수(碧水)가 너무도 맑아서 가슴까지 시리웠다.

뒤처져 오십여 보 거리를 재며 따라오던 옥심이가 이고 온 먹을 것을 한쪽에다 펼치었다. 정오가 되었는지, 모두가 고픗한 배를 채웠다. 그리고선 한참이나 앉아 쉬었다.

이윽고 계랑이 휴대용 지필묵을 꺼내 들었다. 시제(詩題)란 특별한 경우가 아닌 이상 달지 않는 것이 원칙이다.

> 들쭉날쭉 산 그림자 강물결에 어리고
> 수양버들 천 가닥이 주막을 덮는구나
> 어주자 말소리가 저 멀리서 들려 오네.
>
> — 국 역

> 參差山影倒江波　　垂柳千絲掩酒家
> 輕浪風生眠鷺起　　漁舟人語隔煙霞
>
> 〈이매창〉

그녀의 시상이 너무도 곱다. 그야말로 강 연안의 정경을 한 폭의 수채화에 담은 듯하다. 유희경이 계랑의 이런 심상에 녹아 떨어져 있는 것일까.

사실 한시에 있어서 그것이 당시풍이든, 송시풍이든 고사를 인용하는 것보다 순수한 우리 시정이 넘칠 때 운치를 더하는 법이다. 계랑이 고사를 인용하지 않는 것은 아니나, 이렇듯 순수한 미적 감각을 자아 올리기도 한다.

그들은 먼 산길, 들길을 돌아 집으로 돌아왔다. 모처럼의 나들이가 나쁘진 않았던 것이다.

이렇듯 사람들이 산야를 찾는 것은 나름의 심성과 건강을 위해서이다. 건강이란 영육이 함께 건실함을 말하는 것이다. 산야의 유람이 유희가 아닌 이상, 그것은 정서적으로 유익할 수밖에 없다.

며칠 후 그들은 또 산수간을 찾아 나섰다. 이번에는 남행이었다. 멀리 가오를 지나 개암사(開岩寺)까지 가보기로 했다. 울금바위를 위시해서 우금산성이 거기 있기 때문이기도 했다. 아니면 굴바위(호암)나 병암을 찾아 변산의 십승지(十勝地)를 찾아보고도 싶었다.

아침 일찍 출발하였으나 바쁠 것도 없어서 쉬엄쉬엄 길을 걸었다. 옥심이는 집을 지키기로 하고, 먹을 것은 유희경이 걸망에 담아 맸다.

정오가 가웃해서 개암사에 도착했다.

우선 대웅전에서 합장한 다음 불단 위의 닫집을 눈여겨보았다. 용트림을 하는 아홉 마리의 용들과 봉황의 모습이 상큼하게 눈에 들어왔다. 참으로 세련된 극치를 볼 수 있었다. 단청도 어찌나 잘 되었던지 환상적이었다.

경내에서 손을 씻고서 조그만 선실 앞에서 점심을 먹었다.

이윽고 병풍으로 둘러친 울금바위를 쳐다보고서 우금산성을 돌아 나오니 시간이 꽤 지나갔다. 다시금 개암사 경내에 들어와 쉬었다가 일어서려니 벌써 산골에 일몰이 내려서고 있었다.

어차피 하루 여행은 무리였다. 절간에서 방을 빌어 자고 나니 날씨가 어제보다 더 좋았다.

그들은 내친 김에 내소사(來蘇寺)까지 가보기로 했다.

천천히 여장을 챙겨 길을 나섰다. 여느 조그만 마을 앞을 지나노라니 아이들이 소꿉장난을 하며 노래를 부르고 있었다.

> 붉은 댕기 밤물치마 삼단머리로
> 동백 따는 아가씨 고운 아가씨
> 동백 따서 단장하고 시집간단다
> 백일 단장 받아 놓고 동백을 따니
> 뒷동산 동백꽃이 저리 좋을까

86

에해라 좋구나 얼씨구 저절씨구

동산에 둥근 달이 곱기도 하지

에해라 좋구나 얼씨구 저절씨구

그야말로 태평년월이다. 뉘라서 강호에 젖어 노래하지 않으랴.

계랑과 유희경은 내소사에 들기 전 직소폭포를 위시한 봉래구곡(蓬萊九曲)을 먼저 유영하고 싶었다. 정신없이 휘돌다가 어느 절벽 위에 도달했다.

잠깐 쉬어 가는 동안에도 계랑은 한 수 읊지 않을 수 없었다.

아침에 임에게서 신선 얘기 들었기에

나그네 마음은 도솔천에나 올라온 듯

황정경 읽고 나서 적송자를 뵈오리라.

-국 역

今朝陪話神仙事　　燕子東風西日高

客心怳若登兜率　　讀羅黃庭禮赤松

〈이매창〉

도솔천이란 불가와 도가의 이상향 하늘이다. 황정경은 송대 시인 황정견(黃庭堅)의 시문집을 미칭하는 것이며, 적송자는 신선의 이름으로 신농 때의 우사(雨師)이다.

계랑의 지적 수준이 이 정도이다.

유희경이 연방 미소를 짓는 것도 어린 그녀의 성숙함이 너무도 대견해서이다.

예로부터 선비는 한사코 벼슬을 싫어했다. 파쟁과 아부와 권모술수를 싫어했기 때문이다. 더욱이나 궁중의 비사에 휩쓸려 인간

본성을 잃고 싶지 않아서이다.

일찍이 이를 깨달은 유희경은 사대부와 자리는 할망정 그 자리(벼슬)는 탐내지 않았다. 그러니 그가 관복을 입은 관료 옆에는 앉지도 않았다. 유희경의 그런 마음을 관료들 역시 이해하는 편이었다.

그런 그가 부안의 산새 좋은 내변산에서 계랑과 함께 태평한 시간을 보내고 있는 것이다. 요순시절이 따로 있는 것이 아니고 보면, 강구의 연월이란 만들어 경영하는 것이라야 한다.

"이보게 계랑, 신선이 따로 있는 게 아닐세. 우리가 신선 놀음이야!"

"그러게 말이어요. 송도기 황진이가 조선 팔도가 좁다고 했을 정도이니, 이 몸은 부안 근교라도 익혀 놓아야 할 것이 아닌지요."

"결국 그대가 옳았어. 밖으로 나오면 이렇게 좋은 것을……."

"그러시다가 천첩과 함께 죽자고는 마사이다. 아직은 억울해서 그리 못하옵니다."

"이 사람아, 나도 아직일세!"

"그런데 첩은 계속 이곳에서 살고 싶사옵니다."

"신선이 따로 있는 게 아니라고 했지 않은가. 진세(인간 오욕의 세상)의 굴욕과 번뇌를 초월하여 유전(流轉)하는 자연과 더불어 여천동락하면 그게 바로 신선이 아니겠는가."

그들은 내소사 일주문을 들어서며 바라보니 관음봉이 눈앞에 어리었다. 법당으로 들어가 합장 배례한 뒤 시주하고 뜰로 물러나오니 철쭉이 경내까지 들어와 그들을 반기었다.

어디선가 벌써부터 짝을 부르는 꾀꼬리의 애끓는 소리가 들려왔다. 풍경 소리까지 청아하게 울려퍼지는 산사를 뒤로 하고 그들은 귀로에 접어들었다.

내소사(來蘇寺)는 신라 선덕여왕 때에 혜구두타(惠仇頭陀)라는 스

88

님이 창건한 절로, 본래는 소래사(蘇來寺)라고 불리웠다. 그러던 것을 신라가 당나라의 힘을 빌릴 때 당나라 장수 소정방(蘇定方)이 절에 와 보고, 내세소생(來世蘇生)이라는 뜻에서 '내소사'라고 부르는 것이 좋겠다고 말해서 그때부터 내소사라고 고쳐 부르게 된 사찰이다.

그들이 얼마를 되돌아왔을까. 귀가를 서두른 그들에게 사고가 일어났다.

계랑이 실계천을 뛰어넘다가 넘어졌다. 오른쪽 발목이 아프다며 도저히 일어나질 못했다. 오만상을 찌푸리기도 했다.

큰일이었다.

아직도 갈 길은 많이 남았는데, 남감한 일이 벌어지고 만 것이다.

계랑이 엄살인지 아닌지, 한사코 걸음을 못 걸었다. 아프다며 금방이라도 울음을 떨굴 듯했다.

그게 쉽게 나아지는 것이 아니라서 사고라면 사고였다. 생각다 못한 유희경이 계랑에게 업히라고 했다. 물론 별수없다고 생각한 계랑은 유희경의 등에 업히었다.

그렇게 해서 또 얼마를 걸었다.

계랑이, 그럴 게 아니라 내려놓고 발목을 문지르면 좋아질 것 같다고 했다. 이에 유희경이 계랑의 발목을 한참이나 두 손으로 문질러 주었다.

아니나, 계랑이 일어서더니 금방 아무렇지도 않는 듯 길을 걸었다.

"금방 다 나은 것 같사옵니다."

"이런 이런, 내가 당했구나!"

"호호호, 복수한 것이네요."

"내가 바보일세. 그걸 못 알아차리다니……."

"아무튼 품앗이가 되었나이다."

"그런가? 사실은 알면서도 내가 져 준 것일세. 내게 그만한 눈치도 없을라고……."

"그러시다면, 다시 시도하겠나이다."

"말아 말아!"

그렇게 해서 그들은 이틀간의 유산(遊山)을 끝내고 귀가할 수 있었다.

첨언하건대, 부안(扶安)은 넓은 평야지대와 변산반도의 깊은 산골, 그리고 서해의 칠산 앞바다가 펼치어 있다. 진산인 상소산(성황산)에 올라서 보면 멀리 내변산 쌍서봉 밑 월명암(月明庵)과 외변산 쪽의 낙조대(落照臺)가 아스라이 보일 듯하다.

상서의 어수대(御水臺)를 지나 채석강(적벽)에 다다르면 그곳 바위가 또한 예사롭지가 않다. 마치 수만 권의 책을 차곡차곡 쌓아 놓은 것 같은 바위가 가파른 벼랑을 이루고 있다. 이어서 서해 바닷바람을 쏘이다가 곰소(염전)를 지나 줄포에 이르고 보면, 지나오다 청자 파편 하나 주워 들지 못하고 온 아쉬움을 갖게 된다.

지금이야 없어진 내외변산 어디엔가 백운사지(白雲寺址)를 찾을 것도 같지만, 세월이 무상함은 어쩔 수가 없다. 부안성(扶安城) 잔재마저 찾기 어려운 실정에 옛일이 공연히 허망해지기도 한다.

계랑과 유희경, 그들은 산행을 끝낸 다음 다시금 은밀한 시간을 보내고 있었다. 정말이지, 기부의 하루가 이처럼 즐거운 것인지는 알 수가 없다.

기실, 기부(妓夫)는 조선조 중엽부터 차차 묵인되었다. 그러나 관기로서의 기생은 서방이 전혀 허용되지 않았다. 다만 30세 이상의 나이 많은 기생이나, 일반 기녀(창녀)에게나 해당되는 말이다.

기녀가 대개 성(姓)을 쓰지 않듯, 기녀들의 서방도 신분을 감추고서 모갑(某甲 : 아무개)으로 통했다. 그러기에 모을(某乙)도 있었다.

기생은 연회나 특별히 초청되었을 때엔 또야머리(첩지머리)를 했으며, 일반인을 접대하거나 평상시에는 얹은머리(외대머리)를 했다. 물론 머리에 붉은 천을 넣어 곱게 빗기도 했다.

비녀도 용잠, 봉잠, 화잠, 불두잠, 호도잠, 동곳잠, 버섯잠 등이 있었으나 대개는 은으로 만든 은잠을 패용했다. 물론 크기에 따라 다양했으며 재질에 따라서도 다양했다.

화장도 진하게 했다. 여인들의 화장이야 먼 옛날부터(삼국시대) 있었으니 새삼 논할 것이 못 된다. 그러나 연지·곤지의 의미는 다르다. 이마나 뺨에 빨간 칠을 했던 것은 태양에 대한 복종의 의미이다. 그러기에 새색시가 빨갛게 연지·곤지를 찍는 것은 시집이나 신랑에 대한 복종을 뜻하는 것이었다.

세제로서는 일반적으로 쌀겨나 등겨 정도였다. 그러니 온 몸은 언제나 물에 불려 벗겨내는 수밖에 없었다. 물론 조두(澡豆)라고 하는 녹두나 팥을 갈아 만든 가루 형태의 비누가 있기도 했다.(오늘의 우리가 쓰는 비누는 한말 개화기 이후이다.)

기녀(기생)의 복식으로는 갖가지 색으로 화려하였으나 상류 귀족과 혼동되지 않도록 삼회장저고리(동정 밑의 깃, 소맷부리, 겨드랑이에 대는 회장)나 겹치마는 못 입게 했다. 그러니 치마라야 홀덕 허리에 걸치는 정도로 속치마와 고쟁이가 항상 드러나 보였다. 물론 그것이 그들의 상술이기도 했다.

기생(기녀)들은 자기들 나름의 기명을 썼다. 서로가 성을 밝히지 않는 것은 손님과의 동성(同姓)으로 행여 자리를 피하게 될 것을 두려워했던 까닭이다.

기녀들은 교방에서 문자의 해독을 위한 기초적인 것에서부터 효경(孝經) 또는 정례편(正例篇) 등을 배웠다. 더러는 그 이상의 학문을 독파한 여성도 허다했다.

기녀들에게 있어서의 술값이나 화대는 조선통보(朝鮮通寶)가 사용되고 있었다. (상평통보는 상당 후의 일이다.) 화대는 화채, 행하, 허우채, 해의채(옷을 벗김) 등으로 불리었다. 그러나 일반적으로는 물물교환이 끈질기게 시행되고 있었던 때이기도 하다.

기녀의 가림(구분)으로는 하도 다양해서 열거하기에도 숨이 찰 정도이다. 그것이 바로 그녀들의 사슬(제어장치)이기도 했기 때문이다.

굳이 열거하면 화랑(花娘), 유녀(遊女), 창녀, 창부, 창기, 기녀, 방기, 무녀, 연화(煙花), 자녀(姿女), 화류, 수척, 속홍, 계평, 가청, 여의, 분화(芬華), 홍분, 라기, 춘부, 척, 수척, 기생, 기생(伎生), 고당, 작부, 소소, 설도, 침선비, 매춘부, 색주가, 갈보, 똥갈보, 똥까이, 사당패, 여사당, 여악사, 매분구, 매음녀, 은근짜, 은군자, 논나니, 꽃쟁이, 해어화, 진풍정, 지화자(持花者), 운평, 흥청, 노류장화, 탐앙모리, 매소부, 옥당기생, 양방기생, 약방기생, 진영기생, 가자기생, 밤꽃, 밤매, 탕녀, 꽃뱀, 매화, 설중매, 밤공주, 양공주, 여령(女伶), 나비부인, 매음부, 춘희, 여우, 천인기, 만인압, 악의 꽃 등으로 다양했다.

세상은 이처럼 어지럽기 한이 없다.

참으로 부질없는 세상이 아닐 수 없다.

그러기에 이백(이태백)은 술과 달을 벗삼아 노래했다.

꽃밭에 술단지 하나 놓고서
짝 없이 혼자 술잔을 드네
밝은 달을 잔 속에 맞으니
달과 나와 그림자 셋이어라
본시 달님은 술을 못하고
그림자 늘 나를 따라다니니

잠시 달과 그림자 동반하고
이 봄의 한때를 즐기려네
내 노래하면 달님 서성이고
내 춤추면 그림자 흔들대네
이렇듯 깨어서는 함께 놀고
취해서는 제각기 흩어지나니
영원한 정분을 맺어 두고자
은하에서 우리 다시 만나리.

〈본문 생략〉

이 한 밤을 계랑과 유희경, 거문고 셋이서 울며 뜯나니 달은 저만치서 줄달음친다. 서산에 걸린 달은 오직 이백만이 붙들어 올 수 있을 것이다.

이 밤 명마(名馬)를 만난 춘은 유희경이 기녀 계랑의 마음에 들려고 갖은 노력을 동원한다.

촛불이 깜박깜박 밤을 지키는데, 계랑이 속적삼 차림으로 부끄럽지도 않나 보다. 유희경도 상투에서 동곳을 뽑아 버렸는지, 금방이라도 상투가 풀어 내릴 것만 같다.

밤을 아끼려 하니 새벽이 밀어내고, 술을 아끼려 하니 자꾸만 목이 탄다.

이윽고 유희경은 희담(戲談)에 가까운 시 한 수를 토해 낸다. 그래도 운치는 있어서 계랑에게 거문고를 잡히고서 음률에 맞춘다.

나에게 신기로운 묘약 있어
찡그린 얼굴도 고칠 수 있네
비단 주머니 속 귀한 이것을
정다운 그대에게 몽땅 주리라.

我有一仙藥　　能醫玉頰嚬
深藏錦囊裡　　欲與有情人
〈유희경〉

그놈에 그년이다. 너무 진하다. 그래도 양심은 있어서 계랑이 수줍은 듯 얼굴을 볼그라니 붉힌다.

꼭 그렇게 표현해야 분위기를 무르익게 하는 것인지 알다가도 모를 일이다. 그 지아비의 그 지어미일 수밖에 없다. 자꾸만 기울어 가는 정염의 밤은 한 방울의 기름마저 다 태우고 만다.

계랑이 완전히 서우관을 잊었을까. 까맣게 잊은 것일까.

기녀가 수절을 위한 은장도(銀欌)를 차고 다닐 리야 없겠지만, 이건 너무 지나치다. 공연히 남의 일에 화가 치민다.

흔히 여자는 첫 남자를 못 잊어하는 속성을 지닌다. 첫 남자를 꼭 사랑해서가 아니라, 무엇인가 추억을 지니고 싶어하는 근성일 수도 있을 것이다.

그래서 남자는 과거가 있는 여자를 싫어한다. 마음은 감추고 몸만 주는 여자가 많으면 많아질수록 세상은 어지러워지기 때문이다.

유희경이 처용(處容)처럼 너그러울지는 알 수가 없다. 여자들은 그런 남자를 좋아하는 것일까. 처용의 인내를 찬양하는 이유가 무엇일까. 공연히 고루한 잠꼬대를 하는 것 같다.

여자는 변신의 천재라고 해 두자.

여자의 치마 자락은 참으로 넓다. 어느 열사(烈士), 어느 절사(節士)라도 품어 버린다. 대저, 여자란 남자를 무력하게 만드는 도구를 가진 모양이다.

평양감사가 여색에 빠져 행정이 문란해졌다기에 내려간 암행어사 허민(許珉)이 기생 이화(梨花)에게 발목이 잡혀 함께 넘어지고 말았다. 금산사(金山寺) 주지 혜능(慧能)이 음란하다고 쫓아낸 종 연화(烟花)에게 빠져 파계되기도 했다.

객사(客舍)에 든 손님 중 희롱하며 웃기는 자는 범하기 어렵고, 정색하는 자는 넘어뜨리기 쉽다고 했다. 오늘의 유희경이 계랑에게 그렇게 넘어져 있는 것이다. 그렇다고 계랑이 허신(許身)만 하고 있는 것은 결코 아니다.

남녀간 타인에 대한 동경은 누구나 지니게 마련이다. 단지 그 표현을 어느 쪽에서 먼저 하느냐 하는 데 허심(許心)이 따르게 마련이다.

여성이 남성보다 자기 표현에 소극적이라지만, 결코 그런 것만도 아니다. 열아홉 어린 계랑의 치마가 대시인 유희경을 그 속에 감추어 버렸다.

정염(情炎)이 이글거리는 밤, 그저 쫓기듯 달리면 그만이다. 그 맛이 어럴럴럴하든, 아리삼삼하든 내가 알 바 아닌 것이다.

자고로 기악에 사죽(絲竹)이란 게 있다.

물론 사(絲)는 현악기를 말하는 것이요, 죽(竹)은 관악기를 말한다. 현악기는 베짜는 여성을 상징하는 악기요, 관악기는 피리 부는 남성 상징의 악기이다.

어찌 되었거나, 사람은 낳자마자 죽음을 향해서 간다. 하나도 틀린 말이 아니다. 다만 가는 길에 길동무를 만나서 낙락거리면 그뿐, 어차피 혼자서 가게 되어 있다. 그런데 그 길동무라는 것이 길을 빨리 가게만 할 뿐, 천천히 가는 데는 하나도 도움이 되지 않는다. 뒤에서 잡아당기는 사람이 아닌 이상, 목적지를 향하여 한 치의 어긋남도 없이 가야 한다.

어차피 가야 할 길, 거문고도 뜯고 피리도 불면서 불철주야 가야 한다. 오죽 했으면 이백(李伯)이 달에게 물었을까.

저 하늘 밝은 달은 언제부터 있는고
내 지금 술잔을 잡고서 묻고 싶어라
나는 둥근 달에게 갈 수가 없는데도
저 달은 허공에 떠 나를 따라오나니.

〈원문 생략〉

생의 유한함을 슬퍼하지 않을 수 없다.

영원히 붙잡지 못할 것이라면 사랑도 거짓일 수밖에 없다.

그러나 속속들이 파고드는 거문고 가락에 유희경이 자신의 심경을 퍼 올린다.

오늘 밤 한 선녀가 청루에 내려와
풍류에 젖은 가는 허리 아름다워라
창가에 거문고 품어 안은 그 자태
곡조가 끝났어도 그리움 한이 없네.

〈원문 생략〉

적성(赤城)이란 무엇일까, 초구에 적성이란 말이 나온다. 황성이니, 적성이니, 가성이니 하지만 적성은 무엇을 말함인가. 오호라, 강시주기(江市酒旗)의 주기는 붉은 기를 말함이나, 술 익는 주막집이 틀림없을 것 같다.

이 밤 유희경이 적성에 들어앉아 노래하니 계랑도 화답한다.

그런데 어찌된 일인가. 계랑이 모처럼 시향(詩香)도 은은한 시조 한 수를 흩뿌린다.

등잔불 그믈어 갈 제 창 짚고 드는 임과
오경종 나리올 제 다시 안고 눕는 임을

아무리 백골이 진토된들 잊을 줄이 있으랴.

<이매창>

이처럼 사랑이라는 열병에 걸리게 되면 모든 것이 즐겁고 아름다움으로 넘친다. 세상의 모든 것은 자기들을 위해 있는 것으로 착각한다. 사랑이 시들 때면 그 아픔과 상처가 얼마나 역겨운 것인지는 상상조차 못한다.

봄이 되면 꽃향기에 속고, 바람에 속는다. 가을이면 낙엽에 속고, 달빛에 속는다. 제발 계랑의 사랑이 그 사이사이를 잘도 피해 갔으면 좋겠다.

이화우 흩뿌릴 제

이화우 흩뿌릴 제 울며 잡고 이별한 임
추풍 낙엽에 저도 나를 생각는가
천리에 외로운 꿈만 오락가락하노매.

〈이매창〉

계랑과 유희경, 그들의 달콤한 시간도 이제 끝을 내려야 할 때
가 되었다.

1592(선조 25년, 임진)년 4월 중순을 막 넘어서자 부안 고을에도
불길한 소식이 전해졌다. 왜병(倭兵)들이 지난 14일 부산에 상륙해
물밀듯이 내륙을 치닫고 있다는 것이다.

적잖이 14만 대군을 이끌고 쳐들어 온 왜구들을 어찌해야 좋단
말인가.

이 소식에 접한 유희경은 깜짝 놀라며 서울로의 행랑을 챙겼다.
그가 한사(寒士)에 지나지 않는다고는 하지만, 서울 태생인 그가
마냥 계랑에게 붙들려 있을 수만은 없는 일이었다.

경천동지(驚天動地)일사! 조선 천지 이런 일이 일어나다니, 그것
은 다름 아닌 임진왜란(壬辰倭亂)이었다.

우리에겐 아무런 군병이나 군수물이 준비되어 있지 않았던 것
이니, 방어를 할 수 없었음은 당연했다.

삽시간에 동래 부산이 초토화되어 버렸단다. 부산진참사 정발

(鄭撥)과 동래부사 송상현(宋象賢)이 방어에 전력 투구했으나 전사하였고, 동래 부산은 완전히 적에게 함락되었다는 것이다. 적은 여세를 몰아 김해, 상주로 침공해 오고 있어 국가의 운명이 누란(累卵)에 처해 있다는 것이었다.

유희경은 날씨가 저물어 떠나지 못하고 명일 일찍 떠날 것을 알렸다.

"그렇잖아도 왜구의 침입이 매우 우려되었는데, 기어이 그놈들이 쳐들어왔구려. 내일 아침 일찍 서울로 올라가려네. 내가 올라간들 무슨 큰 도움이야 되리요마는, 그러나 나라가 곤경에 처해 있는 마당에 태연히 앉아 있을 수만은 없는 일이 아니겠는가."

"일이 이런 이상, 붙들지는 않겠나이다. 하오나 ……."

"하오나, 어쨌다는 말인가?"

"따라가면 아니되겠는지요?"

"전시에 아녀자가 어디를 따라 나선단 말인가! 내 가서도 한 곳에 있지 못할 몸이거늘……."

"……"

"내 일찍 무(武)를 익히지 못했으니, 가서 군병과 군량을 모으는 일에 힘쓸 것일세. 평천이 되면 소식을 전할 터, 무작정 기다리지는 말게나."

"소첩이 준비할 것이라도……."

"신발이나 몇 켤레 준비해 주게나."

"네, 그렇게 하겠나이다."

"그러고 보면 율곡(栗谷)이 옳았어! 지금부터 십여년 전에 율곡께서 왜구의 침략을 예견하고 십만양병(十萬養兵)을 주창했었지. 새삼 감탄을 마지못하겠구려."

그들의 마지막 밤이 다가섰다.

계랑이 두 겹다지 문을 열고 왔다갔다 하면서 정성스레 저녁상을 준비했다.

여인이 참으로 곱게 보일 때는 지아비의 옷을 바느질할 때이며, 저녁상을 곱게 차려 올릴 때이다. 물론 또 있다. 지아비의 세숫물을 떠 나를 때는 더욱 곱게 보이는 법이다.

"밥톨을 세고 계신지요? 많이 드사와요."

"응, 그놈들 때문에 입맛까지 달아난 모양일래."

"그래도 좀……."

"술이나 한잔 가져오게나. 차라리 술로써 이 맘을 달래 보려네."

"그러시와요. 순한 것으로 올리겠나이다."

"아니야, 독한 걸로 주게나. 이 밤에 취하지 않는다면 어느 때 취하겠나. 취해도 많이 취할 것임일세!"

"그래도 먼 길을 가시옵기에……."

"그대를 밤새 달래야 하느니, 차라리 내가 취해야 그대가 날 달래어 줄 것이 아니던가?"

"어르신, 뜻대로 하소서."

계랑이 파리한 얼굴로 술잔을 올린다.

이별은 서럽다. 차라리 죽어 날이 새면 떠나갈 임을 보지 않겠다던 진주기 난향(蘭香)의 심정이 너무도 절실하다.

이별은 여인에게만 서글픈 것이 아니다. 사나이 가슴도 이별만은 쓰리다.

유희경이 좀체 말을 하려 들지 않았다. 참으로 무거운 밤이다. 비가 오는 탓일 게다.

밤새 비가 오니 매화 버들잎 새롭겠지
이 좋은 봄날에 견디기 어려운 일은
술잔을 놓고서 임과 헤어지는 일일래라.

－국 역

東風一夜雨　柳與梅爭春
對此最難堪　樽前惜別人

〈이매창〉

실비가 내린다. 가라고 가랑비인가. 조금씩 조금씩, 눈물처럼 그렇게 내리고 있다.

이렇듯 무거운 밤을 두고 누가 누구를 위무하고 있는 것인가. 계랑이 아까부터 삼단 같은 머리채를 늘어뜨리고서 앉아 있다. 왜일까. 사랑하는 사람을 멀리 보내야 하는 계랑의 마음이 그런 것인가.

"어른께서 떠나시면 소첩은 어찌해야 하옵니까?"

계랑이 입술을 사려문다. 공손히 술잔을 받쳐 올리는 계랑의 손이 천근의 무게를 달아 올린다.

"내 비록 학반(鶴班 : 문반의 반열)이기로서니, 국가의 존망이 경각한데 안일을 취하겠는가! 이번 일은 만부득이한 길이니 과히 상심하지 말게나."

계랑이 눈물을 글썽이노라니 촛불이 천만번 머리 흔들며 나부

낀다. 왜 세상은 그를 두고 계랑을 두었단 말인가.

한 여자의 지아비가 떠나감은 하늘이 내려앉음이다. 사랑을 가름은 누구의 저주인가. 여인은 오직 그 허망함에 파르르 떤다.

"저에게는 찢어야 할 자명고(自鳴鼓)도 없사오니, 계백(階伯 : 계백장군)의 칼이나 하나 떨치고 가사이다."

"어허 그러지 말래두. 나라가 위태하니 미력이나마 다해 보려는 것이요, 본가에도 가보려는 것은 당연한 일이 아닌가 말일세."

"이 밤 어르신께서 출사표(出師表)를 던지시니 소첩은 혼백으로나마 따라가고저 하옵니다."

"답답하이, 영명한 그대가 고집을 부리다니. 대아(大我)를 위해 소아(小我)를 버림은 그런 뜻이 아님을 그대가 더 잘 알고 있음이 아니던가!"

"지금까지 저는 무엇이었던지요?"

"그야 하늘 아래 나의 반쪽이 아니었던가. 둘은 함께 있어야 온전한 것임일세!"

"정인(情人)은 아니었나요?"

"당치 않아요. 그대는 나의 오른쪽일세."

"죽어서는 왼쪽이구요?"

"그럼 그럼……."

"가당찮은 말씀을 하시니 어르신답지 않사옵니다. 본실은 어떻게 하시구요?"

"그래도 나를 따라야 함께 흠향(歆饗)이라도 할 게 아닌가."

"어르신, 그 말씀을 들으니 새삼 아꼈던 눈물이 나옵니다. 용서하시어요."

"알았네, 이 사람아!"

"이별은 만남의 시작이라 하오니, 저도 그 말을 믿어 보렵니다. 저를 속이지 마옵소서."

"그려 그려······."

유희경은 계랑의 시가(詩歌)를 다시 들여다보더니 새삼스럽게 눈물을 글썽였다.

사나이도 눈물이 있다. 그것이 열(烈)이든 충(忠)이든, 인간 감성을 자극하는 것이라면 눈물이 나오게 돼 있다.

계랑의 치마폭이 아무리 넓기로 마냥 붙잡혀 있을 유희경은 아니다. 여자의 일생이 애정으로 가득해야 하는 것이라면, 남자의 일생은 충정(忠情)으로 가득해야 한다. 사내와 계집이 애정에만 젖어 있으면 조국과 부모는 멀리 떨어져 앉는다.

이 밤, 그들이 그걸 모를 리가 없다.

사리에 밝은 그들이기에 밤을 붙잡아 매지도 않았다. 살을 깨물어 먹여 주어도 아까울 것이 없는 그런 밤을 뉘라서 싫어하랴. 아무렇게나 벗어던진 옷가지들을 까만 밤이 다 물어가 버렸다.

그래도 그들은 아침 일찍 일어났다. 지난 밤에 물어 갔던 옷가지들을 밤이 그대로 제자리에 갖다 놓았기 때문이다.

다행히 비는 개었다.

계랑은 미리 준비한 새옷 한 벌을 내놓았다. 이런 시간, 여자로서 할 수 있는 정성이 무엇인가를 아는 계랑이었다. 이것저것을 챙겨 담는 그녀의 모습에서 사랑도 함께 배어 들어감을 볼 수 있다.

행복한 유희경은 그렇게 해서 길을 떠날 수 있었다.

다시금 계랑이 무엇인가를 유희경의 주의(周衣 : 두루마기) 속에 깊숙이 넣어 주었다. 열아홉 여성에게도 저토록 알뜰함이 배어 있다니, 참으로 놀라운 사랑의 발로가 아닐 수 없다.

계랑은 붙들지 못하는 설움에 복받쳐서 고개를 숙이었다.

그렇다. 떠나가는 사람의 뒷모습은 쓸쓸하기 마련이다. 그러니 보지 말아야 한다.

　유희경은 차마 떨어지지 않는 발걸음을 북으로 옮기었다. 얼마를 지났을까. 주막에서 시장기를 면하던 그는 소매 속의 시문을 꺼내어 보았다.

　　　창 밖 삼경 細雨時에 양인 심사 兩人知라
　　　新情이 미흡하여 새벽을 막지 못하고서
　　　다시금 나삼을 부여잡고 후기약을 묻네요.
　　　　　　　　　　　　　　　　　　　　　〈이매창〉

　계랑의 세 번째 시조시이다.
　여인의 애잔한 석별의 정이 짙게 스며 있다. 함께 있는 밤, 뉘라서 새벽을 막아 줄 것인가. 더욱이나 세우시(細雨時) 연인의 밤은 달콤함이 더하기 마련이다.
　유희경은 계랑의 시문을 조용히 접어 바랑 속에 넣는다. 이래저래 그의 발걸음은 가벼울 수가 없었다. 그러기에 변화무쌍한 사나이의 가는 길에는 웃음만 있는 것은 아니다.
　한편, 몸과 마음을 아낌없이 주었던 계랑은 문을 닫아 걸고서 방으로 들어가 허망한 마음을 어쩌지 못한다. 어찌하여 눈물은 자꾸만 솟구치는가. 벌써부터 그리운 정일진대 처음부터 나누지를 말았어야 했다.
　어차피 미백년의 인생인데, 이별은 무엇 때문에 있고, 그리움은 왜 가슴을 찢는 것인가.
　후회가 중첩된다. 붙잡지 못하고 보내주었던 유약한 마음이 후회가 되는 것이다. 한세상 태어나서 함께 하지 못함은 참으로 얄궂은 운명의 장난일 수밖에 없다.
　초여름이 되었다.
　우수(뼛속 골)까지 스며 있던 유희경의 음성이 조금은 지워진 듯했다. 그러나 그리움이란 시간이 흐를수록 더했다.

<blockquote>
송백처럼 푸르자고 맹세했던 그날
우리들의 사랑은 바다만큼 깊었어라
하오나 소식 끊겨 이 밤을 어이하리.

－국 역
</blockquote>

<blockquote>
松栢芳盟日　思情與海深
江南靑鳥斷　中夜獨傷心

〈이매창〉
</blockquote>

　본시 강남(江南)이란 강북에 대칭되는 말로서의 강남이다.

　그러나 계랑은 자신이 사는 부안을 남쪽의 먼 곳이란 뜻으로 강남이라는 말을 즐겨 썼다. 또한 청조(靑鳥)란 파랑새로서 희소식의 전령이다.

<blockquote>
마음속 맺힌 정을 말로 할 수 없어서
거문고 끌어안고 강남곡을 타 보지만
가엾은 심사를 들어 줄 이 하나 없네.

－국 역
</blockquote>

<blockquote>
含情還不語　如夢復如寢
綠綺江南曲　無人問所思

〈이매창〉
</blockquote>

　이처럼 계랑이 다락에 올라 상사곡을 타노라니 야랑들이 하나씩 모여들었다.

　대저, 시정배들이란 소문은 빨라서 유희경이 부재함을 누구보다도 먼저 알았다. 그러나 나라가 왜란으로 어지러워 흥청망청할 수만은 없었다. 여기저기서 의병을 모집한다는 말도 들렸다.

　그리하여 계랑은 시정잡배들이 찾아올 때면 타이르고 얼러서 돌려보내기도 했다.

　그러나 그 중에서도 아주 끈근이가 하나 있었다.

　이건 찰거머리였다. 고부에서 왔다는 공달수(孔達洙)라는 자는 가지도 않고 속을 썩였다. 돈도 여유 있게 가지고 다녔다. 그러나 그는 풍류와는 거리가 썩었다. 취하면 그저 아무 말이나 장광설로 사람을 피곤하게 했다.

　물론 계랑이 처음엔 잘 대해 주었다. 성이 공(孔)씨라 하여, 공부자(孔夫子)의 성씨로 조선의 유림들이 존경하던 성씨였기 때문이다.

　"계랑! 사람을 괄시하긴가? 부안의 명기 실력이 그 정도이던가! 계랑이 그 정도밖에 안 되는 여자이던가!"

　"서방님, 왜 그러셔요. 왜 그렇게 맨날 비틀려 있나이까?"

　"몰라서 물어?"

　"저야 알 턱이 없삽지요."

　"이 사람, 이제 보니 능구렁일세. 다 아는 일을 왜 그러는 것인가. 내가 그처럼 못난 사내로 보이는가?"

　"아니옵니다."

　"아니면!"

　"지금이 때가 어느 때이옵니까? 임금이 파천(임금의 피난)을 가고 평양성까지도 위태하다고 들리는데, 백성이 지금 어떻게 할지를 생각도 아니 해 봤다는 말씀인지요?"

　"이보게, 난 어찌 되었건 그대의 살 냄새를 맡기 전에는 한 발자국도 물러서지 않을 걸세. 그러니 아예 날 설득시키려 하지 말게나.”

“이건 정말 큰일이네요. 사랑을 사고 파는 거야 배분구 논나니 패들이나 하는 짓이지, 그것이 어디 아무나 하는 짓이던가요!”

계랑도 이제는 바득바득 대들었다. 계속 고분고분했다가는 이 찰거머리와 여름 한철을 고스란히 보내게 될 판이기 때문이었다. 그야말로 염천에 지겨운 고역이 아닐 수 없었다.

그리운 사람은 멀리에 있고, 주정꾼은 가까이에 있다. 그저 하룻밤 눈 딱 감고 내던져 버리고 싶어도 은애하는 대상이 있는 이상 흐트러짐은 여자의 길이 아니다.

사실은 공달수도 못나 보이는 사내는 결코 아니었다. 몸집하며 음성하며 재치하며 얼굴이 결코 남에게 뒤질 위인은 아니었다. 사나이로서 그만하면 충분히 호감이 갈 수도 있었다. 그러나 계랑이 그를 한사코 싫어함은 멀리 있든 가까이 있든, 그녀에게도 지아비가 있다고 하는 절의(節義)와 열념(烈念)이다. 더욱이나 어려운 시대에 그의 낭비도 전혀 마음에 들지 않았다.

어느 날은 아침부터 오던 비가 종일 계속 내리었다.

공달수는 술맛이 더욱 나는지, 계랑을 불렀다. 사람이 술을 계속 먹다 보면 머리도 아프고, 뱃속도 고장이 나서 쓰러지기 마련이다. 그러나 독심을 먹은 공달수가 물러서지 않는 이상 계랑의 비극은 당분간 더 계속될 수밖에 없었다.

이제는 계랑이 아파서 누워 있대도 막무가내였다.

“이리 와 앉게나, 그대와 내가 원수 진 일이 없는 이상 대작은 해야 할 것일세!”

“정말 사람을 죽이려고 작정하신 모양이네요.”

“그래서 내가 영원히 살려 주겠다는 것 아닌가 ?”

“제발 그러지 말으셔요. 저에게도 지아비가 있다고 말하지 않았는지요.”

"그게 이 시간 무슨 상관인가? 멀리서 기약이 없음은 허상과 같아서 다시 오기 어려운 것이 아니던가!"

"이것 보세요. 누구의 존경과 믿음과 소망을 업수이 여기는지요. 정히 그러시담, 관아에 알려서 못 오게 할 것이옵니다."

"이 사람이 화가 많이 났구만. 그러지 말게나. 전생에 원수가 아니었다면 그대가 날 이렇게 미워할 이유가 없잖은가."

정말이지 끈끈이다. 이 노릇을 어찌해야 좋단 말인가.

개, 돼지라면 몰라도 인간이 어찌 그 노릇을 할 수 있단 말인가. 한 송이 꽃이 아름다움은 오염되지 않음에 있다.

"전생에서야 그럴 리 없었겠지요. 하오나 예토(穢土 : 더러운 이 세상)에도 질서는 있지 않던가요? 제발 귀가하시어 집안을 살피소서."

"아닐세! 나의 목표물에 도달하기 전에는 어림도 없음일세. 그러니 순순히 항복하게나."

"참으로 딱하십니다. 이 하찮은 계집을 두고 그러심은 남자의 용기가 아닌 것 같습니다. 제발 남의 말도 들으심이 사람 아니던가요."

"나를 설득시키지 말래두! 자네와 하룻밤을 나란히 새움이 그게 그렇게 죄가 되는 것은 아님일세. 혹시 아는가, 자네가 날더러 업어 가지 않는다고 성화를 부릴지……."

"그런 일은 추호도 없을 것이옵니다."

"그래! 두고 보자구, 누가 이기나."

속곳 벗고 함지박에 들었다더니, 요즘 계랑이 그렇다. 공가 놈이 보통의 두억서니가 아니라서 벽사문(요귀를 쫓는 글)이라도 여기저기 붙여야 할 판이다.

망나니 논밭 팔아 나날이 줄어드네요

> 논밭이 없어져도 나야 상관 없겠지만
> 미구에 종사가 끊길까 그게 두렵소이다.
>
> ―국 역
>
> 悖子賣庄土　庄土漸此裂
> 不惜一庄土　只恐宗祀絶
>
> 〈이매창〉

계랑이 참다 못해 한 수 내밀었다. 그가 유심히 바라보더니 알아먹겠다는 듯 미소를 지었다.

공달수, 그가 이 작품을 접하고서 미소를 머금은 뜻은 무엇일까. 공연한 수고 하지 말라는 뜻일까.

그렇다. 그가 이 정도 가지고 선선히 말을 들어줄 사람이라면 이곳에 오지도 않았을 것이다. 계랑의 고민은 중첩됐다. 그가 죽든, 계랑이 죽든, 둘 중에 하나가 죽어야 끝이 날 판이었다.

그러나 계랑은 또 한 번 점잖게 시도했다. 지금의 계랑으로선 이것이 최선의 방법이기도 했다.

> 돈으로 사귄 사람 돈으로 깨어지니
> 그대 돈 떨어지는 건 아깝지 않지만
> 행여나 정분까지 끊어질까 두렵사와요.
>
> ―국 역
>
> 故人交金力　金力多敗裂
> 不惜金力盡　且恐交情絶
>
> 〈이매창〉

이번에는 그가 오만상을 찌푸렸다. 양심이 있었음인가.

사실 그가 계랑을 겁탈하려면 할 수도 있었다. 그러나 그는 그런 행동까지는 하지 않았다. 계랑이 스스로 사랑의 문을 열어 주기를 바랐던 것이다.

그러나 계랑의 마음을 움직일 수 있는 재주를 가지지 못한 이상, 공가는 억지를 부릴 수밖에 없는 노릇이다. 그러기에 두 사람 모두가 딱하고 지루하고 고역스러운 시간을 보내고 있는 것이다.

문제는 누군가가 죽지 않으려면 떠나야 했다. 중이 절 보기 싫어 떠나야 하는 것이라면, 떠나야 할 사람은 자명해진다.

아니나, 오만상을 찌푸리던 공가는 아예 구들장을 지고 일어나지도 않았다. 계랑이 앞발을 들 때까지 누워 있을 판이었다.

아니다, 계랑도 이제는 각오가 서 있는 듯했다.

그가 눈치채지 않게 옷가지들을 싸들고서 뒷문으로 빠져 나와 서쪽 호수 쪽으로 걸었다. 잔잔한 푸른 물이 유혹을 하듯 넘실댔다. 점심을 막 먹고 나온 뒤라서 아직도 해는 길게 떠 있었다.

계랑이 결코 죽고 싶어서 이곳에 온 것은 아니다. 물가에 앉아 생각에 잠겨 있던 계랑은 일어나 다시금 서쪽으로 발길을 옮기었다.

서해 푸른 바다를 보고 싶어서인가. 아니다, 그것도 아니다. 말만 들었던 백운사(白雲寺)를 찾아가는 길이었다. 신기를 지나 장속에서 밤을 났다.

그곳에서 백운사를 찾으니 생각보다 훨씬 남쪽에 있었다.

다음날 물어 물어 백운사를 찾아갔다. 석상을 지나 대광의 기상봉 아래 있었다. 그러니까 외변산의 서쪽 지점에 자리잡고 있었다.

사찰은 조그만했다. 법당과 요사채가 있을 뿐이다. 그런데다 구릉에 있어 바다도 보이지 않았다.

계랑은 주지에게 사정을 이야기하고서 몇 개월이든 있을 것이라 했다. 다행히도 절간은 부부가 함께 있는 그런 곳이었다. 이방

(여승의 방)이 있는 것은 아니나, 소사미(젊은 사미승)가 썼던 방이
있어 쓰기로 했다.

밤이 되니 가까운 곳에서 접둥이(소쩍새)가 울어댔다. 이제는 세
상 번뇌를 잊을 수 있을 것인가.

계랑의 피신이 하루하루 지나갔다.

누구도 모른다. 옥심이도 모른다. 지금쯤 공가는 어찌 되었을 것
인가. 계랑은 심신이 피곤하여 멀리 가지도 않았다. 누워서 그냥
지내기가 일쑤였다.

한 달쯤 있으려니 가을이 완연했다.

들국화가 하나 둘 피어나기 시작했다. 가까운 곳에는 싸리꽃이
흐드러지게 피었다. 산비둘기가 유난스레 기웃거리기도 했다.

> 거치른 초당에 사립문 닫고 있노라니
> 꽃 지고 꽃 피는 것으로 계절을 아네
> 사람도 없는 산 속에 해는 왜 길고 긴가.
>
> — 국역

> 石田茅屋掩柴扉　　花落花開辨四時
> 峽裡無人晴晝永　　雲山炯水遠帆歸
>
> 〈이매창〉

계랑이 이처럼 사람을 피하고 난리를 피하여 산 속에 있는 동안
에도 공달수는 계랑의 집에 계속 눌러 있었다. 계랑이 돌아오기를
기다리고 있었던 것이다.

며칠씩 절간으로 계랑을 찾는다고 돌아다닌다고도 했다. 정말이
지 원수가 따로 없었다. 전생에 무슨 못다한 연정이 있었기에 그
러는 것일까. 이생에서 만나 보니 이미 늦은 만남인 것을 어찌해

야 하는가.

계랑은 계속 더 머물러 있어야 했다.

가끔은 사람을 보내 동정을 살피지만, 그가 그곳에 있음은 틀림
없었다. 그러니 잘못 찾아들었다간 낭패가 되기 십상이다.

하늘도 맑은 어느 날, 계랑은 모처럼 나들이를 했다. 사실은 이
곳까지 공달수가 찾아올지도 모른다는 정보가 있었기 때문이다.
그리하여 계랑은 근처 사람도 잘 모르는 천층암(千層菴)을 찾아갔
다.

물론 백운사 주지의 쪽지를 하나 들고 찾아갔다. 그런데 문제는
암자가 너무도 작다는 데 있었다. 독채에 법당과 거실로 두 칸이
었다. 거실은 또 부엌과 연하여 있어 숙식을 함께 하기란 어려움
이 없지 않았다. 다만, 산 능선 절벽 위에 암자를 지었기에 한 폭
의 그림 같은 풍경을 자아냈다. 날마다 한 번씩은 물을 길러 산 밑
을 내려가야 한다고 했다.

계랑은 며칠만 머물 것을 허락받았다.

정말이지 누구를 위한 고행인지 알 수 없어 심화가 끓어 오르기
도 했다.

밤하늘이 너무 좋았다.

금방이라도 별들이 쏟아 내릴 것만 같았다. 은하는 어찌하여 저
토록 창창히 흐르는 것인지, 늘 보아 온 밤이련만 별천지에 온 것
만 같았다. 산새는 또 어찌자고 새벽까지 울어대는지, 결코 조용한
밤은 아니었다.

천층이나 높은 곳에 오래 된 절이 있어
상서로운 구름 아래 풍경 소리 퍼지는데
만산에 단풍이 들어 가을빛이 가득해라.

― 국 역

千層隱竮千年寺　瑞氣祥雲石逕生
清磬響沈星月白　萬山楓葉開秋聲
　　　　　　　　　　　　〈이매창〉

계랑은 그곳 천충암에서 며칠을 난 뒤 다시금 백운사로 돌아왔다.

백운사에는 아직 그 건달이 나타나지 않았다.

공달수, 그가 정말 미워졌다. 계랑은 이제 더 피하지 않기로 했다. 물론 겨울이 오기 전 귀가할 것도 마음먹었다.

그러나 산사(山寺)에 있다 보니 이곳 또한 맘에 들었다. 세상 온갖 잡음 들리지 않고, 따라서 번고(煩苦 : 번민과 괴로움)함을 떨쳐 버릴 수 있어서 좋았다. 산사의 몽구리가 그 맛에 사는 것일까. 그래도 임에 대한 그리운 심사는 어쩔 수가 없다. 앉으나 서나 그대 생각뿐인 것을 어찌하는가.

이화우 흩뿌릴 제 울며 잡고 이별한 임, 추풍 낙엽에 그도 나를 생각할까. 천리에 외로운 꿈만 오락가락하느니.

기러기 산채로 잡아

기러기 산채로 잡아 정들이고 길들여서
임의 집 가는 길을 역력히 가르쳐 주어
한밤중 임 생각 날 제면 소식 전케 하리라.

〈이매창〉

가을이라서 그런 것일까. 생의 쓸쓸함에는 계랑 역시 견딜 수가
없었다. 가끔씩 밤하늘을 나는 기러기 소리가 왜 그리 쓰리운 것
인지 모를 일이었다. 끼억끼억 우는 소리가 분명 누군가를 찾는
소리 때문이기도 했다.

동짓달 초, 계랑은 무조건 귀가했다.

마침 공달수가 없어서 그나마 다행이었다. 그가 아주 떠나갔으
면 하는 생각을 떠올리며 피곤한 몸을 뉘었다.

그간 옥심이가 마음 고생이 여간 아니었던 모양이다. 공달수가
귀찮게 했음이 틀림없었다.

물론 그 동안은 개점 휴업상태였다. 계랑이 두어 달 집을 비웠
거니와, 왜구의 침입으로 민심 또한 극도로 피폐해서 장사가 전혀
되지 않았다. 그러니 누구라도 마찬가지겠지만, 전쟁이 길어지면
계랑도 타격을 받게 되어 있다.

겨울이 되어서는 아예 문을 걸어 잠갔다.

떠나간 유희경은 그동안 소식 한번을 전해 오지 않았다. 무소식

이 희소식이라지만, 연인의 기다림은 피를 말린다.

도대체 그는 어디에 있는 것일까.

조선 팔도 어디에서 고생을 하고 있단 말인가. 의롭게 살려는 그의 주변에 의로운 사람들만 모여들었으면 좋겠다.

전시에 그가 한가롭게 서찰이나 보내고 하는 그런 위인은 아니란 걸 계랑 역시 알고 있는 터다. 더욱이나 전시에 우편 이용은 용의하지도 않거니와 잘못 유출이라도 되면 서로가 낭패를 볼 수도 있다. 그러기에 세상이 시끄러울 땐 서로가 조용히 지내는 게 좋다.

그러나 사람의 일이란 그렇게 쉽지가 않다. 모든 것이 마음과 뜻대로 되어지지 않는 데에 고통이 있기 마련이다.

아무리 잊어버리려 해도 잊을 수가 없고, 아무리 생각을 하지 않으려 해도 생각이 절로 나는 인지상정(人之常情)이란 어쩔 수가 없다. 기다림이 결코 행복일 수 없듯, 그리움 또한 즐거움일 수는 없는 것이다.

내 가슴 흐르는 피로 임의 얼굴 그려서

내 자는 방안에 족자삼아 걸어 두고

살뜰히 생각날 제면 죽자 안고 보리라.

〈이매창〉.

임을 그리는 여인의 심정이 너무도 고통스럽다. 뼛속 깊이 쌓인 정을 감추기엔 겨울밤도 짧은 것일까.

혼자 있는 방, 쉽게 잠들지 못하는 여인의 겨울밤이 차가운 것은 어쩔 수가 없다.

어찌하여 소식이 없는가.

죽었는가, 살았는가. 떠나가면 다 그런 것인가. 남정네의 세상이란 그렇게도 매몰찬 것인가.

계랑이 견디다 못해 거문고를 타 보지만 안타까움은 더하다. 시를 읊어도 마찬가지다. 어찌해야 하는가.

봄이 되면 나아질까.

아니다. 봄이 되면 더욱 몸서리치는 고적감을 참아 낼 길이 없을 것이다.

계사(1593)년의 봄이 돌아왔다.

그러나 스무 살 계랑의 봄은 아직 돌아오지 않은 것 같다. 그녀에게 봄으로서의 의미가 없는 것이라면 역겨운 봄, 고통의 봄이 될 수밖에 없다. 그리움을 뭉텅뭉텅 쏟아 부을수록 고통은 더할 뿐이다.

유희경이 부안을 떠나간 지도 일 년 가까이 되었다. 절의에 굳은 사람이라서 남의 도움도 받지 않으려던 그가 잘 지내는지, 계랑은 궁금하기만 했다.

그가 부안을 떠나갈 때 이곳 현감에게 부탁했더라면 역마 하나 정도는 얻어 타고 갈 수도 있었으나, 그는 굳이 걸어서 북향했다. 그런 그가 군병들의 후방 지원에 얼마나 힘이 되고 있는지도 궁금했다. 밖으로는 군수물자 지원에 백성들의 생활이 궁핍하여 기사

116

자가 속출하고 있다는 소문도 있어 계랑은 가슴이 타들어 갔다. 춘궁기엔 더할 것을 생각하면 가슴이 미어졌다.

누우나 앉으나 서나 가슴에 사무치는 시름을 달래 보려 계랑이 애도 쓰지만, 마음은 조금치도 시원치가 않다. 계랑으로서 할 수 있는 최선의 선택은 시작(詩作)으로 시름을 달래는 것이다. 이마저 계랑에게서 빼앗아 간다면 죽음만도 못할 것이다.

언약이 늦어지니 뜰에 매화 다 지겠다
아침에 우는 까치 유신타 하리마는
그래도 경중 아미를 다스려나 볼거나.

도화는 어찌하여 홍장을 짓고 서서
세우 동풍에 눈물이 무슨 일고
춘광이 덧없음을 못내 슬퍼하는고야.

〈이매창〉

근간 계랑은 이렇듯 시조시에 맛을 들였다. 시조시란 나름의 감칠맛이 독특했기 때문이다.

시(詩)란 본시 내재율이란 게 있어서 문장 안에 깃들여 있는 잠재적 운율이 있기 마련이다. 노래함에 있어 고수(鼓手)들의 박자와도 같은 것이다.

그러기에 한시(漢詩)를 번역함은 국해에 지나지 않아 그 독특한 맛을 잃게 된다. 이에 편자는 시조시 형태를 빌려 계랑의 한시를 모두 국역화했다. 이 점에 오해가 없었으면 한다.

아무튼 봄이 지나가면 여름이 오기 마련이다.

도대체 한번 떠나간 유희경에게서는 일년이 넘도록 소식이 없다. 장장하일(長長夏日)이 너무도 지루하다.

계랑은 인편이 있을 때마다 종종 서울 동대문 쪽의 유희경 집에 서찰을 보내건만, 도무지 소식이 없다. 편지를 받아 보기나 하는 건지, 만나면 온통 가슴을 쥐어뜯어 주고 싶었다.

혹시 전쟁에 휘말려서 무슨 불상사를 당하지나 않았는지, 계랑은 모든 것이 궁금했다.

인적이 끊어진 집구석에 틀어박혀 있노라니, 계랑은 왜구들과의 싸움이 어떻게 진전되어 가고 있는 것인지, 전혀 알 길이 없었다.

계랑은 답답한 마음에 상소산(성황산)으로 올라가 사방을 둘러보니 성하의 계절에 저 멀리 서해 바닷가가 푸르슴히 누워 있었다. 그 전경을 놓칠 계랑이 아니다.

버들엔 푸르슴한 연기 서려 감돌고
꽃잎은 안개 속에 붉은 듯 만 듯
산노래 뱃노래가 저녁놀에 스치우네.

- 국 역

翠暗籠烟柳　　紅迷霧壓花
山歌遙馨處　　漁笛夕陽斜

〈이매창〉

계랑이 뒤돌아 나오려니 밭둑에 석죽화(패랭이꽃)가 곱게 피어 있었다. 아무 하잘 것 없는 꽃이라지만, 나름의 독특한 색깔을 지니고 있었다. 뉘 집 울타리인지, 나팔꽃 넝쿨이 한창 기어오르고 있기도 했다. 나랏일을 알 리 없는 두 마리의 노랑 나비가 하늘 높이 날아 오르기도 했다.

평화다. 영악한 인간의 혈투를 아랑곳하지 않는 미물들의 평화다.

인류의 평화는 요원한 것인가. 인간이 만물의 영장이란 자위에 불과하다. 훗날 땅을 더럽힘도 모자라 하늘까지 더럽힐 것이다. 저마다 인두겁(탈)을 둘러쓴 치졸한 인간 군상들의 짓이란 모든 문화가 성(性)으로 연결되어 어느 한날 자폭하고 말 것이다.

편자(엮은 이)가 왜 흥분하는가. 참아야 한다.

천리동풍(千里東風 : 온 천지에 봄바람)에 강구연월(康衢烟月 : 화려한 거리의 평화)이 언제일런가. 격양지가(擊壤之歌 : 땅을 치고 노래함) 드높은 곳에 음풍영월(吟風咏月 : 시를 짓고 읊음)이 꿈인 듯 싶어서 하는 말이다.

계랑이 집에 돌아오니 다시금 어두운 밤이 몰려들고 있었다.

관아로부터 들려 오는 풍문에 의하면 왜군과의 전쟁은 일진일퇴를 거듭하는 것으로 들려 왔다. 명군(明軍)의 이여송(李如松)이 조선에 지원군으로 와서 신승하고 있다는 소식도 들렸다.

우리의 의병장 김천일(金千溢)이 진주성에서 밤낮 9일간에 걸쳐 싸움하다가 장렬하게 전사했다는 소식도 들려 왔다.

문제는 유희경이 김천일의 휘하에 있지 않았는가 하는 점이었다. 의병의 지리적 여건으로 보아 유희경이 김천일과 합류했을 가능성이 커 보였다.

그렇다면 문제가 아닐 수 없다. 당시 진주성에서 여러 의병장들이 전사했었기에 계랑의 고민은 거기에 있었다.

의병장 김천일의 죽음을 애도하여 명나라 장수 오종도가 한마디 했다고 한다.

'나라 일을 그르쳐 임금을 피난가게 하고, 진주성을 지원하지도 않아 잿더미 되게 하고도 부끄러움 없이 높은 자리에 앉아 있는 자들은 비록 살아 있을지라도 어찌 의병장 김천일의 죽음보다 나으리오.'

그렇다. 조정 대신들이 날마다 당파싸움에 얽히어서 부국강병을 하지 못해 우리의 임금이 몽진(임금의 피난)까지 가야 했으니, 그들의 죄 당연히 다스려져야 한다. 일국의 제상이란 조석으로 나랏일을 걱정해야 되거늘, 당파의 얼룩을 타고 저 무도한 왜구들이 날뛰게 하였으니, 그들은 마땅히 대죄를 졌음이다.

급기야 계랑이 뒤뜰에 칠성단(七星壇)을 차려 놓고 정화수를 떠 놓고서 축수에 축수를 거듭한다.

지아비를 둔 한 여자의 간절한 정성이다. 물론 세상 역겨움에 대한 해소의 한 방법일 수도 있다. 계랑이 따로 특별히 할 일이 있는 것도 아니고 보면, 자기 위안의 대상이 될 수도 있다는 말이다.

가을에 접어들어서도 계랑이 할 수 있는 일은 오직 그것뿐이었다. 아니면, 조용히 시작(詩作)을 하는 일이다.

계랑이 거문고의 술대를 놓은 지도 꽤나 오래 되었다. 전시에 노래와 악기는 진군가(進軍歌)가 아닌 이상 삼가는 것이 좋다. 더욱이 누구도 즐거운 일이 없는 것이고 보면, 계랑 역시 불요한 행동은 하지 않는 것이 좋았다.

다만 그리움의 시간들을 그녀가 시작으로 메우는 것은 누구도 탓할 것이 못 된다. 물론 전시에 연정에 연연하는 것도 사치일 수 있다. 그러니 누구에게든 티를 내지 말아야 한다. 물론 계랑이 그걸 모를 리 없는 여자이지만, 알뜰한 여심이 자꾸만 마음을 우울하게 하는 데야 어쩔 수 없는 일이기도 했다.

유희경이 무장이 아니기에 진주까지 가지는 않았을 것이지만, 그래도 혹시 의병을 인솔하다가 낭패를 당하지나 아니했을까, 생각에 생각이 꼬리를 물었다. 그러기에 밖의 그런그런 소식만 있어도 모골이 송연해지는 계랑이었다.

그러던 어느 날이었다.

추야장 깊은 밤을 지새운 어느 날 아침이었다.

계랑의 집에 난데없는 한 사나이가 찾아왔다. 진종일 사람 하나 얼씬하지 않던 계랑의 집에 낯선 손님이 찾아온 것이다.

"여기가 계랑의 집이던가?"

"네, 그렇습니다만……."

"역시 틀림없구만. 촌은이 말한 대로일세. 우선 좀 앉게 해 주게나."

"아 예, 올라앉으시와요."

"난 광주로 해서 금성까지 갈 사람인데, 촌은 선생의 부탁이 있어 들렀네."

"부탁이라뇨?"

"부탁은 딴 게 아니고, 선생의 서찰을 가져왔음일세. 이걸 받아 보게나."

"그 어르신을 언제 만나 보았는지요?"

"열흘 전 제물포에서 잠깐 만나 보았는데, 선생은 은밀히 의병을 모아 각처의 의병장에게 연결시키느라 몹시 분망하다네."

"어른은 줄곧 그곳에만 계셨는지요?"

"그럴 턱이 있겠는가. 경기 일원을 책임지고 군병과 군량을 모으느라 눈코 뜰 새가 없다네."

"건강은 좋으신지요?"

"쫓기면서 그런 일을 하려니까 몸인들 오죽하겠는가. 나야 이곳 저곳 전달병에 지나지 않지만, 선생은 참으로 애국자일세. 그쪽에서는 모두가 존경하는 분이시네."

"그렇군요. 소식을 듣게 되어 참으로 감사하옵니다."

"그럼 이 사람은 이만 일어나려네. 바쁜 몸이거든……."

"하루쯤 쉬어 가시어요. 힘드실 텐데."

"한가한 소리 말게나. 밥 한 끼라면 몰라도……."

"예, 그럼 빨리 준비하겠나이다."

계랑은 옥심을 시켜 빨리 밥 한 상을 차려 오도록 했다. 그리고선 미투리도 몇 켤레 내놓았다.

"우선 물이나 한 그릇 주게나."

"열사께서 저의 집에 오셨는데, 술도 한 잔 올리겠나이다."

"아닐세. 이 전시에 정신이 해이해지면 아니 될 것이야! 사양하겠네."

"그러셔도 저희의 성의를 거두심이……."

"내 이곳에서 말술을 먹은 걸로 해 둠세. 언젠가 평천이 되면 내놔야 할 것이로세!"

"그러고 말구요. 꼭 들르시어요. 고대하겠나이다."

"허허, 오늘은 기분이 좋아 날을 것만 같으이!"

그는 점심을 먹은 후 총총히 사라졌다.

그가 가는 뒷모습이 그렇게 곱게 보일 수가 없었다. 조선의 남아가 저리 늠름하게도 보였다.

계랑은 방으로 들어와 유희경의 봉서를 풀어 보았다. 안부의 글월과 두 수의 한시가 들어 있었다.

계랑에게

시국이 시국인지라, 나라를 위해 일모지력(一毛智力)이나마 다하느라 기별이 늦어져 미안하기 그지없구려. 그러니 이 난국이 하루 빨리 수습되기를 함께 축원해야 할 것임일세. 달려가 만나 보고도 싶지만, 훗날 더욱 반가운 만남을 위해 참으려네. 이 서찰을 전해 줄 사람은 전엔 당상관(정3품 이상)의 아들이었으니, 대접도 게을리 말게나. 그대와 헤어진 뒤 그대를 그리는 마음에서 두 편의 졸작을 첨부하니 기쁘게 읽어 주구려. 부디 몸조심하고…… 불비.

그대의 집은 멀리 낭주에 있고

나의 집은 이곳 서울에 있어서
그리움 사무쳐도 서로 못 보고
오동나무 빗소리에 애가 탄다오.

娘家在浪州　我家住京口
相思不相見　腸斷梧桐雨

〈村隱〉

임과 헤어진 뒤 아득히 멀어져
나그네 허허로워 잠 못 이루고
소식조차 끊기어 애가 타는데
오동잎에 찬비 소리 더욱 얄궂네.

一別佳人隔楚雲　客中心緖轉紛紛
靑鳥不來音信斷　碧梧凉雨不堪聞

〈村隱〉

계랑은 유희경이 보내 온 한시를 몇 번이고 되풀이해 읽어 보며 눈시울을 적시었다. 오동나무 빗소리며 오동잎의 찬비 소리가 애상을 뒤엎으며 가슴을 난타했다.

유희경의 심정을 확인한 이상 계랑은 십 년이고 백 년이고 기다릴 수 있었다. 그러나 고독의 단 젖을 언제까지 빨고 있을지는 두고 볼 일이다.

땅이 있음으로써 하늘이 있고, 바다가 있음으로써 뭍이 있고, 달이 있음으로써 해가 있다. 그것들은 항시 만나고 항시 헤어져 있다.

일찍이 불가에서는 너와 내가 없고, 가고 옴이 없다고 했다. 시

공을 초월한 마음이 함께 있는 이상 그들은 영원히 함께 있는 것이다.

계랑이 조금은 사납다. 눈이 움쑥 들어간 여자치고 사납지 않는 여자 없다. 그녀의 사나움은 야차라도 뭉개 버릴 사나움이다. 감히 범접하지 못할 사나움이다. 그녀가 영리하다고 하는 것은 그런 의미도 한몫을 한다.

그런 그녀가 그렇게 밉상도 아니라서 공달수 같은 위인이 한 철을 붙들고 늘어졌던 것이다. 그러기에 그는 스스로 허욕의 아들을 자처하다가 결국 떠나간 것이다.

유희경 역시 그녀의 앙증맞은 입술이 좋아서 지금까지 매달려 있는 것은 아니다. 그녀의 가슴속 깊은 심연에서 솟아오르는 따뜻한 심상(心象)을 볼 수 있기 때문이다.

눈보라 어수선히 나의 창을 두드려
그리움과 시름이 이 밤따라 더해라.
차라리 다시 태어나 다시 만나 보리라.

―국 역

梅窓風雲共蕭蕭　暗恨幽愁倍此宵
他世緱山明月下　鳳蕭相訪彩雲衢

〈이매창〉

이토록 확실하고 다부진 계랑인 것을 알았기에, 한 사내가 넘어져 일어나질 못하고 있는 것인지 모를 일이다.

아무튼 계랑은 낭군으로부터 소식을 전해 듣고서 그런대로 안정을 하였다. 그가 안전하다고 하는 것을 확인한 이상, 그녀는 조금은 편한 잠을 이룰 수 있었다.

124

어느덧 겨울이 지나고 다시 봄이 돌아왔다.

스물한 살 젊은 여자의 봄이라지만, 역겨움이 없는 것은 아니었다. 전쟁이 조금은 소강상태에 접어든 것 같지만, 그래도 불안감은 여전했다. 게다가 궁핍과 외로움에 떠는 그런 날들을 보내려니 자꾸만 눈 언저리에 경련이 인다.

그가 떠나간 지도 이태가 되었다.

그래도 더욱 또렷해지는 얼굴을 두고 봄날의 꽃송이며 새 울음, 이슬비가 무거운 심사를 더욱 괴롭힌다. 차마 울 수도 없는 계랑은 연신 떠오르는 작품(시)을 서첩에 끼워 넣었다.

봄이 되어 생겨난 병이 아니라
오로지 임 그리워 도진 병이기
외로운 학이 되어 날아가고 싶어라.

－국 역

不是傷春病　　只因憶玉郎
塵寰多苦累　　孤鶴未歸情

〈이매창〉

너무도 처절하다. 사랑함이 저토록 눈물겨운 것일진대, 후회되는 일을 왜 하려 하는가. 저토록 피를 말리는 고통인데, 무엇 때문에 힘겨운 사랑을 하려는 것인가.

마음과 마음을 합하면 하늘 끝이라도 날아갈 줄 알았던가. 한갓되이 맘과 맘을 합치어서 고통의 씨만 잉태된다.

몸과 몸은 처음부터 형이하의 못된 장난에 지나지 않는다. 밤마다 한몸 이루려고 얼마나 승강이를 하였던가. 잠도 들지 않고서 그래 보았자 남는 것은 파리한 추억뿐이다.

배꽃이 눈부신 뜰에 달빛도 가득해라
꿈에서나 만날 임을 잠마저 오지 않고
창가에 기대어 서니 새벽닭이 우는구나.
-국 역

瓊花梨花杜宇啼　　滿庭蟾影更凄凄
相思欲夢還無寐　　起倚梅窓聽五鷄
〈이매창〉

사랑은 형벌이다. 사랑해야 했던 죄는 새벽도 괴롭힌다.

왜일까. 계랑의 사랑은 날개가 없음인가. 죽어 잊기도 어렵고 살아 그리기도 어려운 사랑을 왜 그토록 갈구하는 것인가.

마음과 마음을 맺었으면 그만이지, 죽어 썩어질 몸을 왜 못 만나 안달인가. 사랑이 뭐 말라 비틀어진 것이라고, 애써 회생시키려 하는 것인지 알다가도 모를 일이다.

삼월이라 봄바람에 꽃잎이 휘날려서
거문고 부여잡고 임 그리워 노래해도
강남을 떠난 사람 돌아올 줄 모르네.
-국 역

東風三月時　　處處落花飛
綠綺相思曲　　江南人未歸
〈이매창〉

삼월이면, 봄이면 모든 것이 돌아온다. 꽃도 다시 피고, 철새도 날아들고, 동풍도 다시 분다. 그런데, 한번 떠나간 사람은 왜 강남 사람을 찾아오지 못하는 것인가.

126

희원이 간절하지 못함인가. 거문고 소리가 적음인가. 기도가 부족함인가.

유희경, 그는 계랑의 밤을 괴롭히지 말아야 한다.

어찌하여 이 봄에도 못 오는 것인가. 한마디만 하면 사생 결단이라도 할 계랑이 아니던가. 신의 없는 꿈일망정 자주자주 보고 싶어도 그마저 허락되지 않는다. 탐탐히 그리울 제 꿈 아니면 어이 보라고 그러는 것인가.

죽림에 봄이 드니 새소리 요란하여

쇠잔한 몸짓으로 주렴을 들고 보니

바람에 꽃은 지고 제비들만 날으네.

－국 역

竹院春深鳥語多　　殘粧含淚捲窓紗

瑤琴彈罷相思曲　　花落東風燕子斜

〈이매창〉

참으로 허망한 시간을 보내고 있다.

시조시는 이렇듯 몇 마디 말에 사실적 정경을 그려 낸다. 물론 모든 시의 묘미가 그것이라곤 하지만, 시조시의 정형은 하나의 정경을 압축시키는 데 특별한 별미를 제공한다.

계랑의 시가도 표현이 매우 침착하다. 물론 운율에 맞지 않는 것은 아니나, 마치 속요(俗謠)와 같은 투박한 느낌마저 들게 한다.

봄이 왔다지만 임은 멀리 계시기에

춘경을 보면서도 마음 달래기 어려워

화장을 끝내고서 거문고를 두드립니다.

－국 역

春來人在遠　　對景意難平
鸞鏡朝粧歇　　瑤琴月下鳴

〈이매창〉

　임이란 죽어 잊기 전에는 매사가 고통으로 연결된다. 이러지도 저러지도 못하는 그리움을 어쩌지 못한다.

　한창 나이 물이 올라 터져 버릴 것 같은 계랑의 젖무덤이 치마끈에 조이어 고통스럽다. 여름이 되면 조금은 풀어 주어야 한다. 가슴이 무슨 죄인가.

　그래저래 가을이 되면 또 어떤가.

　계랑의 가을은 가을대로 고통스럽다.

　가을에는 낙엽이, 달이, 기러기가, 귀뚜리가 더욱 괴롭힌다. 이러지도 저러지도 못하는 계랑을 누군가 도와주어야 한다.

　전란도 이제는 안정이 되어 경상도 쪽에서만 왜구가 설치고 있다고 전한다.

　서울은 진작에 수복이 되어 임금과 조신(朝臣)이 수도 재건에 힘쓰고 있다 한다.

　그렇다면 그는 어디서 무엇을 하고 있단 말인가.

　계랑의 기다림은 더욱 간절할 수밖에 없다.

　어느 날 불현듯 나타날지도 모르는 임이기에 그녀는 몸가짐을 단정히 했다.

　그래도 임은 오지 않는다.

　　　　임진 계사에 왜적들이 쳐들어 왔었기
　　　　이 몸의 시름과 한이 넘쳐 흘러서
　　　　거문고 선율에 오직 임만을 그리나이다.

　　　　　　　　　　　　　　　－국 역

謫下當時壬癸辰　　此生愁恨與誰伸
瑤琴獨彈孤鸞曲　　悵望三淸憶玉人

〈이매창〉

　계랑의 글 어느 하나인들 임과 연결되지 않는 것이 없다. 규방 여인들의 정서와는 거리감이 없지 않다.

시린 하늘 끝을 기러기 울며 날아
아낙은 걱정되어 다락에 올랐으나
무정한 임께서는 소식도 주지 않네.

−국 역

昨夜淸霜雁叫秋　　擣衣征婦隱登樓
天涯尺素無綠見　　獨倚危欄暗結愁

〈이매창〉

이 가을도 계랑에게는 역시 고역이다.
시린 하늘 끝을 쪼으며 나는 기러기가 너무도 애처롭다.
무정한 임께서 소식을 주지 않으면 어찌해야 하는가. 그가 오지 않으면 내가 가야 한다. 시린 바람 끝을 가르며 내가 가야 한다.

삼 년간이나

삼 년간이나 서울을 꿈꾸었지만
호남 천지 또다시 봄이 찾아와
황금과 같은 옛시절이 마음 상해라.
　　　　　　　　　　　－국 역

京洛三年夢　　湖南又一春
黃金移古意　　中夜獨傷神
　　　　　　　　　　〈이매창〉

유희경, 그가 떠나간 지도 삼 년이나 되었다. 무소식이 결코 희소식일 수는 없다.

언제 올지도 모르는 사람을 무작정 기다리는 것은 대인(待人)의 자세가 아니다. 그가 오지 않으면 계랑이 가야 한다. 그리하여 동심결(同心結)이 풀리지나 않았나 확인해야 한다.

부안에서 서울까지는 천리길에 가깝다.

꼬불꼬불한 길을 가노라면 천리길이 넘을지도 모른다. 게다가 아직도 전란이 아주 걷힌 것은 아니어서 언제 어디서 어떤 복병이 도사리고 있을지도 모르는 일이다.

그러나 그까짓 정도야 의병들의 구국의 길보다 어려울 게 없다는 계랑의 생각이다.

생각이 여기에 미치자 계랑은 주저하지 않고 서울을 향해 길을 떠났다. 물론 시절이 시절인지라, 남장(男裝)을 했다. 비수(匕首)를

하나쯤 휴대하는 것도 잊지 않았다.

탕건에 갓을 쓰려다가 패랭이를 눌러 썼다. 미투리(짚신)도 투박한 것만을 골라 봇짐에 달았다.

혼자서 먼 길을 가기란 두려운 마음도 없질 않았다. 낙엽이 하나씩 떨어지는 길을 걷는 것도 신경을 곤두세우게 했다.

계랑은 단숨에 김제를 지나 부지런히 북천을 향하여 걸었다. 언젠가 한번은 걸었던 길이기에 방향을 잡아 가기가 어렵지는 않았다. 그러나 전보다는 왕래하는 사람이 적었다. 그러기에 호젓한 산속을 걸을 때는 온 몸이 결박되는 가위눌림이 없지도 않았다.

때는 늦가을, 북상하는 계랑은 자신의 모습이 왜 그리 쓸쓸하고 서러웠던지, 거침없는 눈물을 쏟기도 했다. 순전히 사랑하는 사람 때문에 두 번의 서울길이 동가슴을 찢는 아픔이 되었다. 여자의 길, 여자의 일생이 이토록 험난한 것인가 싶어 눈물이 자꾸만 앞길을 방해했다.

그래도 얼마나 걸음을 빨리 걸었으면 열흘도 못 되어 노량진 나루터에 다다랐다.

그러나 그 동안에 서울의 정세가 어떻게 변했는지 몰라 계랑은 강가에서 강북을 건너다보면서 불안감을 떨칠 수가 없었다.

그는 이곳 서울에 있는 것인가.

몸은 다치지나 않았는지, 건강하신지, 만감이 교차하는 한강 둑에서 계랑은 그렇게 잠시 서 있었다.

날씨가 제법 차가워진 아침 나절이었다. 서둘러 이곳에 도착한 계랑은 몇 사람과 함께 가까스로 나룻배를 탈 수 있었다. 양화도(陽花渡) 나루터에 내리자 포도청 소속의 장정들이 검색을 했다.

"젊은인 어디로 가는가?"

"동대문 쪽으로 갑니다."

"왜?"

"사람을 만나려구요."

"봇짐에는 무엇이 들어 있지?"

"먹을 것이 좀 들어 있어요."

"그래, 그렇다면 풀어 봐!"

"먹을 것이라니깐요."

"풀어 보라면 풀어 봐야지, 웬 말이 많어!"

계랑은 난감했다. 서울의 문턱에서부터 일이 꼬이고 있었기 때문이다.

물론 괴나리봇짐 속에는 얼만큼의 금전(동전)과 지필묵이 들어 있었다. 문제는 돈이었다.

"어찌하여 이렇게 많은 돈을 가지고 다니지?"

"누구에게 전해 주려구요."

"수상한데, 이리 따라와!"

"뭐가 잘못되었나요? 전 빨리 이걸 전해 주어야 해요."

"말이 많어, 요즘은 너 같은 젊은이가 필요한 때야. 빨리 따라와!"

참으로 어이없는 일이 벌어졌다. 다른 사람들은 모두 보내고 계랑만 붙들려서 별수없이 어디론가 따라갔다.

보아하니 서대문 근처였다. 동대문으로 가야 할 계랑이 정반대 쪽으로 가게 된 것이다. 그곳에서 다시금 취문을 당했다.

"어찌된 거야. 실토해!"

"사실은 동대문으로 유희경 어른을 찾아가는 길이에요. 그분의 뜻에 감복한 전라도 어느 분이 저를 시켜 이것을 전해 주라고 해서 온 거예요."

"뭐 유희경, 그분이라면 나도 소문은 들어서 알지만, 너를 어떻게 믿어. 거짓말 말아!"

그들은 유희경보다도 돈에 욕심이 났다. 그러기에 계랑을 당장에 징집이라도 해서 군졸로 보내겠다고 으름장을 놨다.

일이 이렇게 되고 보니 계랑도 화가 치밀어 올랐다. 선량한 사람을 대하는 그들의 태도가 너무나 불손했기 때문이다.

"이것 보세요. 난 유희경 절사의 소실인데, 이렇게 무례해도 되는 거예요! 선량한 백성의 가는 길을 막고 이처럼 희롱을 해도 되는 거냐구요? 내 의금부에 고변할 거예요. 나라가 어지러운 때에 관졸들까지 어지러워서 나라가 어떻게 되겠어요. 지금 당장 날 보내주지 않으면 이곳에 근역하는 사람들 모두 혼날 줄 알아요!"

계랑이 마구 쏘아붙였다. 당하고 있을 수만은 없다는 투였다.

계랑이 이렇게 쉽게 물러설 여자는 아니었다. 계랑이 눈을 매섭게 치켜뜨고 나오자, 그들이 조금 부드러워졌다.

"여자라구요! 어쩐지……."

이때 계랑이 지필묵을 꺼내어 놓고서 그들의 이름을 물었다. 소속을 묻고 이름을 묻자 그들이 물러섰다.

"그럼 처음부터 그렇게 말씀을 했어야지, 변장을 해서 의심받게 돼 있었잖아요. 유희경 어르신이야 나라를 위해 경향 각지에서 백성된 도리를 다하고 있다고 들었는데, 역시 그분의 그 여자이군요."

"가도 돼요?"

"좋소! 가도 좋소. 그런데……."

"그런데 또 뭐예요?"

"미안하게 되었으니, 도움이 필요하다면 동대문 근처까지 두 사람을 따라가도록 해주겠소."

"됐네요. 일들이나 잘 하세요."

계랑은 그제야 동대문을 향하여 걸었다. 기분이 언짢은 그녀는 가다가 주막에서 술도 한 잔 들이켰다. 분한 마음을 진정시켜야 했기 때문이다.

계랑은 자기도 모르게 한숨이 나왔다. 그러면서도 유희경이 관변에서 존경받고 있다는 사실에 안도했다. 그는 역시 대인이었다. 그런 분이 나라 안에 많았던들, 왜구의 만행을 받지 않았으리란 생각이었다.

아무튼 유희경을 만나기 위해서는 그의 집을 찾아가 보는 수밖에 다른 도리가 없었다. 그리하여 계랑은 지나는 여러 사람에게 물어물어 기어코 그의 집을 찾아냈다.

유희경의 집은 동대문 밖 개천가에 있었다. 그런데 그의 집은 너무도 초라했다. 천하의 풍류객인 유희경쯤 되면 잘사는 집일 것이라 생각했었는데, 정작 그의 집은 대문도 겨우 매달려 있는 조그만 고옥이었다.

대문을 지그시 열고 안채를 들여다보니 동상방의 상방 문지방 위에 그의 글씨가 확실한 여러 축문이 붙어 있었다. 그리기에 그의 집이 확실했다. 그런데 사람이 사는지 아닌지 분간키 어려울 정도로 음산했다.

계랑은 비감이 들었다.

무상한 것은 생명만이 아니었다.

일각중문 앞에서 잠시 주저하던 계랑은 용기를 내어 안으로 들어갔다.

마당에서 주인을 불러도 안에서 대답이 없었다. 다시금 두세 번 부르니 그제야 파파 할멈이 앉아서 문을 열고 내다보았다.

"누군가?"

"촌은 선생 댁이지요?"

"그랴. 촌은인지, 시은인지……."

"지금 어데 계셔요?"

"난 모르지. 일 년에 한두 번 들러 가니까네."

"식구들은 어디 갔어요?"

"지애미는 일하러 나가고, 새끼들은 어디 있는지 몰라."

"촌은 선생이 집에 들른 지가 얼마나 되었어요?"

"모른다니까! 누군데 자꾸 꼬치꼬치 물어?"

"심부름을 왔거든요. 그럼 할머니, 안녕히 계세요."

계랑은 뒤로 몇 발짝 물러나 큰절을 올리었다.

유희경의 어머니로 보이는 할머니 앞에 처음이자 마지막이 될지도 모르는 인사를 드린 뒤 계랑은 밖으로 나왔다.

이제 어디로 가야 하는가.

유희경의 집을 뒤로 하고 돌아서는 계랑의 마음은 허전하기 그지없었다. 그리움을 달래다 못해 이 가을에 천리길을 찾아왔건만, 그를 만나 볼 길이 없는 계랑의 마음은 허전하기 이루 말할 수 없었다.

그러나 계랑은 그가 있는 곳이라면 어디든지 찾아가 볼 결심이어서 만나는 사람마다 붙들고서 유희경의 행방을 탐문해 보았다. 그런데도 막연했다. 이 하늘 밑 어디에 있단 말인가.

그가 나라를 구하는 일념으로 경향 각지를 떠돌고 있다는 사실만은 감지할 수 있었다. 그러나 정작 그의 행방을 아는 사람은 아무도 없었다.

　들자니, 뒤에서 일을 은밀히 추진하는 사람은 자기를 감추는 것이 상례라고 한다. 어느 첩자가 적에게 밀고할지를 모른다는 것이다. 그러기에 그가 어떤 사람이라는 것쯤은 금방 알아도 소재는 불명했다.

　　　　찬란한 무지개꿈 깨고 나니 허랑타
　　　　그대의 안식처는 지금 어디 있는고
　　　　저녁이 다가서니 수심 가득 밀리네.
　　　　　　　　　　　　　　　－국 역

　　　一片彩雲夢　　覺來萬念差
　　　陽臺何處是　　日暮暗愁多
　　　　　　　　　　　〈이매창〉

　계랑이 여숙의 창가에 앉아 허랑한 마음을 달래었다.
　사랑이 고통임을 진작에 알았던들 피하여 갔을 것을, 자신에게 사랑의 가시 올가미가 씌워진 것을 지금에 알게 되어 한탄도 해보지만 소용없는 일이었다. 계랑은 그제야 기구한 운명의 덫에 짓눌려 퍼덕이는 자신을 발견했다.
　결국 모든 것은 '사랑의 죄' 그것이었다.
　신은 어찌하여 이토록 험한 시험을 하는 것일까.
　계랑이 서울에 올라온 지 닷새가 되었다.
　이날도 거리를 떠돌며 유희경의 소식을 탐지하고 있노라니, 누군가가 가까이 와서 아는 체를 했다. 삼십 가까이 보이는 장정이었다.
　"아직도 어르신을 못 찾으셨나요? 그분을 꼭 만나야 하겠다면 내가 도와드릴까요?"

그는 퍽이나 정중한 말씨였다.

물론 계량은 반가운 소리를 듣고서 눈이 번쩍 뜨이는 충격을 받았다. 그 동안 그렇게도 찾아 헤매던 고통이 이제야 보람이 되는가 싶어 일견 반가움이 앞섰다.

"형은 유희경 선생님의 행방을 알고 계시나요?"

"그 어른이 어디 계시는지 알다마다요. 엊그제 만나 보았는데요."

"그래요!"

계량이 가슴 두근거리는 흥분으로 묻자, 그는 서슴지 않고 대답하는 것이었다.

"날 따라오세요."

"그런데 절 어떻게 아시나요?"

"그야 지난번 양화도 나루에서……."

"그렇군요. 옷을 갈아입었으니 모를밖에요."

"그 어르신 고생 많이 하십니다."

"왜요?"

"환영하는 사람이 없으니 그러죠."

"환영하는 사람이 없다니요?"

"그럴 게 아니겠어요. 그것이 애국하는 일이지만, 군병을 모으고 군량을 모으는 일이니 우선은 싫은 거죠."

"그렇겠네요. 그런데 그 어르신이 지금 어디 계시죠?"

"며칠 전에 고양 벽제관(碧蹄館)에서 보았으니, 아직도 그곳에 계실 거요."

"아니 서울로 들어올 일이지, 왜 벽제관에 머무르고 계실까요?"

"그야 그쪽이 안전하거든요. 그 길이 간도로 연결되는 길이라서 문제가 있을시 퇴로와 정보와 연락 등 여러 가지로 유리하지요."

말하는 것으로 보아 의심이 가는 사람은 아니었다. 그러나 행선지를 비밀로 하는 분을 그가 어떻게 아느냐는 데에 계량의 의구심

이 일기도 했다. 더욱이나 양화도 근처 경비병에 지나지 않던 그
가 어떻게 벽제관의 사정을 그렇게도 잘 아느냐 하는 데에 일말의
의구심을 떨쳐 버릴 수가 없었다.

"벽제관이 여기서 얼마나 멀지요?"

"십 리쯤 될 게요. 사현(무악재) 바로 넘어 있으니까."

"그럼 여기서 잠깐만 기다리세요. 선생의 집에 놓고 온 것이 있
거든요. 한 식경만 기다리시면 됩니다."

"그러세요, 그럼."

"빨리 갔다 올께요."

계량은 다시금 동대문 쪽으로 걷다가 길가는 사람에게 물었다.

"여기서 벽제관까지 얼마나 멉니까?"

"오십 리도 넘을 것이여."

"그렇게나 멉니까?"

"가까운 줄 알았는감. 임진강까지 반은 되는 거리인데……."

"그곳에 뭐가 있는감요?"

"한성의 변방을 책임 맡는 병부가 있는 곳이제."

"잘 알겠습니다. 감사합니다."

아무렴 계량의 지능이 그 말단 병졸보다 못할 리가 없다. 무언
가 의심 가는 점이 없지 않아 역추적해 본 것이다.

사실은 계량이 서북쪽 지리라면 모를 것도 없었다. 몇 년 전 인
왕산 밑에서 살았던 계량이 아니던가.

기는 놈 위에 나는 놈 있다고 했다. 그가 적당한 장소에서 계량
을 겁탈하고 돈까지 빼앗으려 농간을 부린 것이다. 그런 것쯤 못
알아차릴 계량이 아니다. 그놈의 잔머리보다는 계량이 한 수 위였
다. 그놈은 오후 내내 그곳에서 기다리고 있다가 늦게서야 자신이
당한 것을 알아차렸을 것이다.

그 시간쯤 계량은 벌써 무악재를 넘어 고양군 역참에 도착하고

138

있었다. 그러니 그가 뒤쫓아갈 수도 없었다.

계랑은 파발의 주막에서 날을 샌 뒤 다시금 걸었다. 벽제까지는 한나절이면 충분히 걸을 수 있었다. 정오가 못 미처 벽제의 벽제관에 도착하여 유희경을 찾았으나 다들 모른다고 했다. 그가 그곳에 있지 않은 것이 분명했다.

그러니 그마저 속은 것이다. 계랑은 속은 줄 알면서도 한 가닥 희망을 안고 찾아갔으나 역시 허탕이었다.

생각해 보니, 그가 거기 있을 턱이 없었다.

벽제관은 본시 역관(驛舘 : 역이나 참에 있는 중계소)으로 한토(중국)를 드나들던 사절이 휴식하는 곳이기도 하다. 그런데 이곳이 얼마 전 이여송(李如松)이 거느린 명군(明軍)과 왜군(倭軍)이 크게 격전을 벌여 초토화되어 버렸다. 모든 것이 불에 타 성한 것이 별로 없었다.

이러한 곳에 그가 있을 곳이 못 되었다. 계랑은 바로 돌아섰다.

아무튼 계랑은 도성의 군졸들에게 두 번이나 괴롭힘을 당한 것이 된다. 나라의 제도가 그 이상을 벗어나지 못하는 수준이었기에 누구든 시대적 상황에 순응해야 했다.

정말이지, 유희경을 찾을 길은 없는 것인가.

날씨는 점점 차가워졌다. 집 떠난 지도 오래 되어 옷에 이가 번져 가려움이 여간 아니었다.

몰골은 또 어떤가. 영락없는 남산 밑 거지였다. 손발에 때가 끼고, 머리는 그야말로 봉두난발(흐트러진 쑥대머리)이었다.

계랑은 자신이 생각해도 한심스런 여자이었다. 보름 가까이 되도록 목을 지키며 물어도 그를 찾을 수가 없었다.

도대체 죽은 것인가, 산 것인가.

계랑은 달려가 신문고(申聞鼓)를 치고도 싶었으나 왜구가 불태워 없어졌다. 파루의 종을 멀리서 돌을 던져 때려도 되련만, 원체 경계가 심하였다.

서울에서의 되는 일이 하나도 없음을 깨달은 계랑은 초겨울이 되어서야 유희경을 만나는 것을 단념할 수밖에 없었다. 결국 그녀는 하향을 결심했다. 도대체 서울이라는 곳은 자기하고는 인연이 없는 곳이라는 느낌이 들었기 때문이다.

고향으로 내려갈 바엔 지체없이 빨리 떠나고 싶었다. 그러나 나루에서 다시금 그 경비병을 만날까 보아 망설여졌다.

그래도 어쩔 수 없는 일이 아니던가. 멀리 광주나루로 돌아가기 전에는 별수없이 양화도를 지나야 했다.

계랑은 조심스레 다가섰다. 그리고는 나룻배가 떠나기를 기다렸다.

> 바위 아래 아름다운 배가 매어 있어
> 굽이쳐 흐르는 물결을 바라보노라니
> 모래밭 어귀에 물새들만이 한가롭다.
>
> —국 역

> 岩下繫蘭舟　眈看碧玉流
> 千年名勝地　沙鳥等閑遊
>
> 〈이매창〉

지금 계랑의 마음이 이렇다. 모든 것이 제자리에 있는데, 자기만 실패한 인간으로 떨어져 혼자 있는 느낌을 받은 것이다.

작품의 이면을 보노라면 몸서리치는 외로움이다. 뼛속까지 파고드는 그리움과 외로움은 지극히 상대적이라서 주위의 환경에서 오는 감상적 비애를 더욱 유발시키고 있다.

계랑이 이곳 서울까지 와서 한 달여 유희경을 찾았으니, 그녀가 할 수 있는 일은 다한 셈이다. 더 이상은 여자의 몸으로 무리였다.

그가 이런 사정을 알았으면 좋으련만, 그마저 전할 길이 없으니 공허함이 더했다. 차라리 고향집에 가 있으면 언젠가는 찾아올 것이다. 오 년 후면 어떻고, 십 년 후면 어떤가. 기다림과 그리움은 한 여자의 신앙으로 충분한 가치가 있을지도 모른다.

계랑이 강을 건너 과천에 이르자 날이 어두워지기 시작했다.

그때서야 계랑의 눈에서는 거침없는 눈물이 쏟아졌다. 왜일까. 서울 하늘을 뒤로 하기가 그토록 힘이 들었음인가. 쌓이고 쌓인 회포를 풀려고 갔었는데, 서울을 등지기가 그토록 가슴 시리웠던가.

서산 머리에 저물어 가는 노을을 바라보노라니 웬 까마귀떼까지 까옥까옥 울어대며 날아간다. 저것이 죽음에의 달콤한 유혹인가. 계랑이 자꾸만 눈물을 훔치며 돌무더기에 앉아 쉬었다.

이제 또 머나먼 길을 가야 하는 것도 큰 고역이었다. 올라올 때야 희망에 부풀어 단숨에 왔지만, 내려가는 길은 이미 지쳐 있었다. 그도 그럴 것이, 아무 것이나 먹고 아무 데서나 자고 하여 몸의 균형이 깨져 있었다. 더욱이 연약한 여자의 몸으로 악조건과 싸우기에 지쳐 있었던 것이다.

정말이지 설움도 설움이지만, 벌써부터 지쳐 있는 발걸음을 어떻게 끌고 가야 할지 난감했다.

주막집 주모의 방에서 정신없이 자고 일어난 계랑은 다음날 수원에 이르니 더는 갈 수가 없었다. 병이 날 것만 같았다. 기침이 계속 나오고 머리가 아파 오기도 했다. 몸은 지칠 대로 지쳐 있었다.

죽을 것만 같았다.

수원의 어느 여숙에 누워 있으려니 신열이 나기 시작했다. 그대로 죽자니 계랑은 너무 억울했다. 만나야 할 사람이 있었기 때문이다.

이제는 눈물도 나오지 않았다. 몸이 사뭇 떨리며 아파 오니 눈물은 어디론가 숨어 버렸다. 그 몸서리치던 외로움보다 몸의 괴로움이 더 컸기 때문이다. 몸이 사뭇 아프다 보면 모든 것이 싫어지는 법이다. 먹는 것도, 말하는 것도, 눈 뜨는 것까지도 싫어진다.

누군가 계량을 살려내야 한다.

누군가가 이 여자를 도와주어야 한다. 비련의 여인이요, 비련의 여왕이기 때문이다.

저 떨리는 입술을 어찌하면 좋은가.

밭은기침을 연신 해대는 계량의 얼굴이 너무도 가엾다.

그런데 수원의 인심이 그렇게 나쁘진 않았다. 낯선 땅에서의 주모의 간호가 여간 아니었다. 무엇보다 원기를 회복해야 된다며 보첩을 구해 끓여 주기도 했다.

그렇게 누워 있기를 닷새가 되자 조금 나아진 것 같았다. 얼마나 여독(旅毒)이 심했으면 생사를 넘나들기도 했다. 인사불성이 되기도 했던 계량이 가까스로 살아났다.

다시금 닷새를 몸조리한 후 귀향길에 오르려 하니 그래도 다리가 휘청거렸다. 그야말로 지독한 귀향이었다.

문제는 도저히 걸을 수 없다는 데에 있었다. 하여 계량은 조군(가마꾼)을 부르기로 했다. 어떻게든 살아서 집에 돌아가야 했기 때문이다.

이래저래 그 동안 많은 경비가 지출되었으나 부안까지의 가마 삯은 남아 있었다.

계량은 가마 속에서도 숫제 누워 있었다. 그렇게 하기를 이레만에 집에 도착하였다. 옥심이 이를 보고 놀라 어찌할 바를 몰랐다. 어찌 되었건 자기의 주인이요 상전임에랴 놀라지 않을 수 없었다. 그때의 계량은 너무도 창백해 있었기 때문이다.

이내 겨울 한철을 몸 보전에 힘썼다.

그 동안 꼬박 침방에 누워 있었던 계랑이 봄이 되어서야 거동하기 시작했다. 그야말로 재생의 길을 걷는 그런 심정이었다.

사람은 몸이 무거울(아픔) 때는 만사가 귀찮게 된다. 따라서 감정도 무디어지기 마련이다. 유희경에 대한 계랑의 고뇌도 무디어졌음을 말하는 것이다.

조용히 양지바른 곳에 나와 앉아 있는 계랑의 머리 위로 빛 바랜 백목련 꽃잎 하나가 떨어진다. 다시금 또 하나가 떨어진다.

흐름이다.

시간의 흐름이다.

흐름이란 가고 옴의 연속을 뜻한다. 그러기에 생이 덧없다고 한탄할 것도 못 된다. 흘러간 빈자리에는 언제나 새로운 것이 와서 채워지기 마련이다.

계랑이 늦게서야 그걸 깨달은 것 같다. 주위의 환경에 전혀 민감하지도 않는다.

성숙이다.

생명의 성숙이다. 흐름을 방해하지 않는 지혜가 곧 성숙이다.

계랑이 그걸 알아차린 것이다.

그렇다고 성숙이 곧 자유로움을 말하는 것은 아니다. 계랑은 유희경으로부터 절대로 자유로울 수 없기 때문이다.

부활이 자유가 아니듯, 계랑의 재생이 해방은 아니다. 누가 뭐라해도 거기 사랑의 빈자리에 고통과 성숙과 승리를 맷돌질할 수 있는 지혜가 필요한 것이다.

사랑이 휘어감긴 계랑의 몸은 완성을 이룰 수도 있다. 사랑의 빈자리를 채울 수 있는 지혜가 성숙이듯, 스스로의 가슴앓이는 충분히 이해가 되는 일이다. 사랑의 목마름은 누구의 탓도 아니라는 이야기이다.

아무쪼록 스물세 해를 맞는 계랑의 봄이 조금은 가볍고 향기로 웠으면 좋겠다. 여인의 분만이 고통을 수반하듯, 계랑의 고통스런 겨울이 지나갔기 때문이다.

부귀영화 꿈꾸다가

부귀영화 꿈꾸다가 놀라 깨어나
살아가기 어려워라 나직이 읊네
우리집 제비가 임을 불러 주려나

- 국 역

驚覺夢邯鄲　　況吟行路難
我家樑上燕　　應喚主人還

〈이매창〉

새로움의 시작이다.

온누리 삼라만상이 소생의 기쁨을 누리는 양춘가절이다.

계랑도 새로운 봄을 개척해야 했다. 이제는 마음 편히 살아갈 수 있는 자기만의 봄을 만들어야 했다.

그러나 한번 쇠약해진 몸이라서 예전 같지가 않았다. 그저 조용히 봄을 맞고 보내는 수밖에 없었다. 어쩌다 부귀영화를 꿈꾸고서는 스스로 놀라 깨어나 역겨운 생의 비탈에서 넋두리나 해보는 수밖에 없었던 것이다.

그러던 어느 날이었다.

통인(通引 : 관아에서 잔심부름하는 이속) 김서방이 찾아와서 신임 사또의 전갈을 전해 왔다. 다음날 선화당으로 나와 달라는 것이었다.

지금까지의 현령들은 전임자의 부탁도 있었고, 유희경과의 친분

이 두터웠던 관계로 계량의 생활을 간섭하지 않았다.

그런데 신임 사또 조일철(趙一撤)은 내심 그것이 못마땅하였던 모양이다. 물론 신임 사또가 오면 나아가 인사했던 계량이 하필이면 이번 사또에게는 인사하지 아니했다. 그것이 계량의 불찰이기에 앞서 아픈 몸을 이끌고 그렇게 하기란 여간 힘드는 일이 아니어서 나아가 현신하지 못했던 것이다.

계량은 고민하기 시작했다. 사또의 분부는 거역하기 어려운 지상명령이었기 때문이다. 오라면 오고, 가라면 가야 하는 절대 복명의 천민이 아니던가. 그러기에 죽음을 각오하기 전에는 거역이란 상상조차 할 수 없는 일이다.

어찌해야 하는가.

이 일을 어찌해야 좋단 말인가.

이럴 수도 없고 저럴 수도 없는 계량은 몸부림쳤다. 이러한 계랑을 두고 그는 왜 나타나지 않는 것인가. 모든 것이 역겨움뿐이었다.

이튿날 계량은 수수한 차림으로 나아갔다. 동헌의 선화당에서 사또는 기다리고 있었다.

"쉰네 사또 전에 인사 올리옵나이다."

"네가 계랑이라 이름 하더냐?"

"네, 그러하옵니다."

"하면, 어찌하여 두문불출하였던고?"

"와병(臥病)에 인사절(人事絶)이 상례인 줄 아옵나이다. 용납하여 주시옵소서."

"무스게 소린고! 지금 보아하니 너의 반동이 분명하도다!"

"당치도 않은 말씀이시옵니다."

"들어라! 오늘부턴 다시 교방에 들어와 대기하렷다!"

"사또 어르신, 그건 부당하옵니다."

"왜?"

"쇤네는 일찍이 기적에서 속량된 몸이온데, 어찌하여 험로를 걸으시라 하옵니까?"

"아니다. 네가 모르는 소리니라. 기안에서 삭제가 되려면 그만한 공적이 있어야 되는 법, 너는 아직도 기안에 엄연히 등재되어 있음을 확인했느니라."

"그럴 리가 없사옵니다. 제 눈으로 보기 전에는……."

"무엄하도다! 그간 전임자들이 너를 방면하였지만, 이제 넌 내 명을 들어야 할 것이야. 알았느냐?"

"……"

"왜 대답이 없는고?"

"죽음을 각오하겠나이다."

"이런 고약한 것이 있나! 정 그렇다면 주리를 틀 것이니라. 그래도 내 말을 듣지 않겠는고?"

"정히 그러시면 저에게 시간을 주시옵소서. 아직도 몸이 완쾌하지 못하여 약을 복용중이오니 한 달만 기한을 주시옵소서."

"좋다. 약속은 지켜야 할 것이니라!"

그리하여 계랑은 선화당에서 물러 나올 수 있었다.

그런데 이 무슨 청천벽력인가.

기적에서 속량되지 아니하였다니, 이 무슨 장난인가.

지금까지 계랑은 그것을 까맣게 모르고 있었단 말인가. 그렇다면 옛일은 신(申) 현감의 희롱이었던가.

계랑은 머리가 어지러웠다. 다시금 드러눕고 만 것이다. 새로운 각오의 생을 살려고 했던 계랑의 봄이 악몽으로 다가서고 있었다.

유희경, 그는 도대체 어디서 무얼 하고 있단 말인가. 처절한 기다림을 알고나 있는 것인가. 언제 한번 찾아와 줄지 기약조차 없는 그를 기다림은 처음부터 잘못이란 말인가. 잊어버리려고 해도 더욱 잊혀지지 않는 것은 무슨 심사란 말인가.

계랑은 이처럼 무거운 천형(天刑)의 굴레에 눌려 몸부림을 치고 있었다.

이 밤 당신은 어느 하늘 밑에 잠들어 있기에 만나지 못하는 것인가. 죽어 찾아갈 수도 없는 당신은 어느 하늘 밑에서 곤한 잠에 취해 있단 말인가.

여자의 일생이 너무도 처절해서 계랑은 몇 번이고 죽음에 입 맞추어 보았는지 모른다. 지금까지 더럽히지 않은 몸을 사또에게 내던지느니, 차라리 문 앞에 엎드린 죽음을 따라가는 것이 좋을 것도 같았다.

훗날 그가 가슴을 치고 울어 줄는지, 차마 못해 눈물 뿌려 준다면 계랑의 영혼이 목마르지 않으리란 생각이다.

차마 눈을 뜨고 계랑의 모습을 볼 수가 없다. 돌아누운 그녀의 떨리는 가슴, 떨리는 입술을 누가 붙들어 멈추게 할 것인가.

이제 그만 그녀를 울려야 한다.

한 달이 지나면 그녀는 싫든 좋든 교방으로 가서 그곳에서 잡심부름을 하고 수청까지 들어야 한다.

그러기에 죽음을 눈앞에 바라보며 그리운 사람의 소식을 애타게 기다린다고 하는 것은 너무나 가혹한 형벌이 아닐 수 없다. 여자의 사랑, 그것은 참으로 슬픔의 끝을 달리는 고통이다.

그러나 사는 날까지 계랑은 그 슬픔을 줄기차게 이겨내야 한다. 그래야 사또와 다시금 부딪히는 날 죽던가 살던가 결판을 낼 수도 있을 것이다.

계랑은 될 수 있는 대로 기운을 차리려고 애썼다. 죽음에의 입맞춤도 부질없는 시간의 낭비요, 유혹이요, 연약함이었다.

그가 아니 오면 어떤가.

어차피 혼자이던 것을, 욕심은 버리기로 했다. 마음을 버리고 비우는 것은 그만큼 성숙으로의 도달이다.

홀가분한 마음, 그것을 한 달 동안에 길러내야 했다. 마음먹기에 따라서 봄은 얼마든지 향기로울 수도 있다. 떨쳐 버리기, 버리고 떠나기를 단련해야 했다.

드디어 사또와의 약속의 날이 되었다.

계랑은 몸치장을 깨끗이 하고서 선화당으로 나아가 사또에게 공손히 인사를 했다.

사또는 기다리기라도 했다는 듯이 반가이 맞으며 기안(岐案)을 계랑에게 내 보였다. 틀림없는 사실에 놀라면서도 계랑은 각오를 단단히 했다. 한 고을의 수령이 그까짓 일에 거짓말을 하지는 않으리란 생각은 진작부터 해 온 터다.

사또와 계랑은 별실로 나와 마주 앉았다. 주안상이 준비되어 있었음은 말할 것도 없다.

"몸이 불편하다더니 그간 완쾌되었느냐?"

"아직은 아니지만, 사또의 부르심을 받고 어찌할 수 없사옵기에 노력하였나이다."

"그렇다면 내가 미안하구나."

"이제 이 쇤네를 어찌하시렵니까?"

"어찌하긴, 너의 노래와 시문을 듣고 싶어서 내가 안달이 났느니라. 거문고 소리도 듣고 싶고……."

"이 쇤네의 재주가 미진하여 귀에 거슬리면 어찌하오리까?"

"그럴 리가 있겠느냐. 너야말로 부안땅의 명물이 아니더냐. 어려워할 것 없느니라."

"그러시다면 사또께서 이것 한 가지만 약속하실 수 있겠는지요?"

"무엇을 말이더냐?"

"사또 전에 죽으라면 죽겠나이다. 그러나 이 하찮은 몸을 버려주소서."

"허허, 너의 주문이 지나친 게 아니더냐. 내 일찍이 들어서 아는 바이나, 촌은(村隱)은 떠돌이에 지나지 않느니라. 남아 일생에 몇 편의 시작(詩作)을 아니 해본 사람도 있다더냐. 모든 것은 시류(時流)를 좇아 흘러가게 되어 있음이야. 영리한 네가 그걸 몰라서야 말이 되겠느냐."

"사또께서는 그 어른을 만나 본 일이 있으신지요?"

"아니다. 만나 보지는 않았지만, 들음은 있느니라. 그가 시성(詩聖)이 아닌 바에야 범부에 지나지 않음은 자명한 일, 사람을 너무 편들면 아니 되느니라."

"그분이 왜란을 물리치고자 경향 각지에서 의병을 모으고 군량을 모아 절도사들에게 보냈다 하옵는데, 그러한 분이 범부라면 도대체 이 나라가 어찌 이렇게 되었겠는지요?"

"그야 백성 된 자로서 그만한 충정은 누구든 가지고 있는 것이 아니겠느냐. 너무 우러러보지 말래도 그러는구나."

"하오면, 무쉬(무관으로서 고을의 원이 된 사람)로서의 사또는 왜란에 어떤 공을 세우셨는지요?"

"무엄하구나! 일개 천기에 지나지 않는 계집이 너무 당돌하구나! 술상을 물려라!"

"사또 어르신, 죄송하옵나이다. 그러니까 서로가 누구를 비방하는 일은 그만두기로 하심이 좋을 듯하옵니다."

"듣기 싫다. 물러가 있거라!"

"네, 그럼……."

"아니다. 이곳 교방에도 얼씬 말아라. 꼴도 보기 싫으니, 내 앞에 나타나지도 말렷다!"

사또가 대로(大怒)하였다. 잘된 일이었다.

계랑이 죽을 때 죽더라도 그걸 노리고 그의 약점을 파고든 것이다.

얼마나 다행스런 일인가.

날마다 내키지 않는 노래에 내키지 않는 일을 아니 해도 되게 되었으니 계랑으로서는 너무도 잘된 일이었다.

사또가 대로한 그날 이후 계랑을 한번도 부르지 않았다. 계랑은 두려운 마음이 들지 아니한 것은 아니지만, 자기의 지조를 위해 천만다행한 일이었다.

그리하여 계랑은 집에서 계속 요양을 하며 한 해를 조용히 보낼 수 있었다.

새해 정유(丁酉)년이 되자 정초부터 왜군이 다시 쳐들어왔다는 소식이 전해졌다.

봄이 되자 이순신 장군이 무고로 투옥되었다는 소식이 전해졌다. 이어서 명나라 군대가 다시 출병했다는 소식이 전해지기도 했다.

큰일이다. 왜병은 나라가 안정도 되기 전에 다시금 전란을 일으켜 백성의 생활이 궁핍하기 이루 말할 수 없었다.

그들은 왜 그토록 잔인한가. 남의 나라를 짓밟아 무고한 생명을 앗아가도 된단 말인가.

계랑은 다시금 유희경을 생각지 않을 수 없었다. 그분의 울분은 어떠할 것인가.

뵈지 않아도 그의 분통해 하는 모습을 떠올릴 수 있었다.

이제는 계랑의 생활도 예전 같지가 않았다. 몇 년을 거의 쉬고 있는 형편이라서 생활이 궁핍해지는 것은 당연했다. 더구나 중간에 유희경을 찾아 나섰다가 여축(餘蓄)마저 탕진하고 말았으니, 그녀의 생활이 곤궁해짐은 어쩔 수 없는 일이었다.

스물네 살 계랑의 봄은 다시금 깨어지고 말았다. 그야말로 춘래불사춘(春來不似春)이었다.

계랑의 거문고 솜씨도 무디어질 대로 무디어졌다. 도무지 즐거운 일이라곤 없는 한 해, 한 해가 지나갔다.

여름이 되니 왜군이 전라도 방면으로 침투하여 금방 남원성이 함락되었다는 비보가 들렸다. 그러더니 가을이 오기도 전에 전라도가 거의 왜병의 수중에 들었다는 것이다.

모든 사람의 행동이 움츠려들기 시작했다. 들에 농작물을 두고도 밖에 나가 일하는 사람이 없었다. 그도 그럴 것이, 왜군의 약탈과 방화가 끊이질 않았고, 무차별하게 사람의 목숨을 빼앗았기 때문이다.

가을이 되자 더욱 살벌해졌다.

왜병들이 조선인을 닥치는 대로 죽여서 코를 베어 가져간다는 소문이 자자했다.

그러니 미리 산 속으로 피난을 떠난 사람도 있었다.

이곳 부안에서도 의병들이 일어나 여러 격전지에서 싸우다가 전사했다고 들려 왔다. 그러니 가끔 이웃에서 곡성이 흘러 나오기도 했다. 참으로 비참하기 이를 데 없었다.

계랑도 서책과 시축을 불살라 버릴까 하다가 땅 속에 묻어 두었다. 그래야 불이 나더라도 안전하기 때문이다.

문제는 당장에 먹고 사는 일이었다.

곡식이며 부식을 구해 먹을 수가 없으니 도적도 성행했다. 아무 논밭에서나 먼저 가져다 먹는 것이 임자였다. 그러기에 여자만 둘이서 살고 있는 계량의 집은 더욱 문제가 심각했다. 먹을 것이면 아무라도 와서 가져가 먹으면 그만이었다.

추운 겨울을 어찌 나야 할지 막막하기만 했다.

계량이 하루 한 끼 정도로 버티고 있던 어느 날이었다. 어디선가 안면이 있는 사내가 무엇인가를 양손에 들고 집안으로 들어왔다. 알고 보니 그는 계량에게서 신세진 일이 있는 통인 김서방의 아들이었다.

그는 어디서 구했는지 귀한 소고기와 쌀을 나누어 들고 들어와 놓고선 그냥 가버렸다. 무어라 이야기를 나눌 짬도 주지 않고 가버린 것이다.

지금의 계량으로선 감사하다 못해 엎드려 절이라도 하고픈 심정이었다.

아무튼 많은 도움이 되었다. 다행히 이곳 부안까지는 왜군의 발호가 덜하는 편이었다.

그러던 어느 날 다시금 사또의 호출을 받았다. 그토록 노여워했던 사또에게서 천만 뜻밖에도 동헌으로 나와 달라는 전갈을 받은 것이다.

전시에 무슨 꿍꿍이속이 있어서 오라 하는 것인지, 계량으로서는 불안하기 그지없었다. 혹시나 며칠 전 김서방의 아들이 가져다 준 식량에 까사리가 붙지나 않았나 싶어 간이 콩당콩당했다.

계량이 은근히 겁을 먹으며 동헌으로 들어가 보니 사또는 서울서 내려왔다는 손님과 찻잔을 기울이며 담소하고 있었다.

"응, 왔구나. 우선 이 어른에게 인사를 드려라. 이분은 서울 사는 내 친구인데, 이야기 끝에 얼마 전 경기도에서 촌은 선생을 만나 보았다는구나."

이게 어찌된 일인가. 지레 겁먹고 왔더니 미운 사또가 희소식을 전해 주는 게 아닌가.

오월동주(吳越同舟)가 따로 있는 것이 아니었다. 호랑이 사또도 인정을 베푸는 때가 있는가 싶어 감사하기만 했다.

계랑은 낯선 선비에게 큰절로 인사를 드린 뒤 나직이 물었다.

"춘은 선생님께서는 지금 어디에 계시온지요?"

"내가 장호원을 떠나오면서 안성에서 잠깐 만나 보았느니, 그분은 역시 동분서주하고 있었어."

"그러셨사옵니까. 근황은 어떠하셨는지요?"

"그야 의식(衣食)이 무인지경이라서 어려움이 많았던 것 같애. 그러나 아직은 건강하게 보이더구만."

"선생께서 어디로 또 가실지, 행선지는 알 수 없었는지요?"

"사태가 불리하면 황해도 쪽으로 갈 것처럼 말했으니까, 지금쯤 그쪽으로 가지 않았나 싶으이."

"선비님, 전쟁은 얼마나 계속될 것 같은지요?"

"나 같은 사람이 무엇을 알 수 있으리오마는 이번 전란은 오래 갈 것이라는 말도 있으니 어찌 짐작인들 하겠는가."

"소식을 전해 주시어 참으로 감사하옵니다. 후일 꼭 보답할 기회를 주시옵소서."

"보답은……, 이럴 줄 알았다면 서찰이라도 하나 받아 가지고 올 것을, 그 속을 알 수 없었으니 미안하이."

"감사하옵니다. 편히 쉬어 가소서. 물러가겠나이다."

계랑은 집에 돌아와 안도했다. 그가 아직도 건재하시다니 안심이 되었다. 살다보니 소식도 듣게 되고, 언젠가는 만날 날도 있을 것이다.

시절이 결코 비극만은 아니었다. 생활이 쪼들릴망정 그리운 사람의 소식만 들어도 살 것 같았다.

다음날 계량은 다시금 사또 전에 나아갔다. 어젯일의 고마움을 답례하고픈 마음에서였다.

사또 역시 만면에 웃음을 띠우며 계량을 맞이했다. 자기도 모처럼 좋은 일을 할 수 있었다는 기쁨 같은 것이었으리라.

"영감님, 참으로 감사하옵니다. 이 일을 잊지 않겠나이다."

"감사하긴, 그럴 수도 있는 일을 가지고……."

"전일에 무례했음도 용서하여 주시옵소서."

"뭘 새삼스럽게……."

"영감님, 이 어려운 시국에 제가 도와드릴 일이라도……."

"아녀자가 무슨 도움이야 되겠는고. 다만……."

"다만 무엇이옵니까?"

"우리에게 지금 필요한 것은 군량 조달과 필목(疋木) 같은 것이 요구되느니라."

"그러시다면 제가 크게 도움은 못 되겠지만, 필목을 한 바리쯤 준비해 보겠나이다."

"허 – 이렇게 고마울 수가 있나! 이 어려울 때에 크게 도움이 되겠느니라."

"적더라도 욕은 하지 마소서. 모자라면 치마를 찢어서라도 채워 보겠나이다."

"네 뜻이 너무나 가상쿠나. 내 진작에 너와 친해졌어야 했던 것을……."

"저녁 나절에 짐꾼을 보내 주소서. 그럼 이만……."

계량은 발걸음이 너무도 가벼웠다. 먹고 살기에 궁색하다지만, 그간에 모아 둔 베짜치가 한 바리는 될 것이었다. 진작에 납품할 것을, 늦은 감이 없지도 않았다.

다음날은 사또가 친히 계량의 집을 방문했다.

계랑은 준비없이 사또를 맞고 보니 여러 가지로 난감했다. 당장에 주안상의 안주거리도 문제였다.

"준비가 불충하와 송구스럽사옵니다. 오실 것을 진언했더라면 이처럼 민망하지는 않았을 것을요."

"이 사람아, 우리 사이가 그처럼 어려운 사이던가. 내 그냥 고마움만 표하려고 왔을 뿐이네."

사또의 말씨가 제법 겸손해졌다.

무엇을 또 노리는 것인지 알 수는 없지만, 계랑의 기분이 나쁘진 않았다.

"이 어려운 시국에 가난한 고을을 맡아 시정을 베푸시기에 여간 노고가 많으실 줄 아옵니다. 전쟁은 어찌 되어 가는지요?"

"듣자니 소강상태로 접어든 것 같은데, 왜구들이 남해안에서 아직도 발악을 하고 있다는구만. 그러니 우리로서는 각별히 조심하고 조심할 수밖에……."

"영감님, 그러니 이 천첩의 접대가 미진하여도 섭하다 하지 마옵소서."

"자꾸 그런 소릴 하는 것은 나보다 빨리 가라는 말이 아니던가?"

"그럴 리가 있겠는지요. 당치 않습니다. 너무 황송해서 해본 소리입니다."

"지금 이 술도 여간 맛이 좋구만. 내 저쪽에서 먹는 술보다 훨씬 좋으이."

"그러시담 자주자주 놀러 오시와요. 특별히 아껴 두겠나이다."

"그러다가 우리 사이가 더욱 좋아지면 큰일이 아니던가?"

"그야 주일배(酒一盃)에 사또께서 실수까지 하시겠는지요."

"이보게, 자네 참 무던하이. 충분히 친구 할 수 있음이야!"

"정말로 그러하시담 안심하겠나이다. 자주 오셔서 시가와 시화로 화답하게 하소서."

"내 그럼세. 혹 짜증나는 일 있거든 와서 의논할 테니 들어 주게나."

"어찌 감히 소첩이 의논의 상대가 되오리까만, 무료하지는 않게 하겠나이다. 대신 오실 때에는 시첩에 도움이 되는 것들을 좀 보내주셨으면 하옵니다."

"여부가 있겠나. 여류 시백께서 지필묵이 부족해서야 말이나 되겠는가."

이렇게 해서 계랑과 사또는 친해질 수 있었다.

그러니 모든 것은 대화로 풀어 나가야 한다. 조정이나 민중이나 어디서든 언로가 막히면 그만큼 사회가 경색되게 된다.

알고 보면 이 전란의 피해도 언로의 막힘이다.

파당 속에 간신들까지 끼어들어 국론이 통일되지 못한 까닭에 왜구의 세력이 침노한 것이다. 늦게서야 선조께서 통탄하였지만 때늦은 후회일 뿐이었다.

우리의 조정이 오랫동안 무사안일주의와 당파싸움에 집념하는 동안 왜구는 병법과 해운술을 정비하고 연마했다. 더욱이 포르투갈인에 의해 전래된 조총을 대량 생산하여 철저한 침략을 노리고 있었던 것이다.

물론 지방의 목민관도 백성과 하나 되지 못한 탓도 있기는 하다. 수령 방백의 가렴주구(苛斂誅求)에 시달린 백성이 나랏일을 걱정할 처지가 못 되고 보니, 두 번이나 왜놈들이 침노를 했었지만 누구를 탓할 것도 못 되었다.

그런 속에서도 계랑이 여자 된 몸으로 전장에는 나가지 못하고서 면직물을 내놓고 있었으니, 한 여자의 의협심을 짐작할 수도 있는 일이긴 했다. 눈초리가 매섭고 고집도 있는 계랑이 남자로 태어났더라면 왜적과 대적하여 크게 이겼으리란 생각을 떨쳐 버릴 수 없다. 그녀의 재능이 충분히 그러하고도 남음이 있을 것이기 때문이다.

아무튼 계랑은 사또와 정다운 교감은 아니지만, 친분을 쌓을 수 있어서 좋았다. 전시일망정 기녀로서의 계랑의 겨울이 그렇게 춥지만은 않았던 것이니, 그것도 그녀의 지혜로움이었다.

다음해 봄이 되니 사또가 또 친히 계랑의 집을 방문했다. 사실은 과만이 되어 떠나기 전 인사차 만남이었다.

"이번엔 어디로 가시나이까?"

"이번에도 충청도 바닷가일세."

"가시고 나면 이제 살아서는 못 만나겠나이다. 섭섭해서 어찌하옵니까?"

"시원 섭섭하시겠지. 안 그런가?"

"무스게 말씀을 그리 하시나이까. 그간 여러 가지로 영감님의 호의를 잊지 못할 것이옵니다."

"말이라도 고맙군. 그래도 난 가서 섭섭할 것일세."

"섭섭하다니요?"

"자네의 마음도 몸도 못 빼앗고 가게 되었으니 말일세."

"친구 하자 하심을 잊으셨는지요. 우정도 고귀한 것이기에 고이 간직하겠나이다."

"역시 촌은은 행복한 사나이야. 멀리서 이토록 곱고도 정갈한 여인이 그리워하고 있으니……."

"그것도 이 여인의 못난 탓이옵니다. 오죽이나 못났으면 육 년이나 해바라기를 했겠나이까."

"오오, 그것이 고운 것을! 십 년이고 백 년이고 기다리는 그것이 고운 게 아니던가!"

"이토록 저버리지 못하는 여인의 슬픈 모습이 어찌 고운 것이겠나이까."

"아니야, 결코 그런 것이 아닐세. 여인의 알뜰한 기다림, 그것 하나만으로도 여인은 충분히 고울 수 있는 것이라네."

"그럴까요. 그렇다면 다시 한번 사또 어르신께 고마움을 말하지 아니할 수 없나이다."

"이 사람아, 누굴 놀리는 겐가. 그럴수록 난 섭섭하이."

"사또께서는 저를 죽일 수도 있는 분이시온데, 지금까지 이 천기를 살리시었나이다. 그 마음이 더욱 고와 보이십니다. 계속 감사함을 간직할 수 있도록 도와 주시기 바라옵니다."

"글쎄, 그 마음이 더욱 고와요. 나야 자네를 괴롭히기만 했었지."

이렇듯 두 사람의 대화는 우정으로 무르녹았다.

사람의 마음이란 좋아지려면 한없이 좋아질 수도 있음이 바로 그것이다. 남녀의 대화가 이 정도면 수준급이기도 하다.

"어르신, 이 천첩이 감히 어르신의 손목을 한번 잡아 보아도 되겠는지요 ?"

"이 사람이 또 나를 혼란에 빠지게 하는구만. 안 되지, 안 되고 말고……."

"고마움의 감정 표현인 것을요."

"아니지, 그것은 내가 자네에게 정복당함이야. 사나이의 손목을 함부로 내어 주다니, 말이나 되는 소린가."

"일이 그렇게 되나요. 그러시담 어른께서 저의 손목을 잡아 주시어요."

"그거야 어렵지 않지. 딱 한번만인가 ?"

"오늘은 계속 잡고 계시어요."

"드디어 내가 이긴 것일세!"

사또는 기분 좋게 취하여 돌아갔다.

남녀간에도 이렇듯 사랑 이상의 고상한 자리를 만들 수 있는 것이다. 만물의 영장이 그저 된 것이 아니다. 절제와 인내는 인간만이 가질 수 있는 미덕이기도 하다.

새봄이 되어 사또는 떠나갔다.

계랑이 길에 나와 정중히 배송했음은 물론이다.

그런데 왜일까. 사랑하지도, 좋아하지도 않은 사람을 보내고서 집에 돌아오니 무엇인가 허전하기만 했다. 사람의 마음이 이토록 간사함인가. 계랑은 스스로를 자책하면서 새봄을 맞이했다.

스물다섯, 계랑의 봄이 어떻게 수놓일지 궁금하다. 아직도 왜구는 물러가지 않아 곳곳에서 항전이 계속되고 있었다.

이매창, 그녀는 아직도 기다림의 여인이다.

여자의 일생이 기다림의 연속일지는 신만이 아는 일이다. 여자의 가슴은 식을 줄 모르는 활화산이기 때문일까.

둑길 위에 풀빛이

둑길 위에 풀빛이 너무도 쓸쓸해서
옛님이 오시다 길 잃었나 하시겠네
예전에 걷던 길을 두견새 울어대나니.
-국 역

長堤春草色凄凄　　舊客還來思欲迷
故國繁華同樂處　　滿山明月杜鵑啼

〈이매창〉

무술(1598)년 새봄이 되어도 모든 것이 쓸쓸하기만 하다. 스물다섯 계랑의 봄이 너무도 쓸쓸하다.

아무도 찾아올 이 없으니 그대로 한 점 고도요, 적막강산이다. 시절을 잘못 타고난 죄일지니, 알뜰하고 살뜰한 계랑도 어쩔 수가 없다.

계랑이 다시 혼이 날까봐 신관 사또에게 친히 인사드리고는 왔지만, 절해의 고도에 혼자 떨어져 뼛속까지 아리는 고독을 어찌하지 못한다.

모처럼 들길을 걸어 보아도 허전하기만 했다. 풀빛은 새싹으로 예나 없이 푸르건만, 더더욱 쓸쓸해 보임은 어쩔 수 없는 고통이다. 길가에 핀 민들레가 곱게 보이지 않음도 어쩔 수 없는 노릇이다.

유희경과 함께 걸었던 옛길이 옛길 같지 않아 보임도 마음의 상

처가 깊기 때문일 것이다. 멀리서 속절없이 울어대는 두견이의 울음도 가슴을 짓누르기는 마찬가지였다. 무슨 울음이 부족하여 한낮에도 우는 것일까.

돌아와 앉은 계랑의 모습이 너무도 따분하다. 힘없이 거울은 왜 쳐다보는 것인가.

계랑이 할 일을 못 찾고서 서성거린다.

무엇이라도 소일거리가 있어야 하겠지만, 손에 잡히는 것이 하나도 없다.

이럴 때 어찌해야 하는가.

상년(지난해)에는 차라리 미운 사또라도 있어 싸움 아닌 싸움으로 시간 가는 줄 몰랐는데, 차라리 미친 사람이라도 하나 뛰어들어 왔으면 싶었다. 그 많던 울력성당(접주는 무리)들도 어디로 다 가버렸는지 하나도 보이질 않는다.

몽구리(중의 비칭)라도 되어 버릴까.

계랑의 헛된 생각이 거기까지 미치고 있었다.

그렇다. 그게 좋을지도 모른다. 허구한 날을 무료하게 보내느니보다 그게 좋을지도 모른다. 무엇인가 희구하고 기원하는 여인의 모습이 나쁘진 않을 것이기 때문이다.

어떤 의지의 존재 앞에 나를 맡기고 회원을 말하는 것도 기다림의 여인에게는 더없이 좋은 방책일 수도 있다. 여기까지 생각한 계랑은 몸을 부르르 떨었다.

밤마다 다라니(법문)를 외우며 등촉을 밝히는 여인, 하이얀 소복이 백합처럼 순결해서 차마 범접할 수도 없는 여인, 꿇어앉은 모습이 너무도 청결해서 서러운 여승의 밤이 될지도 모를 일이다.

혹시 아는가. 그러다 보면 어떤 일이 일어날 수 있을지도 모른다. 승무의 발 아래 떨어지는 눈물을 누군가가 훔치어 갈지도 모른다. 승무의 장수건 한쪽을 끄집고서 누군가가 뒷산으로 줄행랑을 칠지도 모를 일이다.

어디 그뿐인가. 파르르 떠는 입술이 너무도 가냘퍼서 천년의 감로주를 퍼부을지도 모른다. 파리한 그 손끝에 어리는 불빛이 너무도 처절해서 누군가가 달려와 만년의 옥로주를 퍼부을지 누가 알겠는가.

아니나 다를까, 계랑이 이처럼 공상에 빠져 있는 동안 어찌 알고 스님 한 분이 찾아들었다.

어쨌든 사람이 사는 곳에 사람이 찾아옴은 더없이 기쁜 일이었다. 계랑이 하도 신기해서 반갑게 스님을 맞았다.

"어서 오시어요. 이곳은 유곽이랍니다."

"그러면 잘못 찾아온겨. 가노라, 땡땡이 중놈은. 다시 보자, 삼청(三淸 : 신선이 사는 곳)에서……."

"스님! 이왕지사 오셨는데 쉬어 가시지 않구요. 이곳이 삼청은 아니더라도 도원(桃園)은 되옵니다."

"도원이나 이원(梨園)이나……."

이때 계랑이 재빨리 시조 한 수를 읊조렸다.

오면 가려 하고 가면 아니 오네

오노라 가노라니 볼 날이 전혀 없네
오늘도 가노라 하니 그를 슬허하노라.
〈선조〉

　그런데, 이 어찌된 일인가. 털털하기 그지없는 노승이 되받아 시조 한 수를 읊어댔다.

있으렴 부디 간다 아니 가든 못할소냐
무단히 내 싫더냐 남의 말을 들었느냐
그래도 하 애닯구나 가는 뜻을 일러라.
〈성종〉

한마디로 멋진 어울림이다.
　자고로 풍류객은 그때그때에 임기응변이 능해야 한다. 얼마나 멋진 수작인가.
　앞서 계랑이 읊은 시조는 지금의 선조왕 5년에 재상 노신(盧愼)이 굳이 벼슬을 사양하고 고향으로 내려가려 하니 임금께서 이 시조를 지어 은쟁반에 써서 중사(中使 : 임금의 명을 전하는 내시)를 시켜 한강을 건너가는 그에게 전했다고 한다.
　임금과 신하의 정분이 넘치는 노래가 아닐 수 없다. 이렇듯 명신은 관직에 나아가기를 더디게 하고, 물러가는 것을 빨리함을 명분으로 삼았다. 소인배와 비교되는 현명함이다.
　다음, 노승이 읊은 시조는 9대 성종 임금이 총애했던 신하에게 읊은 노래이다. 그러니까 《여지승람》의 편찬에 참여하여 성종의 특별한 총애를 받았던 유호인(兪好仁)이 늙은 어머니를 봉양하고자 굳이 관직에서 물러가려 하니 만류하다 못해 술잔을 내리며 읊은 시조이다.

164

비록 군신간이기는 하나 성종의 인간미 넘치는 성품을 엿볼 수 있는 흐뭇한 작품이 아닐 수 없다.

무릇 선비는 벼슬을 싫어했다. 예토(穢土)에 휩싸이기 싫었던 것이다. 그러니 임금이라도 본인이 싫어하면 억지로 조복(朝服 : 관복)을 입히진 않았다. 그러나 백성은 임금이 세 번을 부르면 그때엔 거역하지 못했다. 삼고초려(三顧草廬)가 그것이다. 그러기에 임금은 세 번째 가서는 심중을 기했다. 다만 부모의 상중에는 효행을 막는 것이라서 절대 부르지 아니했다.

어찌 되었거나 오래 살고 볼 일이다.

젊은 여자와 늙은 중의 한판 대작이 멋지게 벌어질 것이기 때문이다.

"스님, 월중 항아(姮娥)가 어디 따로 있는 것이옵니까. 청루(靑樓)의 연화(煙花)도 풍월을 할 줄 안답니다."

"내가 뭐라 했남. 괜시리……."

"하오면, 어찌 시비를 걸었는지요?"

"시비라니, 내가?"

"아까 도원이나 이원이나, 그게 그거라고 했었잖아요?"

"그야 매구(천년 묵은 불여우)의 호취(狐臭 : 암내)가 있는 곳이 아니던가?"

"정말 대놓고 그렇게 욕을 하긴가요!"

"욕이 아닐세나. 사실이 그런 걸."

"요즘 몽구리들이 멍멍이 먹고 뒷짐진다더니, 오늘 노승이 실족하셨습니다 그려."

"아무렴, 나야 잠시 오탁의 풍진을 쏘였기로, 외로운 중생을 구제하고저 피눈물을 흘림일세."

"거룩하십니다. 어찌 일찍 찾아 주시지 않으셨는지요?"

"전생의 인연이 짧음일세. 그러나 각황께서 부안 고을의 외로운

한 여인을 구제하라는 특명이 있었기에 발길 닫는 대로 들어오게
된 것을 난들 어찌하겠는가."

"스님, 외로운 여인이란 무슨 뜻인지요?"

"이 돌팔이 중놈이 말하는 외로운 여인이란 기다림에 지쳐 있는
여인을 말함일세."

"그래 어떻게 구제한다는 것이온지요?"

"불문에 입적하라는 것은 아니니 안심하게나. 그보다 이 몽구리
를 먼저 구제하게나."

"절더러 어찌하란 말씀이온지요?"

"목이 컬컬하니 우선 곡차나 한 잔 내오구려."

"이 난국에 곡차라니요. 더욱이……."

"더욱이 어떻단 말인가. 중놈이 곡차라, 당치도 않다는 말인가?"

"외로운 여자 구제가 먼저 아닐는지요. 여기 오신 목적이 그것
이라 말씀하시지 않으셨는지요?"

"잔말 말게나. 중놈도 사람이니 우선 목부터 구제해야 되겠네.
난 주일배(酒一盃)를 할 터이니, 그대는 금삼척(琴三尺)이나 뜯게나."

노승은 아주 억지를 부렸다. 하기야 스님도 사람이니 풍월 아니
할 수 없을 테고, 홍우(紅友 : 술)를 벗하지 아니 할 수 없을 것이
다.

회값 물어 준 중이 득도는 먼저 한다 했으니, 절간의 뒷마당에
도 고기 타는 냄새가 나기 마련이다. 승려(僧侶)가 달리 승려가 아
니다. 중도 짝이 있다는 말이다. 승당에 누운 스님이 '내가 언제 술
마시는 것 보았느냐. 곡차(술)를 마셨지' 하더라는 것 아닌가.

어쨌거나 승려의 장삼(長衫)의 색깔이 누룩의 색깔이라서 휘청
휘청 걸어도 상관할 바는 아니다. 다만 계랑의 집에 찾아온 스님
이 말하는 것으로 보아 새끼 부처는 되는 것 같아서 호감이 가는
것은 어쩔 수 없는 일이다.

"스님, 스님의 법호(法號)라도 알아야 대작이 되지 않겠나이까?"

"정서방일세. 됐는가!"

"정서방이라니요. 짝이 있다는 말씀이옵니까?"

"허허 이 사람, 삼라만상이 다 짝이 있는데, 나라고 없겠는가! 독신은 역천이야. 알기나 해!"

"지당한 말씀이옵니다. 스님께서는 쉽게 득도를 하셨습니다 그려."

"암, 나야 쉽게 득도했지."

"무슨 비결이라도 있으신지요?"

"세상에는 남녀의 교접보다 큰 희열이 없나니, 세상의 모든 이치를 거기다 맞추면 돼!"

"그렇군요. 그걸 미처 몰랐나이다."

이때 옥심이가 조그만 주안상을 내밀었다. 하기야 먹고 살기도 어려운 판에 술 한 잔은 과분한 사치일 수도 있다.

명나라의 원군(援軍)이 울산성 공격에 실패했다고 전해진다. 백성이 도처에서 피흘리고 있는데, 스님과 작부(酌婦)의 한담은 눈총받을 일이긴 하다. 그걸 모르는 그들이 아니련만, 그들은 모처럼 이원의 말벗이 되어 세상사 모든 것을 성토하기 시작했다.

"계집보다 반가운 것이 이제야 나왔구먼."

"곡차를 그렇게나 좋아하시는 모양이죠?"

"곡차뿐인가, 도끼나물(육류)도 잘 먹느니."

"스님, 그런데 이 왜란이 언제까지 가겠는지요?"

"금년 안에 끝날 것이여. 그 못된 놈이 죽어."

"그 못된 놈이라니요?"

"풍신수길(豊臣秀吉 : 토요토미 히데요시)이란 놈이지 누구겠어. 내 그놈의 이름에다 장난질을 해 놨으니 1년 안에 죽을 것이거든."

"어떻게요?"

"거년에 여옹(呂翁 : 신선)을 만나 옥청(玉淸 : 삼청의 하나)에 가 거든 풍신수길의 길(吉)자를 가만히 토(吐)자로 만들어 놓으라고 했었거든. 그러니 그놈이 토하지 않고 배기겠어. 그놈의 운은 이제 다 끝난 겨!"

"아이고 스님, 큰일하셨습니다요."

"그러니 내 술 안 먹고 말동말동 있겠느냐구. 코가 비틀어지게 먹을 터, 모주라도 없다 말고 다 내어 오게나!"

"모주뿐이겠습니까요, 7년 묵은 체증이 쭉 내려가는 판에 춤이 라도 추고 싶사옵니다."

"아직은 좋아하지 말게나. 아직도 조정에는 멍청한 놈들 뿐이라 서……."

"그건 좀 지나친 객기이옵니다. 그래도 어지신 대왕에 우국 충 신들이 많은 것으로 알고 있사옵니다."

"뭘 몰라도 한참이나 모르는구먼. 저 못된 동인과 서인의 대립 하며, 동인에서 양분된 북인과 남인의 대립, 북인에서 또 양분된 대북과 소북하며, 서인에서 갈라진 노론과 소론의 대립, 남인에서 또 갈라진 청남과 탁남 등등 끝없는 분열과 반목으로 나라가 파탄 지경에 이르렀는데, 어찌 내가 통탄하지 않겠는 겨! 그러다가 저 악랄한 왜놈들에게 당한 것이라구!"

"그러게 말입니다. 어찌 저들을 그냥 두었는지요? 일찍 구제하 지 않고서요."

"저들이 배불정책을 혁파하지 않는데 어찌 내가 나서겠어. 저들 의 꼬락서니를 지켜볼 수밖에……."

"그래도 그것은 백성 된 자로서 좋은 일은 아닌 것 같사옵니다."

이때 몇 잔의 술마저 동이 났다.

스님은 술을 더 내오라지만 없는 술을 더 내놓을 수가 없었다.

168

"스님, 다음에 오시면 다시 준비해 놓겠습니다."

"일 없네, 이 사람아! 내 특별히 불쌍한 여인을 구제하고저 했더니만……."

"그러니 조금 계시다가 식사나 하시고 구제해 주셨으면 하옵니다."

"그럼 그럴까. 신세진 김에 기둥까지 뽑아야제."

"그러시어요. 혹시 압니까. 구제만 해주신다면 소사미(젊은 사미승)가 되어 따라다닐지도……."

"그러다가 극락대(연화대 : 부처님이 앉은 자리)까지 밟고 올라갈라―"

"극락대라 하셨는지요 ? 극락대라면 방중락도 있고 식도락도 있는 곳이옵니까 ?"

"아서, 득도락만 있는 곳일세!"

"그렇다면 그곳에 올라가지 않으렵니다. 삶의 본질이 없는 곳이라면 결코 극락대는 아닌 줄 아옵니다."

"하긴 그곳이 고행의 자리이기도 해. 그러니까 난 개득도를 한 셈이지."

"너무 겸손하신 말씀이십니다. 개득도라니요. 제가 보기엔 대각을 하신 것 같사옵니다. 그러니 내내 많은 가르침을 주시옵소서."

"이 사람이 사람을 안반에 올려놓고 떡 주무르듯 하는구먼. 내 그러면 괘씸해서 더욱 불쌍하게 만들어 버릴 테여!"

"어떻게 그렇게 하실 수 있겠는지요 ?"

"아까 내 실력을 말하지 않았던가. 매창(梅窓)의 창에서 마음심을 빼 버릴 테니끼니―"

"아이코 대선사님, 제 그러지 마옵소서. 공(空)자는 싫사옵니다."

"이 사람아, 사실은 그 글자가 더 좋은 것이라네."

"그래도 싫사옵니다. 아니 그런데, 어떻게 저의 필명(아호)을 아셨나이까?"

"그대야말로 유명한 문사가 아니던가! 내 그것을 모르면 완전히 땡땡이 중이게?"

"도대체 스님은 누구시옵니까? 쇤네가 실수하지 않도록 하소서."

"나야 정서방이라 하지 않았남. 자, 그러면 난 가려네. 인연이 있으면 또 만날 테고……."

"구제는 아직 끝나지 않았나이다."

"쓸쓸한 사람 그만큼 구제했으면 내 할 일은 끝났음일세. 잘 있게나."

스님은 그렇게 떠나갔다.

누구였을까. 그가 이미 계랑을 알고 옴인데, 도대체 누구란 말인가. 꽤나 세상 이치를 아는 것을 보면 보통 분이 아닐 것이라는 계랑의 생각이다.

좀더 붙들고서 이야기를 나눌 것을 후회가 일기도 했다. 계랑이 그렇게 무엇인가 아쉬움을 느끼고 있을 때였다. 옥심이 문간에 끼워 있던 것을 가져왔노라며 펼쳐 보였다.

이를 받아 본 계랑은 가슴 떨리는 충격을 받았다. 오언사구의 한시가 너무도 짜임새 있게 정결한 멋을 풍기고 있었기 때문이다. 또한 마지막에 정경세(鄭經世)라고 쓰여 있어 정서방이 그임을 대번에 짐작할 수도 있었다.

맑고 맑은 시냇물은 거울 같고
초가집 비좁아서 거룻배 뜬 듯
부귀공명 꾸던 꿈 털어 버리고
애오라지 기도하는 불자 되려네.
맑은 물에 고기들 떼지어 놀고

모래밭에 해오라기 졸고만 있어
온종일 사립을 닫고 앉았노라니
마음만은 한가해서 그저 좋으이.
-국 해

溪水淸如鏡　　茅堂狹似船
初回大槐夢　　聊作小乘禪
投飯看魚食　　停歌待鷺眼
柴門終日掩　　孤坐意悠然
〈정경세〉

후회막급이었다. 이 정도 인재라면 수창(酬唱 : 시가를 불러 서로 주고 받음)하면서 많은 것을 배울 수도 있으련만, 아쉬움을 떨쳐 버릴 수가 없었다.

그럭저럭 초여름이 다가왔다.

전쟁은 소강상태에 접어들었는지 평온하기조차 했다. 명나라 군대가 일부 한성에만 남고 철수했다는 소식도 들려 왔다.

그래도 않으나 서나 유희경만을 그리며 그의 얼굴을 떠올리다가 스스로 고개를 내젓는 계랑은 시대적으로 잘못 태어난 자신을 한탄하기도 했다. 전쟁만 아니었어도 이렇게 긴 헤어짐은 없었을 것이기 때문이다. 불운한 시대의 불운한 여인이기에 세상의 모든 인연을 접어 두려고 해보지만, 그것이 그렇게 쉽지가 않았다.

그래도 살아야 하는 것, 생활이 궁핍하여 다시금 문을 열어 장사라도 해보려고 해보지만 모든 것이 예전 같지가 않았다. 준비도 준비려니와 우선 사람이 올 것 같지가 않았다.

계랑과 옥심이가 쓸고 닦고서 초롱을 문 밖에 달았다. 마지막 버티기라는 심정으로 문을 열고 있으려니 누군가가 찾아들었다.

그런데 이게 어인 일인가. 새길 내니 개가 먼저 지나간다고, 패포파립의 꼴에 험상스런 사람이 불쑥 들어왔다. 그래도 어딘가 젊은 선비로 보이기에 맞아들였다.

"어서 오시와요. 어디서 오셨는지요?"

"어디서 오긴, 손님도 귀천이 있는 겐가! 어서 맞아들이게."

"그러믄요. 정중히 모시겠나이다."

"그래야지. 그러지 않음 화낼 것일세."

"귀한 서방님이 오셨는데 어찌 등한히 하리까. 안으로 드사와요."

"그러지……."

이때 재빨리 옥심이가 술상을 봐 가지고 들어왔다. 그런데 술상이라야 기껏 산채 두어 가지에 탁주 한 사발이었다.

"험주악채(험한 술상)를 용서하시어요. 모두가 어려운 때라서……."

"그래도 그렇지, 이게 뭔가! 이 집의 실력이 이 정도인가?"

"지금으로선 어쩔 수가 없나이다. 미주가채라 생각하시고 드옵소서."

"금방 주객에는 귀천이 없다고 했음이 아니던가. 상을 물리게나!"

계랑이 슬며시 화가 났다. 지금까지 고분고분 참고 있으려니까 거지꼴의 손님이 너무 방정을 떨었다.

계속 참고만 있을 계랑이 아니었다. 그래도 평소 우스갯소리를 잘하는 계랑이라서 그런대로 모나지 않았다. 그것이 계랑의 장점이기도 했지만, 지금은 도저히 참을 수가 없었다.

"상을 물리라구요! 지나치십니다. 그래도 정성을 다한 것이외다. 칠 년 전쟁 이후 처음 오신 손님이기에 참고 있었더니 너무 지나치다구요. 속거천리(빨리 가라)를 외치기 전이니 조용히 물러 가시오!"

"이런 고약한 인심을 보겠나! 내 칠 년 전쟁을 맞아 왜적과 싸우느라 심혈을 기울여 목이 컬컬해서 찾아왔더니, 이거야말로 적반하장일세 그려. 정히 그렇다면 갈 것일세. 전에 정서방한테는 이러진 않았건만……."

"아니 선비님, 지금 무어라 하셨는지요. 정서방이라 하시었습니까?"

"그렇네. 전에는 그러지 않더니만, 그대도 많이 변했구려."

"선비님, 지금 무척 혼란스럽습니다. 얼마 전 스님은 노승이었고, 지금은 아니지 않사옵니까?"

"그러니 그대는 아직도 풋나기 소녀에 지나지 않는 게야!"

"당황하고 있나이다. 누가 지금 잘못을 저지르고 있는 것이옵니까?"

"미안하이. 내가 그때는 변통을 좀 부렸었지. 그러니까 그대는 아직도 멀었어!"

"아니 그럼, 이렇게 사람을 속이다니요. 너무 하셨사옵니다."

"그러기에 사람은 차별없이 끝까지 거두어야 하는 것이라네. 그러지 말게나."

"몸둘 바를 모르겠나이다. 어찌하면 좋으리까. 죽고 싶사옵니다."

"이 사람 충격이 대단하구만. 내 용서할 터이니 술상이나 다시 봐 오게."

"선비님, 우리 이렇게 하십시다. 이것으로 우선 목을 축이시면 더 좋은 것으로 구해 보겠나이다."

"그렇게도 생활이 어려운 겐가. 그걸 모르는 내가 나쁜 놈일세."

"이렇게도 민망하고 송구스러울 수가 없나이다."

"당황하지 말게나. 내 잠시 쉬어 가려네. 왜구가 아직도 남방에서 진을 치고 있어 결코 한가하지만은 않다네. 다만 그대가 보고 싶어 짬을 낸 것일세."

"죽여 주시옵소서. 너무 무례하였나이다."

"그러지 말래도……."

"자꾸만 눈물이 나오는 것을 어찌하옵니까. 소첩이 처음에 귀한 서방님이라 해 놓고서도 무례를 하였나이다. 이 씻을 수 없는 부끄러움을 지워 주시고 가시옵소서."

"이 사람아, 그러다가 촌은께 혼나면 어쩌려고 그러는 겐가?"

"혼나다니요, 누가 혼나겠나이까?"

"둘 다지, 누군 누구이겠는가. 하하하."

계랑은 그때서야 마음을 풀고 정경세 옆에 가까이 다가앉았다.

어찌하여 사람에게는 이렇듯 만남의 골이 자꾸만 깊어지는 것일까. 계랑에게 새로운 세계가 열리는 것인지도 모를 일이다.

"이제는 누구에게도 마음을 주지 않으렵니다. 마음을 주면 괴로움이 따르거든요."

"그러면 몸은 어찌하려는가. 몸은 아무에게나 맡겨 버릴 셈이던가?"

"아니지요. 진세간에 더럽힌 몸을 누굴 주겠나이까. 몸도 고이 간직해야 되겠지요."

"이보게, 선후가 뒤바뀜일세. 몸은 주되 마음을 고이 간직해야 고통이 없음이 아니던가?"

"이치가 그렇게 되나요, 호호호."

계랑이 모처럼 웃음을 웃는다.

살다 보니 오늘 같은 변화도 오는 것을, 잡힐 듯 잡히지 않는 마음만을 잡으려다 허송 세월을 보낸 것 같기도 했다.

"그러나 몸도 마음도 다 소중한 것이라네. 사느니, 늘 때 묻은 몸과 마음을 닦아내야 하는 것 아니던가. 그래야 고통이 없어지는 것이고……."

"이치가 또 그렇게 되는 것이옵니까. 그런데, 불가에서는 모든 것이 공(空)이라 하옵는데 고통은 어찌 있는 것이온지요?"

"고통은 처음부터 없었던 것을 인간이 부질없이 만들어 놓고 괴로워함이 아니던가. 그보다 우주에는 흐름이 있는 이상 모든 것은 기다림일세. 만남을 기다리고, 자리를 기다리고, 의식(衣食)을 기다리고, 자식을 기다리고, 죽음을 기다리고……."

"선비님, 오늘 많은 것을 배웁니다. 오래 쉬었다가 가소서."

"쫓아내지나 말게. 더럽다고 말일세."

"옷을 한 벌 드릴 테니 바꾸어 입으셔요. 좋지는 않지만요."

"놔 두게. 일부러 이렇게 하고 온 것이니."

"너무 하셨습니다. 이 여자를 시험에 들게 하시다니……."

"미안하이. 그러니 누구든 그 사람의 진실을 알고 싶거든 변장술이 제일 쉬운 방법이라네."

"그러나 이 소첩에게는 갚을 기회를 주시지 않을 것이니, 어찌하면 좋겠나이까?"

"기회를 줌세. 언젠가는 그럴 기회가 있을 것이네. 그러나……."

"그러나 ……."

"문제가 있어요, 그대에게."

"저에게 문제가 있다니요?"

"그런 게 있어."

"아니, 정말 사람을 궁금하게 하시네요. 속시원히 말씀하시어요."

"그렇다면 화는 내지 말게나. 내가 일찍부터 그대를 구제하겠다는 것도 다 뜻이 있었음일세."

"……"

"미인박명이라고 하지 않았던가. 그대를 두고 하는 말일 걸세."

"그 말씀을 하시기가 그렇게도 어려웠나이까. 기다림에 지친 여인이 오래 살아서야 되겠는지요."

"역겹게 생각 말래도……."

"그래도 안심은 되옵니다. 결코 미인은 아니기에……."

"그대를 미인이라 하는 것은 재능이 많음일세. 얼굴만 예쁘다고 미인이 아닌 게야."

"그렇다면 할 말이 없사옵니다. 내일부터 다 집어치우고 밭이나 매러 갈까 봐요."

"괜한 말을 꺼내어 언짢게 했구먼. 그러니 구제를 하긴 해야겠는데, 이 일을 어찌한담."

"끝까지 책임을 지셔야 하옵니다. 그렇잖음, 또 하나 서러운 멍에를 지게 되니 말이어요."

"아이코, 이거 큰일났네. 내가 잘못 온 게야."

"잘못 오긴요, 잘 오신 것이죠. 구제의 대상이 여기 있사오니 저버리지 마소서."

그는 이후 아무 말도 하지 않고 잠자코 술만 들었다. 무엇인가 할 말이 있는 듯하나 참고 있는 모습이었다.

계랑도 더 이상 묻지 않았다.

날이 어두워지자 그는 굳이 가겠노라며 자리를 떨치고 일어섰다. 몇 번이나 붙잡아 보았지만 허사였다. 피치 못할 사정이 있는 것이라면 구태여 붙잡을 일도 아니었다.

그는 떠나갔다. 계랑의 전생의 업보가 사람을 머물지 못하게 하는 것이라면 감수해야 되는 일이기도 하다. 무슨 기구한 운명이라서 만남과 헤어짐을 반복해야 하는 것인지는 신만이 아는 일이다.

깊어 가는 밤, 텅 빈 방안에 허전한 가슴을 으깨는 계랑이 한사코 전전반측 잠을 이루지 못한다. 멀리서 우는 밤새의 울음이 처량해서 더욱 잠 못 드는 것인지도 모른다.

　그러기에 여인의 기다림은 피를 말리는 형벌이다. 그리움이 골수에 파고들면 눈물은 한탄의 강을 이루기 마련이다.

　이 한 밤을 함께 밀고 갈 자가 없다고 하는 고통이 계랑을 한없이 괴롭히고 있었다.

무릉도원 깊숙이서

무릉도원 깊숙이서 언약을 맺을 제는
오늘같이 처량한 줄 뉘라서 알았으랴
남모를 그리운 정을 오현금에 실어보네.
- 국 역

結約桃源洞裡仙　　豈知今日事凄然
幽懷暗恨五絃曲　　萬意千思賦一篇
〈이매창〉

가을이 되면 마음이 괜스레 서글퍼지기 마련이다. 자꾸만 지난 날이 후회되는 것은 계랑으로서도 어쩔 수 없는 일이기도 하다.

다행히 전쟁이 부안까지는 크게 미치지 못하여 그나마 다행이었다. 그러기에 들에는 농부들이 추수하기에 바빴다.

그 동안 옥심이 틈만 있으면 나물을 캐 날리어 식생활에 많은 도움이 되었다. 계랑은 너무 지루하다 싶으면 옷을 뜯었다 붙였다 바느질을 해보기도 했다. 그러다가도 문득 지난날이 떠오를 때는 소스라쳐 몸을 떨기도 했다.

유희경, 그는 정말 오지 않는 것일까.

정녕 잊어버리기라도 했단 말인가. 계랑의 고뇌가 눈길을 어지럽힌다.

지난 봄 정서방이란 자가 찾아와서 그나마 위로가 되었던 것이니, 계랑의 기다림이란 늘 막연하기만 했다.

그는 누구였을까.

도대체 그는 누구였기에 두 번이나 찾아와서 이상한 말만 남기고 갔을까. 겨울이 오기 전 다시 한 번 만나 보고 싶었다.

물론 계랑이 마음도 몸도 주지 않은 사람이기에 그리움을 던질 것은 못 된다. 다만 그가 무슨 사연 있어서 두 번이나 찾아왔었는지가 궁금했다.

그가 계랑을 구제하리라던 의미는 무엇이었을까. 아직도 그 약속은 유효함이 아니던가.

그의 구제란 계랑의 단명함이었을까. 아니면 외로움에 대한 구제였을까. 또 아니면 유희경과의 빠른 만남을 성사라도 시켜주겠다는 것이었을까. 계랑은 다음에 만나면 무슨 일이 있더라도 꼭 붙들고 물어보리라는 다짐을 해 보았다.

또한 그가 점친 시국에 대한 것은 어찌 진행되고 있는 것일까. 물론 그가 말한 것이 주술적인 것이기는 하나, 그저 웃어 넘길 것은 못 되었다. 더구나 일국의 국운을 놓고 말한 것이기에 심각성도 배제할 수 없는 노릇이었다.

더욱 호감이 가는 것은 그의 변장술이 드러났기 때문이기도 하다. 갓옷(갖옷 : 모피 옷)으로 변통을 부림이다.

지난 명종조 때도 정사룡(鄭士龍)이 여우의 흰 갖옷을 훔치는 법을 알았다고 한다. 그가 일찍이 강원감사가 되어 돌아다니다가 금강산에 들어갔다. 밤에 정양사에서 잠을 자다가 금부처를 훔쳐 팔아서 살림이 넉넉하였으나 나중에 늙어서야 그 짓을 후회했다고 전해진다.

그런데 선조 때라고 해서 그런 사람이 나오지 말란 법은 없는 것이기에, 혹시나 그가 그런 요술을 부릴 수도 있는 일이었다. 그가 노승으로 나타났다가 삼십대의 젊은이로 나타났었으니, 다음엔 어떤 모습으로 나타날지 모른다.

다만 그가 풍신수길의 길(吉) 자를 토할 토(吐) 자로 만들어 버렸다니, 믿어야 할지 말지다. 그렇게만 해 놓을 수 있음에야 오죽이나 좋겠는가.

계랑이 이런 저런 생각에 빠져 있다가 잠이 들었다. 선잠을 얼마나 자고 있었을까.

꿈속에서 계랑은 어느 잔칫집 앞을 지나게 되었다. 그런데 옷이 거지꼴이라고 대문에서 못 들어가게 했다. 그리하여 집에 와 좋은 옷으로 갈아입고서 그곳으로 갔다. 그랬더니 이번에는 들어가라고 했다. 일단 안으로 들어간 계랑은 다시 헌옷으로 갈아입었다. 그러니 거나한 잔칫집의 울긋불긋한 청둥오리 속에 한 마리 가마우찌가 훼방을 놓는 격이 되어 버렸다.

아니나, 모두의 시선이 계랑에게 집중되어 웅성거리기 시작했다. 이때 계랑이 옷 보퉁이를 주안상 가까이 내던지며 말했다.

"사람의 됨됨이 어찌 의복에 있겠는지요. 임금이 몽진을 갔다 오는 등, 아직도 왜란이 끝나지 않았는데 손님의 의복만을 탓하다니, 말이나 되는 소리입니까! 모두가 도탄에 빠져 있는데도 굳이 외장이 좋아야 하는 것이라면, 이 보탱이에 좋은 옷이 들어 있으니 여기에도 한 상 차려 주구려. 이 몸은 물러가나이다."

　이처럼 계랑이 오기를 부리고 나오려 하자 여러 사람이 달려들어 밀고 당기다가 잠을 깨었다.

　계랑은 신기한 일이었다. 잠들기 전 여우의 흰 갖옷을 생각하고 있었는데, 꿈에 금방 그것이 좋은 옷과 궂은 옷으로 대별되는 장면을 보았기 때문이다.

　그러나 일면 통쾌한 기분이 들기도 했다. 호사한 잔칫집에 가서 호통을 쳐 주었기에 그런대로 나쁘지 않는 기분이었다. 사실 외장만을 가지고 평가하다가 정서방에게서 당한 실수가 있었기에 그것이 큰 자극이 되었던 모양이다.

　이렇듯 이번 가을은 계랑에게 있어서 후회와 반성의 계절이 되기도 했다.

　겨울이 되면 더욱 움츠러 들겠지. 오직 살아가기 위한 최소한의 몸부림으로 겨울을 나야 한다.

　그런데, 그렇지 않고도 겨울을 날 수 있는 희소식이 전해졌다. 그 못된 왜군의 무장 풍신수길이 죽었다는 소식이 들려왔기 때문이다. 그러니 왜군은 별수없이 철수할 것이라는 기대이다.

　그리하여 한겨울이 되자 희소식과 비보가 함께 전해졌다. 왜군이 완전 철수했다는 것이며, 이순신 장군의 함대가 남해 노량에서 마지막 격전을 벌이다가 장군이 전사하게 되었다는 것이었다.

　이장군의 전사를 전해 들은 계랑은 가슴이 울컹했다. 명장이요, 성웅이신 그가 우리를 살려 두고 돌아가시다니, 계랑의 마음을 한없이 우울하게 했다.

　하늘은 공평하심인가. 풍신수길을 치고 우리의 장군을 데려갔으니, 하늘은 탕감의 법칙을 그대로 나타내 보인 것이다. 아무튼 칠년의 전쟁이 이제 완전히 끝났으니 피죽을 먹더라도 평온한 마음이었다.

　새봄이 되면 모든 것은 힘차게 약동하겠지. 봄이 되면 계랑도 크게 기지개를 펴 볼 판이다.

사실 그동안 얼마나 궁핍하게 살아왔던가. 백성 모두가 칠 년을 의분에 떨며 잘도 참아냈다. 이제 짐승이나 사람이나 네 다리 쭉 펴고 잠들 수 있을 것이다. 아이들도 들이나 시냇가에서 마음대로 놀 수 있겠지. 모두가 가슴을 열고 넉넉한 모습으로 살아갈 것이다.

정말이지 봄이 되고 보니 모든 것이 활기찼다. 산야의 꽃들과 새들의 지저귐도 예보다 곱게 보이고 아름답게 들리는 것은 계랑만이 아니었다. 옥심이도 날마다 밖으로 휘돌았다.

조선 천지에 봄비도 촉촉히 내린 날이었다. 수려한 한 선비가 계랑의 집을 머뭇거리지도 않고 들어섰다.

그는 다름 아닌 정서방이었다.

계랑이 언젠가는 꼭 다시 만나리라던 그가 온 것이다. 그런데 그가 이번에는 나귀를 타고 오다가 집 밖에 매어 두고서 팔을 크게 휘두르며 들어섰다.

"이리 오너라! 이리 오너라!"

계랑이 문을 열고 밖으로 나가 보니 처마 밑에 정서방이 의젓하게 서 있었다.

"어서 오시어요. 기다리고 있었나이다."

"기다렸다고?"

"그럼요. 이 봄에 꼭 오실 것을 알았습지요."

"어떻게?"

"세상 평천이 되면 선비님이 오시기가 더욱 수월할 것 같아서 그렇사옵니다."

"그렇군. 그런데 더욱 바빠지는 몸이 되었으니 잘된 것인지, 아닌지……."

"우선 안으로 드사이다."

182

“아닐세. 이곳 대청도 좋기만 하이.”

그는 방으로 들지 않고 건넌방과의 사이 대청 마루에 앉았다. 아직도 날씨가 차가운 맛이 없질 않아서 계랑은 얼른 방석을 내왔다.

“이걸 깔고 앉으시지요. 그나저나 어째서 바빠지게 되었나이까?”

“수찬(修撰 : 서책을 편집 출간하는 직)으로 천거가 되었음일세. 머지 않아 옥음(임금의 말씀)이 있을 것 같네.”

“아이고, 그럼 즐거운 비명이 아닌지요?”

“글쎄, 그렇게 되면 부안의 명화를 보기 어렵게 됨이 아니던가. 내 그것이 싫어서라무니…….”

“서방님, 상관하지 마옵소서. 소첩이 조선땅에 있는 한 부르심을 거역하지 못할 것이옵니다.”

“그래도 그렇지. 고기가 스스로 물지 않는 이상 어떻게 낚아 채겠는가. 그것이 문제일세.”

“석가도 당신의 아들을 강제로 머리 깎았다 하옵는데, 이 여자를 구제하겠다 하심은 언제일런지요?”

“무엇이든 때가 있음일세. 삼합일치필승(三合一致必勝)이란 말 들어 보았는가?”

“네, 주역에서 얼핏 본 것 같사옵니다.”

“그래, 첫번이 아니면 세 번째 이루어야 하는 것이 그것일세. 내 세 번 왔으니 별수없이 구제하긴 해야겠구만.”

이때에 옥심이가 조그만 주안상을 받쳐들고 왔다. 공손히 놓는 것을 본 그가 다시금 말을 이었다.

“그런데 그 구제라는 것이 그대의 협조 없이는 어렵단 말씀이야!”

“아니 길(吉) 자를 토(吐) 자 만드는 것도 혼자 하지 않으셨던가요?”

"그것도 둘이서 했지. 천법은 언제나 둘이서 행하게 되어 있어."

"그러면 그것은 삼합(三合)이 아니지 않나이까?"

"이 사람이 아직도 뭘 모르는구만. 천법과 구제가 어찌 똑같겠는가? 물론 내가 세 번 찾아옴은 삼합이 되는 것이니, 마지막 기회이기도 해."

"서방님, 도대체 구제는 무엇이며, 삼합은 무엇이옵니까?"

"가만 있자, 내 도솔천(이상세계)에 갔다가 돌아와서 말함세."

"피하지 마시옵소서. 언제 그곳에 갔다 오셔서 말씀하시려구요."

"이 사람이 눈치가 이렇게 없다니까. 아직 술이 덜 취했음일세. 기다려!"

"여자가 무얼 알겠나이까. 뛰어 보아야 벼룩이라지 않나이까."

"날고 뛰어 보아야 부처님 손바닥 안이라는 것이겠지."

"네, 시인하옵니다. 그러니 어서……."

"서둘지 말라니까! 그보다 여인에 대한 구제란 행복을 말하는 것이요, 삼합이란 시소주(時所主)를 말함일세."

"시소주라니요, 무슨 술 이름인지요?"

"이 사람 큰일났구면."

"무식이 탄로나고 있는 중이옵니다."

"시소주란 때와 장소와 주인(주체)을 말하는 것이라네. 생각해 보게나. 이 셋이 합하면 세상에 못 이룰 것이 없다네."

"그렇군요. 그런데 지금 삼합이 무슨 소용이 있나이까?"

"또 모르는 소리, 사공명(死孔明) 주생중달(走生仲達)이라 하지 않았던가. 삼합만 맞으면 못할 일이 없는 것이라네."

그렇다. 사나이 일생에 삼합만 이루면 못할 일이 없다. 공명선생도 일찍이 그것을 한탄했던 것이다.

위의 말은 중원의 삼국시대에 제갈양이 죽어 촉한의 군사가 사기가 떨어져 있음을 알고 위나라의 사마중달(司馬仲達)이 추격하자

촉나라의 군대가 도리어 반격을 해 중달의 군대가 아직도 제갈양이 살아 있다고 놀라 도주한 일을 두고 하는 말이다.

공명 선생은 삼합 중 때를 얻지 못했음을 늘 한탄했다. 한(漢)나라를 계승할 촉한의 영토와 어진 소열(유비현덕)제를 얻었으나 국운이 기우는 데(때)는 어쩔 수가 없었다.

"결국 모든 승패는 삼합에 귀결된다는 말씀이시군요. 그래서 주술이 있고, 점성술이 있게 되는 모양이지요?"

"그렇다네. 수리, 주술, 점복, 부적, 풍수, 무속 등이 다 삿된 것으로 정도가 아닌 것은 분명해. 그러나 삼합의 부족함에서 오는 자기 위안의 대상을 찾는 것이 바로 그것이라네."

"오늘 많은 것을 배우나이다."

"공명 선생이 얼마나 지혜로운 분인가 하는 것을 하나만 이야기하려네. 들어 볼 텐가?"

"그럼요. 마지막이 될지도 모르는 만남인데, 며칠이라도 듣겠나이다."

이때 저녁상이 나왔다.

저녁밥은 방으로 들어가서 먹기로 했다.

날씨도 맑아져서 밤이 되니 별들이 초롱초롱 빛났다. 가끔씩 밤하늘을 가르는 유성이 밤의 멋스러움을 더했다.

"아까 공명 선생의 비결을 이야기하려다 말았으니 다시 이야기함세."

"그러시어요."

"그러니까, 제갈공명 선생은 뛰어난 지략과 충절로 한토 역사상 만민으로부터 추앙받는 인물이 아니던가."

"그럼요. 공부자 다음 그만한 분이 있을까 싶네요."

"그런데 선생이 후세를 점쳐 보니 자기를 업신여길 사람이 딱 한 사람 나오거든, 그래서 그가 비방을 못하게 해 놓고서 죽었다네."

"……"

"……"

"왜 말씀을 아니 하시어요. 계속 말씀하시지요."

"뜸을 들여야 술이 나올 것 같아서……."

"마음에 드는 이야기면 술 아니라 돼지라도 잡겠나이다. 곧 준비하겠사오니, 이야기하시어요."

"그러니까, 후대에, 지금부터 200여 년 전 명초(明初)에 유기(劉基)라는 사람이 명태조를 도와 중원 통일에 큰 공을 세웠던 것일세. 그가 문인이요, 유학자요, 천문 병법에 정통했음은 물론이야."

"……"

"그런 그가 한사코 공명 선생을 비방하는 것은, 자기는 천제를 도와 중원을 통일했는데, 그러지 못한 공명을 만백성이 추앙함은 온당치 못한 일이라며 불평하고 있었던 참이었지."

"또 이야기를 끊으시네요. 빨리 듣고 싶어서 속이 타는데요."

"그대의 표정이 더 재미있구려."

"……"

"그때 공명 선생이 살았던 양양(襄陽)에서 봄날 어느 농부가 밭을 가는데 토계(土鷄 : 흙으로 만든 닭)가 나와 집에 갖다 놓으니 때가 되면 날개를 치며 우는지라, 기히 여겨 태수에게 가져다 주었다네. 그런데 그 토계가 태수 앞에서도 때가 되면 날개를 치고 우는지라, 그는 성주에게 진상하고, 성주는 재상 유기에게 진상했는데, 유기 앞에서도 역시 그렇게 우는지라, 유기가 토계를 천제(태조) 앞에서 부수어 보니 그 속에 이렇게 써 있더라는 것 아닌가."

"또……."

"왜, 그대도 그런 토계 한번 만들어 보고 싶지 않은가 ? 그렇다면 지금부터 그 방법을 가르쳐 주지."

"이야기를 듣는데 숨이 차기는 난생 처음이옵니다."

"그래, 그 토계를 부수어 보니 그 속에 뭐라고 써 있느냐 하면 '군(君)은 득기군(得其君) 득기시(得其時)요, 아(我)는 득기군(得其君) 불득기시(不得其時)라. 공명(孔明)'이라고 써 있었다지 뭔가. 그때서 야 그가 무릎을 꿇으며 두 손으로 경문을 공손히 들고서 대선생님 을 몰라보았노라며 자기의 잘못을 뉘우쳤다네. 이후 그가 다시는 건방을 떨지 않았다는 이야기일세."

"그러니까 그것은 틀림없는 삼합일치를 말하는 것이군요?"

"그렇지. 그대는 주인(임금)을 얻고 때를 얻었지만, 나(공명)는 유비현덕과 같은 어진 왕을 얻었으나 국운이 기우는 시기라서 어 쩔 수 없었노라고 한탄을 했던 것이라네. 벌써 그것을 안 공명 선 생이 그래서 대인이요, 현자인 것이야."

"삼합의 의미를 분명히 알았나이다."

"이제는 이야기 값을 좀 내놓으려는가?"

"네, 그러고 말고요."

계랑은 일어나 조그만 모반에 술상을 봐 왔다.

그에 대한 친밀감도 친밀감이지만, 그가 느글느글 이야기를 잘 하는 편이라서 계랑의 호흡과도 맞는 편이었다.

정경세, 그는 자가 경임(景任)이요, 호는 우복(愚伏)이라 했다. 본 은 진주로 유성룡(柳成龍)으로부터 배웠다고 한다.

이번 임진란 이후 의병으로서 공을 세워 수찬(修撰 : 홍문관의 정 6품)이 되었단다. 다시금 정유왜란이 있어 각처의 장군들을 돕는 중이란다. 그리하여 전라도를 지나는 길이면 꼭 이곳 계랑의 집에 들러 쉬어 가는 것이라니, 정말 고마운 분이기도 했다.

그가 성리학에 대한 관심과 특히 예론(禮論)에 밝아 김장생(金長 生) 등과 함께 예학파로 불리워지고 있었다. 그런 그가 유희경을 모를 리 없었던 것이다.

　물론 그는 유희경보다 훨씬 젊고 패기도 있어 보였다. 계랑보다는 열 살이 많고 유희경보다는 열여덟이나 적었다. 거기에다 그는 이미 문반의 계열로 중앙 진출을 뚜렷이 하고 있었다. 그야말로 장래가 촉망되는 그런 분이기도 했다.

　한번 만나 헤어진 유희경보다 세 번이나 찾아온 정경세이다. 무엇이든 유희경보다 나은 입장이었다. 그러나 그에게 끌리어 가지 않는 것은 계랑의 병적 고집 때문이었다.

　계랑은 그를 만난 이후 정감 어린 시 한 수를 찬찬히 그려 나갔다.

우리 서로 만나서 술잔을 나누는데
동풍까지 불어와서 춘색이 화려해라
연못가 꽃잎들이 붉게 붉게 흩어지네.

한 마리 산비둘기 물가로 날아들고
날 저문 고을에 안개까지 휘감는가
술잔을 맞들지만 내일이면 멀어지리.

－국 역

樽酒相逢處　　東風物色華
綠垂池畔柳　　紅綻檻前花
孤鶴歸長浦　　殘霞落晚沙
臨盃還脈脈　　明日各天涯

〈이매창〉

　이를 천천히 읽어 보던 정경세는 명일 각천애(明日各天涯)라고

188

하는 마지막 낙구가 맘에 들지 않는 것인지, 아무 말을 하지 않다
가 그도 시 한 수를 써 내려갔다.

그는 이 시가 자신의 시가 아닌 정지승의 시라고 밝히기도 했
다. 역시 글씨가 멋스런 데가 있었다. 글씨를 잘 쓰는 것도 남자로
서 풍월을 함에 중요한 몫을 차지한다.

풀잎 하나에도 왕손의 한이 스며 있고
꽃잎 하나에도 두견의 시름이 묻어 있네
물가 마을에 사람도 하나 보이지 않는데
바람이 언듯 불어 목란배를 움직이누나.
- 국 해

草入王孫恨　花添杜宇愁
汀州人不見　風動木蘭舟
〈정지승〉

그가 왜 타인의 시를 여기 옮겨 썼을까.

그러니 시를 감상함에 있어서도 눈치가 빨라야 한다. 풀잎과 꽃
잎의 한스러움을 이야기한 다음, 물가의 빈 배를 바람이 건들게
하는 것이다.

이럴 때 정경세는 바람이 되고 계랑은 고운 목란배가 된다. 결
국 그는 계랑을 한번 취하고 싶다는 간접 표현이다.

그런데 계랑은 이미 그걸 알고 거절의 의사를 밝히었다. 술잔을
맞들지만 내일이면 멀어질 것을 말하고 있다. 그러기에 계랑도 보
통이 아님은 여실하다. 어찌 알고 거절의 의사를 먼저 표명했을까.

그것은 그가 삼합을 말하고, 세 번 찾아왔음을 말했을 때 계랑
은 이를 알아챘다.

가까이 있는 정경세가 멀리 있는 유희경과 견주어 못할 것이 없지만, 계랑의 마음은 오로지 촌은 유희경을 기다리는 미덕의 세월을 더 소중히 했다. 그것이 여인의 길이요, 여자의 삶이기 때문이기도 했다.

정경세가 그야말로 상춘(傷春)이 되어 떠나갔음은 틀림이 없겠다.

사실 서글픈 봄은 그만이 아니다. 계랑도 그를 떠나 보내고서는 마음이 아니 좋기는 마찬가지였다. 기해년, 스물여섯 봄날이 또 덧없이 흘러갈 것이기에 더욱 그렇다.

소식도 주지 않는 유희경은 죽었는지 살았는지, 한번 스친 인연이기에 차마 버리지 못하는 고통을 안고 어두운 밤으로 뛰어든 계랑이다.

바람에 흔들리는 목란배가 왜 싫었던 것일까. 연못가 꽃잎이 붉게 붉게 흩어지는 뒤안길에서 계랑은 잠을 재촉해 본다. 꿈에라도 만나야 할 사람이 있기 때문이다.

비온 뒤 찬바람

비온 뒤 찬바람 불어오니 가을이련가
달빛이 너무 밝아 귀뚜리가 우는 겐가
동방에 홀로 앉아 거친 눈물 흘리네.

— 국 역

雨後凉風玉簟秋　　一輪明月掛樓頭
洞房終夜寒蛩響　　擣盡中傷萬斛愁

〈이매창〉

가을이 되었다.

왜란이 끝난 지도 일 년이 가까워지지만 유희경으로부터는 아무런 소식이 없다.

기다림에 익숙해 있는 계랑은 찬바람이 불어와 가을임을 감지한다. 게다가 잠이 오지 않을 때는 귀뚜리까지 성가시게 울어댄다.

정경세, 그를 미련없이 떠나보낸 계랑은 이렇듯 담담한 시간을 보내고 있었다.

그런데 그가 변장술에 능통한 자라서 늘 조심해야 했다. 더러 찾아드는 손님 중에 그가 언제 어떤 모습으로 스며들지 모르기 때문이다. 그러나 한편, 지조 있는 그가 다시는 그런 짓을 하지 않으리란 생각도 들었다.

어찌 되었건 계랑이 기녀 생활에 접어든 지도 십수 년이 넘었다.

그간 여러 사람을 만나고 보내 주었다.

　진실로 사랑하고픈 진사 서우관도 있었고, 시백 유희경도 있었다. 그런데 지금은 유희경만이 멀리에 있다.
　다시는 가슴 아픈 사랑일랑 하지 않으리란 계랑의 결심이고 보니, 때로는 그녀의 아슬아슬한 생활이 염려가 되지 않을 수 없다.
　세상이 안정되어지니 별의별 잡새가 기웃거리기 시작했다. 그도 그럴 것이, 임진·정유 칠 년 동안 방치되었던 부안의 명물이 그 동안 어떻게 변했는지 궁금하기도 했던 모양이다.
　어느 날, 저녁을 물린 뒤 앉아 있노라니 아주 나이 많은 노인이 가만가만 찾아 들어왔다.
　칠십도 넘어 보이는 노인이라서 무척 조심이 갔다.
　"어서 오시옵소서."
　"욕이나 하지 않을는지……."
　"무슨 말씀이어요. 모처럼 좋은 시간이 될 것 같사옵니다."
　"그런가! 그렇다면 내 술 한 잔 청해 먹으리라."
　"준비하겠나이다."
　노인이 보기보다 정정했다. 깨끗하게 늙어 가는 모습이 보기에도 좋았다.
　"청루(기생집)에 백발도 어울릴까?"

“그럼은요. 그러기에 이 밤이 더욱 평온할 것 같사옵니다.”

“듣기가 좋군. 그대 노래 들어 보려고 칠십 년을 살아왔으니, 후회하지 않게 하렷다!”

“너무 기대하지 마소서. 모든 것이 녹슬었나이다.”

“어허, 못하는 소리가 없구나!”

“죄송하옵니다. 무례를 용서하소서.”

이때 계랑이 거문고를 무릎에 올려놓고서 생각에 잠기었다.

지금까지 많은 노래를 거문고에 실어 보았지만, 막상 노인 앞에서 한 곡 타 보려니 마땅한 게 없었다. 그리하여 언제나 그랬던 것처럼 자작시를 하나 병창해 보았다.

학발동안의 노인이 눈을 감는다.

조용히, 그리고 천천히 거문고의 장단과 고저, 강약과 지속이 문 밖으로 퍼져 나갔다. 계랑의 목소리가 아직도 창창했다.

이슬 젖은 하늘을 기러기 울며 나네
매화나무 스친 달이 난간까지 오도록
탄금에 실은 노래 잠도 오지 않아라.

— 국 역

露濕靑空星散天　　一聲叫雁塞雲邊
梅梢淡月移欄檻　　彈罷瑤筆眠未眠

〈이매창〉

계랑이 한 곡조 읊은 다음 미소로 묵례하고서 돌아앉았다.

“……”

“어르신, 무어라고 한 말씀을 하셔야 …….”

“응, 끝난 게야? 하도 좋아서 서왕모와 함께 반도(蟠桃 : 삼천년에 한번 맺는·열매)를 먹고 있었음일세.”

"그러셨으면 더욱 오래 장수하시겠나이다."

"그래 그래, 그래야지. 그런데 후회가 되는구만."

"왜지요?"

"이곳 부안에 살면서도 진작에 오지 못했음이 말일세."

"그러게 말입니다. 쉰네도 그 동안 적적하였답니다. 십 년만 빨리 오셨어도 원앙 금침을 깔 뻔했나이다."

"매창, 노인을 놀리면 죄 받는다네. 지금 이야기지만, 그대는 내 손녀쯤 되는 것이니, 혹시 내가 귀엽게 보더라도 이해하게나."

"지금도 귀엽게 보시고 계신 것을요. 어디쯤 살고 계시는지요?"

"서문 밖……."

"그러시군요. 이 쉰네의 집에 오시어 모처럼 즐거우셨으면 하옵니다."

"충분히 즐거워하고 있느니, 나도 하나 화답함세."

계랑이 다시금 가만히 거문고를 끌어당겼다. 술대로 두어 번 저음을 두드리자 노인이 노래했다.

버들가지 얽힌 노래 나직이 부르는데
정자에 봄비 내리고 꾀꼬리 우짖는가
모래섬에 갈대 돋아 푸른 빛이 감돌아
그대 지금 돌아오면 말말굽에 묻히리.

　　　　　　　　　　　－국 해

楊柳枝詞唱得低　　雙亭新雨早鶯啼
洲蘆短短江蘺綠　　之子歸時沒馬蹄

〈복개〉

노인네가 그저 외우듯 노래하듯 한 수 읊었다. 그런데 의미 자못 심장한 시였다.

　양류지사(楊柳枝詞)로 시작되는 시어의 나열에 꾀꼬리까지 이어져 기루의 여인을 떠올리게 했고, 맨 나중의 말말굽에 묻히고 말겠다는 지조에 계랑은 놀라지 않을 수 없었다.
　"어찌하여 그토록 의미 심장한 노래를 읊으시는지요? 못내 그리운 여인이라도 있는 것이오니까?"
　"그러니 이 노래는 나의 노래가 아닐 수밖에……."
　"하오면……."
　"사십여 년 전 이곳에 복개(福介)라는 기녀가 학사 이득일(李得一)을 서울 도성으로 보내면서 지은 것이라네."
　"그녀를 만나 보셨는지요?"
　"보기는 보았지만, 이야긴 못 해 봤지."
　"예뻤었는지요?"
　"미인이었지. 그런데 난잡했어. 호남 방백 송(宋) 아무개가 데리고 다녔다지 아마."
　"그런데 왜 제가 모를까요. 교방에서도 들은 일이 없사온데요."
　"그럴 수밖에. 그때는 중종이 교방을 혁파한 뒤라서 명종 때까지 모두가 조심을 할 수밖에 없었다네. 그러니 누구든지 밖으로 드러내지 않을 때라서 그런 게지."
　"복개의 시가가 또 있는지요?"
　"있긴 또 있지. 들어 보게나."
　계랑은 술 한 잔을 먼저 공손히 따라 올렸다. 다시금 거문고를 끌어당기자 파파 노인이 노래하기 시작했다.

　　　　　몇 조각 검은 구름 먼 산에서 일어나
　　　　　하루 종일 하늘을 짙게 짙게 가리더니
　　　　　잠깐 사이 반가운 비가 되어 내리어
　　　　　가을 벌판 농작물을 포근히 적시었네.
　　　　　　　　　　　　　　　　　－국 해

數點玄雲起遠峰　　漫天終日十分濃
須臾化作人間雨　　沾得三秋滿野農
〈복개〉

　애정, 이별, 비애 등은 비단 계랑의 시에서만 보여지는 것은 아니다. 복개도 고독과 무상, 그리움과 기다림을 노래했다.

　그런데 계랑의 선배 복개는 이같이 자연에 대한 애찬을 노래할 줄도 알았다. 그녀의 너그러운 일면이 보여지는 작품이다.

　"복개의 노래가 몇 수 된다고 들었으나 이것밖에 모르이."

　"너무도 순수한 작품이군요. 이제 어르신의 옥문(玉文)을 보고 싶사옵니다."

　"나야 무식해서 그대와 상대가 되지 않으이."

　"그렇게 말씀하시면 이 소녀는 몸둘 바를 모르겠나이다."

　"아니야. 사실이 그런 걸 어떡하나. 그러니 풍월은 그만하기로 하세나."

　"그러시면 존함이라도 알고 싶사옵니다."

　"다 부질없는 일, 그대의 노래 들었으니 내 마지막 소원도 이룬 셈일세."

　"그러기에 소녀는 오래 오래 기억하고 싶사옵니다. 성함만이라도 가르쳐 주셔야……."

　"나라정(鄭) 자, 정자(鄭子)일세."

　"하옵시면 자(字) 자는?"

　"아따, 정씨 아들이란 말이지 뭐겠어."

　"아, 예—"

　계랑은 노인의 이름을 선지(宣紙)에 썼다.

　정씨라고 하는 데야 일흥 호기심이 일었다. 정경세가 다시금 마술을 부리는 것일지도 모르는 일이 아닌가. 그러나 계랑이 관찰컨대 그는 분명 아니었다.

정경세, 그는 다시는 계랑을 만나기 위해 오지 않으리라는 생각이었다. 두 사람 사이에 주고받은 대화에 충분히 암시되어 있었기 때문이다. 그가 또 그렇게 계속 방정을 떨지 않으리라는 믿음도 가지고 있었다.

그런데 갑자기 문제가 생겼다.

계랑이 정자(鄭子)라고 써 놓은 글씨를 보더니 호통을 치는 것이었다.

"글씨를 잘못 썼지 않은가! 다시 쓰게나."

"잘못 쓰다니요. 획수가 틀렸나이까 ? "

"획수는 맞는데, 남의 성을 그렇게 쓰면 돼!"

"분명 정자로 썼는데, 그러면 어떻게 써야 하는 것인지요 ? "

"시작을 여덟팔(八) 자로 시작하게나."

계랑은 정(鄭) 자를 씀에 있어 팔(八)자를 뒤집어 썼다. 그것이 잘못된 것이다.

"……"

"그래도 못 알아듣는 모양이군. 본시 정가의 별호가 당나귀일세. 그렇다고 성(姓)에다 당나귀 귀를 그려 놓으면 되겠어!"

"아 그렇군요! 그걸 몰랐나이다. 큰 결례를 했군요."

"본래 조(曺)씨도 두 개를 내려 끄집은 글씨인데 하나만 내려 끄집고, 배(裵)씨도 옷의(衣) 밑에 아니비(非)인데 고친 게야. 위(魏)씨도 귀신귀(鬼)자의 코뚜레를 다른 두 획이 되도록 써야 한다네. 그러지 않음 욕먹는다구."

"그건 또 왜 그런 거예요 ? "

"그렇지 않음 조씨는 쌍좃이 되고, 배씨는 옷도 아닌 성씨가 되는 것이며, 위씨는 코뚜레귀신이라고 놀린다네."

"오늘 좋은 것을 배웠나이다. 감사합니다."

"아무튼 난 이곳 출신 복개의 시(詩) 두 수를 들려 주었으니 내 할 일은 다한 셈일세. 이제 가려네."

서문 밖에 산다는 정노인은 다시 오지 않을 것처럼 말하고서 어디론가 떠나갔다.

오래 살고 볼 일이다. 오늘은 여러 가지로 소득이 많은 날이었다. 선배의 글을 대할 수 있었음이요, 좋은 상식도 얻어 들었기 때문이다.

비록 여사(閭舍 : 여염집)는 아니라지만, 여희(고운 여자)로서의 품위를 지키고 싶은 계랑이었기에 늘 성장을 했다. 조금이라도 흐트러지면 자신을 지탱하기 어렵고, 자신을 지탱하지 못하면 지금까지의 청절이 수포로 돌아가기 때문이기도 했다.

다음날 계랑은 모처럼 들로 나가 보았다.

오곡이 무르익어 있었다. 금방이라도 바쁜 가을걷이가 시작될 것만 같았다.

고추잠자리가 신기한 듯 가까이 날고, 제비는 마지막인 듯 하늘을 선회했다. 너무도 푸른 하늘에 가끔씩 구름 한 점이 수놓이듯 그렇게 떠 있기도 했다.

길다란 은잠(은비녀)을 매만지며 가까운 정자를 향해 발길을 옮기었다.

이럴 때는 임이 있어야 하는 것이지만, 운명은 이를 허용하지 않았다. 계랑이 장옷(쓰개치마)을 좌측 팔에 걸치며 걸었다. 천천히 걷는 계랑의 뒷모습이 너무도 고와서 아까부터 이를 지켜보는 사람이 있었다.

그는 다름아닌 이곳 부안현청의 청리 김비장이었다. 그는 일 년에 한두 번 계랑의 집에 들러 신관 사또의 성품을 이야기해 주고, 세정을 들려 주는 등 계랑의 좋은 이웃 사람이기도 했다. 물론 그도 학식이 있었기에 계랑과 격의없는 대작도 나눌 수 있었다. 단지 그는 너무 키가 작아서 계랑이 가끔씩 놀려 주곤 했었다.

이렇듯 가끔 계랑과 친구한 그가 오늘 멀리서 지켜봄도 한 사내로서의 감정을 부인할 수 없음이 분명했다. 이를 눈치 못 챌 계랑

198

이 아니다. 다만 어떠한 약점이나 자극을 주지 않으려고 노력했다.

그가 비록 길청(질청, 현청)의 품관(하찮은 벼슬)에 지나지 않는다고는 하지만 눈매는 계랑 못지않게 매서운 편이다. 따라서 그가 은근히 천침을 요구해도 거절 못할 처지의 계랑이지만, 그래도 지금까지 잘 지탱할 수 있었던 것은 그녀의 지혜였다.

계랑은 그를 만나면 언제나 높이 추켜 세우며 인격적으로 대했다. 그러니 그가 차마 자신을 욕되게 하지 않았다.

계랑이 강변의 조그만 정자에 올라 들을 둘러보았다. 그야말로 벽공(맑은 가을하늘)에 청낭자(잠자리)의 한철이었다. 그런데 김비장이 저 멀리서 이쪽으로 걸어오고 있지 않는가.

무슨 야로가 있음인가. 아니면 희소식인가. 계랑이 의아스러운 듯 그를 주시했다.

"아니, 무슨 일이 있음 구종(종자)을 시키지 않구요. 어찌 이곳까지 나셨습니까?"

"쓸쓸하기 그지없는 자네를 나라도 지켜주어야 하지 않겠는가!"

"객관(객사)에 누가 오셨나이까?"

"이 사람이 내가 온 게 반갑지 않은 모양일세 그려. 왜 자꾸 딴청을 부리는 겐가?"

"딴청을 부리다니요. 전엔 이런 일이 없었기에……."

"안심하게나. 대낮에 자네를 덮치지는 않을 테니. 그보다, 오늘은 내가 술을 가지고 왔으니 여기서 한 잔씩 나누세나."

김비장은 조그만 호리병에서 술을 따랐다. 색깔도 좋은 앵두주를 조그만 종재기에 가득 따랐다.

"여기서 함께 죽자고 통사정해도 그러지 않을 계랑인 것을 내가 아는 바이니, 어렵게 생각지 말게나. 사람은 저마다 지고 가는 짐이 무겁기 마련이라, 내 그것을 덜고 싶어 왔다네."

"그렇다면 안심입니다. 그럼 어디 나리와 함께 소담(笑談) 희언

(戲言)을 쏟아 부어 볼까요."

"내 모처럼 낭풍(신선이 있는 곳)에 올라 태진이(양귀비)와 함께 있으니 지밀문(내전의 문)으로 내통하다가 물고(죽음)를 당할 때 당하더라도 한 잔 아니하지 못하리라!"

"오늘 이 춘사(椿事 : 뜻밖의 일)에 예천(단물 샘)을 지나는 나리께서 해웃값(놀음차)이라도 준비하셨는지요?"

이 사람들의 이야기가 너무 지나친 감이 없지 않다. 이야기가 갑자기 비약하여 음탕하기 그지없다. 편자가 어허랑(맞장구)이라도 해야 하는 것인지, 아니면 복초(복날 만든 식초)를 뿌려 버려야 하는 것인지, 조금 더 지켜보아야 되겠다.

"이보게, 친의(속옷)를 보이지 말게나. 내 벽곡(채식)만 먹고 살아도 심질(상사병)이 일어남을 어찌하겠는가."

"양반은 죽어서도 문자 쓴다더니, 오늘 나리께서 꽤나 문자를 쓰십니다."

"아무렴, 안 먹어도 긴 트림해야 하는 양반인고로, 음호(하문 : 여자 생식기)가 지천이기로 어찌 감창(감탕질)인들 하겠는가."

"천루(지식이 없음)하기로 무슨 말인지 알지 못하겠으나, 나리의 형안(고운 얼굴)이 학발동안(신선의 얼굴)처럼 보이십니다."

"허허, 그렇다니 더욱 다행이네. 액기(암내)에 취했기로서니 고락(낙지의 먹물)은 멀리 해야지. 잘못하다간 백옥루(시인 묵객이 죽어서 간다는 루대)에서 그대를 못 만나게 될지도 모르니까."

"업원(전생에 지은 죄)이 다른데 어찌 만나겠는지요. 여항간 탁류에 수민(소금쟁이)이 뛰듯 하시니 보기에 좋나이다."

"에끼 이 사람아! 겨우 그 정도인가. 박옥(다듬지 않은 옥덩어리)에 가릉빈가(미성을 내는 상상의 새) 정도는 봐 주어야 술맛이 날 게 아니던가."

"아무튼 객회를 잘못 풀려다가는 여화(女禍)를 당하기 십상이니, 조신하소서."

 "조신하라니, 갑자기 할 말이 없어지네 그랴!"

 "그러시면 잠깐 그대로 계시어요. 소마(오줌)가 마려워서 댓돌 밑에 가서 일 좀 보고 오겠나이다."

 그들의 대화가 그때서야 그치었다. 대화가 수준급인지는 알 수가 없다. 다만 포복절도할 정도가 아닌 것으로 보아 보통인 것 같다.

 그렇다. 뉘 집 축생(畜生)들이라서 저속한 말 투자하여 치념(살풀이)을 대신하겠는가. 항차(하물며) 남녀가 유별한데, 허랑한 말들은 피할 일이다.

 "깜짝 놀랐나이다. 풀섶에 앉아 있으려니 문쥐(서로 꼬리를 물고 한 줄로 가는 쥐)들이 바로 앞을 지나가지 뭡니까. 창졸간(갑자기)에 그것들이 왜 줄을 지어 나타났을까요?"

 "글쎄, 그놈들이 습호(하문)를 홍예(천궁, 무지개)로 알았는갑시. 그러니 줄줄이 때를 지어 보았을 게 아니던가."

 "자볼기를 맞아야 할 분이군요. 어쩌면 이야기를 자꾸만 하초(하체)로 끄집어 내리시나요. 위로 올려야지……."

 "어차피 남자는 문장부요, 여자는 문둔테가 아니던가. 여북이나(더욱이나) 둔위와 안반은 가까이 있으면 못된 짓만 하려고 하니, 우리사 술이나 들세."

 종당(도대체) 이게 무슨 수작인가. 갓 쓰고 비녀 꼽고도 할 말은 다 하겠다는 심산인가.

 불연이면(그렇지 않으면) 이것도 숭유사회의 가면 속에 도사린 희락인가. 하루 종일 주루박(망태)에 담아 보아야 하나도 채워지지 않을 허사이다.

 그러나 전쟁에 찌들고 가렴주구에 찌든 창민(백성)이 농담도 하고 음담도 해서 따분함을 달랠 수밖에 없다. 그러니 이들을 탓할 것도 못 된다. 기실, 그것이 우리들의 소박한 강구의 연월일 수도 있기 때문이다.

"아니 '문장부'는 무예고 '문둔테'는 무엇이 옵니까?"

"정말 몰라서 묻는 겐가?"

"그렇지 않구요. 너무도 불문해서……."

"대문의 널판자 아래 위에 상투같이 내밀어 문기둥 옆 구멍에 끼우는 장치를 '문장부'라고 하고, 그 문장부를 끼는 구멍 뚫린 나무를 '문둔테'라고 한다네. 그래서 여자를 문둔테라 하고, 남자를 문장부라 하는 것을 확실히 알겠는가?"

"그런데 그것을 저만 모르고 있었던 모양이네요."

"그렇지. 종자(말을 끄는 사람)도 아는 것을 자네가 모르다니 말이나 되는가!"

"그러게 말입니다. 포의 한사도 다 아는 것을 모르고 있었으니 불문할 수밖에요."

"그러기에 남자는 본실과 부실의 두 여자를 거느릴 수 있는 것이라네."

"무슨 말씀이세요. 노좋은 노 하나만 끼고도 잘만 갑디다. 쟁기의 잡좋은 하나만 가지고도 충분하며, 여러 개가 있으면 되레 불편하기만 할 것을요."

"그렇던가. 그러면 그렇게 알고 있게나."

계랑은 여기서 슬그머니 화가 났다.

그가 남존여비를 노골적으로 말하고 있기 때문이었다. 곰곰이 생각해 보아도 세상의 이치는 그럴 것 같지가 않았다.

"그러면 나리께선 그렇지 않다는 말씀이오니까! 세상에 그런 법이 어디 있습니까. 천생연분이요, 집새기도 짝이 있다고 했거늘, 하물며 만물지중에 유인이 최귀한데 천리를 벗어날 수 있겠는지요?"

"그러게 말일세. 그런데도 우리 말에 규방과 기루를 한꺼번에 일컫는 말이 있으니 난들 어찌하겠는가."

"그 말은 또 무엇이온지요?"

"온유향(溫柔鄕)이란 말이 그것 아니던가. 우리들의 유년의 고향이면서도 여인의 보드라운 속살까지 말하는 것이니 말일세."

"두고 보자 보자 하니 계속 공격하시깁니까. 오늘은 우리가 잘못 만난 것 같습니다. 나도 입에 거품 물었다 하면 솔찬히 시끄러운 계집입니다. 당해 보실런지요?"

이때 계랑은 난데없이 노래하기 시작했다. 놋쇠 종재기를 들어 마룻바닥에다 살금살금 박자를 맞추며 읊었다.

그도 그때서야 안심이 된 듯 조용히 경청했다. 햇빛도 점차 정자의 그림자를 길게 늘어뜨렸다.

> 드넓은 들녘이 가을빛으로 고와서
> 혼자서 강언덕의 정자에 올랐더니
> 풍류도 모르는 객이 술병 들고 왔어라.
>
> — 국 역

四野秋光好　　獨登江上臺
風流不知客　　携酒訪余來

〈이매창〉

이를 끝까지 듣고 난 김비장이 나직이 한마디 했다.

"옥운(좋은 시)은 옥운인데, 끝이 안 좋아!"

"끝이 안 좋을 수밖에요. 어쨌거나 답사를 주시지요."

"내 투필(절필)한 지 오래였거늘, 변절하란 말인가!"

"싫으면 굳이 청해 듣지는 않겠나이다. 승패는 끝났으니 말입니다."

"그래도 그렇지, 사람을 사람 취급도 아니해서야 말이나 되는가! 오늘은 무승부가 옳으이."

"그렇습니다, 나리. 다음에는 시비하지 말자구요."

"그럼 우리 일어날까?"

계랑이 먼저 일어나 집으로 돌아왔다.

행여 함께 길을 걸었다간 헛소문이라도 날까 해서였다. 이를 이해한 그가 그렇게 하기를 허락했다.

저녁을 먹고 난 계랑이 유경(놋쇠 등잔)에 콩기름을 부었다. 그리고선 잘못 끼워져 헐겁기만 했던 은잠을 아예 빼 버리고 머리체를 풀어 버렸다. 편안함을 위해서다. 그래도 부지하락(不知下落 : 어디로 가버린지 모름) 되어 버린 유희경이 문득문득 그리워지는 것은 어쩔 수 없는 고통이었다.

바리(놋쇠로 된 여자의 밥그릇)에 담은 자리끼를 한 모금 먹은 계랑은 자리에 누워 이 생각 저 생각에 잠도 오지 않았다. 수(壽)와 부(富)와 강(康)과 덕(德)과 고종명(考終命)의 오복 중에 하나를 택하라면 어떤 것을 택할까. 수도 아니고 부도 아니다. 그렇다면 강과 덕이다. 굳이 하나를 택하라면 그래도 강녕(康寧)이 제일 좋지 않을까 생각해 본다.

깊어 가는 가을 밤, 빨리 잠들지 못함도 큰 병이다. 불개절(不改節)에 대한 죄값은 아닐 테지만, 천리상사의 야탄월(夜歎月)에 몽불성(夢不城)이다.

날씨가 차가워서

날씨가 차가워 엷은 옷을 꿰매면서
머리 숙여 손길 가는 대로 가노라니
눈물이 구슬 되어 실바늘에 맺히누나.

－국 역

春冷補寒衣　　紗窓日照時
低頭信手處　　珠淚滴針絲

〈이매창〉

계랑의 스물일곱, 경자(선조 33)년의 봄이 어김없이 돌아왔건만 봄 같지가 않다.

꽃샘추위련가, 아직 봄이 이른 겐가.

비련의 여왕, 동각설중매(東閣雪中梅)가 혹한을 넘기고서 꽃샘추위에 가느랗게 떨고 있다. 그것은 다름 아닌 창가의 매화이다.

매창(梅窓)이 시간과 공간의 조화이듯, 계랑은 언제 어디서나 기다림과 그리움을 잉태한다. 날씨가 차갑거나 따뜻해도 숙명에의 길은 변함없이 드라워진다. 그것은 비가 오나 눈이 오나 숙로(熟路)이듯 펼쳐지는 역겨움이다.

계랑이 이처럼 단련된 숙명의 뒤안길에서 숨죽여 사노라니 그야말로 적막강산이다.

날씨가 아직 차가워서 엷은 옷가지를 꿰매노라니 다시금 눈물이 구슬 되어 실과 바늘에 맺힌다. 정말이지, 지독한 여자의 일생이 아닐 수 없다. 언제쯤 계랑의 얼굴에 화사한 봄이 스며들 것인

지 답답하기만 하다.

어느 날, 날씨도 제법 따뜻해진 어느 날이었다.

천만 뜻밖에 동헌으로 나오라는 전갈이 왔다. 더욱 정확히는 모레 신관 사또의 진연에 나와 달라는 것이었다.

안 그래도 겨울을 나면서 적적하던 차에 잘됐다 싶었다. 모처럼 계랑이 운율의 진가를 발휘해 볼 수도 있겠기에 반가운 소식이었다.

사실 중종과 명종을 거치는 동안 침체했던 여악이 선조에 이르러 장려되는 듯했으나, 임란 이후 7년의 전쟁을 거치는 동안 거의 잊혀졌다. 그러기에 이후 계랑은 기예와 창법을 혼자서 늘 익혀 두었다. 그것이 모레면 빛을 발할지도 모르는 일이었다.

역시 계랑의 예감은 적중했다. 구참 신참의 몇몇 기녀들이 모이었으나 가락이 예전만 못했다. 의상도 마찬가지였다.

그러나 계랑은 지분도 적당히 바르고, 스란치마에 반회장저고리를 품위 있게 갖추어 입었다. 머리도 가체로 큰머리 형태를 한 외대머리가 그럴 듯했다. 귀주머니 장도와 노래개삼작도 달았다.

한껏 멋을 낸 계랑이 거문고를 들고서 중앙의 화문석 위에 살포시 앉았다. 그리고서는 천천히 노래했다.

가련토다 동쪽으로 흐르는 물이여
그 언제 서북으로 흘러갈 터인가
술잔을 기울이며 옛일을 생각하네.
－국 역

可憐東流水　　何時西北流
停舟歌一曲　　把酒憶舊遊
〈이매창〉

　노래가 참으로 영절했다. 포근한 날씨에 좋은 음식에 청아한 가락이 곁들어져 원근에서 모여든 청객들에게 더없는 기쁨을 주었다.
　신관 사또가 계랑을 불러 옆에 앉히며 말했다.
　"진작에 점고를 받을 것을, 오늘에야 명화 있음을 알게 되었으니 내가 물주가 아님은 분명합니다. 그러니 오늘 이 여인의 술띠(치마 중간을 휘어감는 끈)를 끌어 가고 싶은 사람은 천 석은 내놓아야 할 것이오."
　"허허, 명물 낳네!"
　"자, 그럼 지원자를 접수하리다!"
　"아니, 그런데 천 석이라면, 결국 엄두도 내지 말라는 말이 아니겠소?"
　"모르시는 말씀이오. 이 여인의 실력이 확인되었는데, 귀인(손님)의 실력이 그만 못하다니 유감이외다."
　"……"
　"자, 없으면 거두어 접습니다."
　이때 김제 군수 이귀(李貴)가 손을 번쩍 들어 말했다. 그가 이웃의 큰 고을 곡창지대의 군수이기로 자신이 있었던지 모를 일이다.
　"까짓것, 내가 접수하리다. 하룻밤을 위해 만리장성도 쌓는데,

우리 고을 만석궁의 힘을 한번 빌려야 되겠습니다. 그 정도야 쉽게 되지 않겠습니까!"

"좋습니다. 그럼 여러 사람 앞이니까 계약이 끝난 것으로 해 두겠습니다."

"그럼 현물은 언제까지면……."

"우리 사이에 외상이면 어떠오. 당장에 이 여인의 코를 끌어도 상관 않겠습니다."

"알고 보니 인심이 후하시구려."

"자 여러분, 이 명기가 오늘 천 석에 팔렸나이다. 말만 잘하면 그저라는 것을 묵재(默齋 : 이귀의 호)께서 먼저 알아차린 것 같소이다. 이제 난 모르오!"

이후 잔치는 여흥을 계속하다가 어두워지기 전에 끝났다.

김제 군수 이귀가 돌아가지 않고 계랑의 집으로 왔음은 말할 것도 없다. 호협한 그의 성격이 그냥 지나칠 리가 없었다.

계랑은 한사코 그를 정중히 모시었다.

"성주(城主)님을 누지에 모시게 되어 송구하옵나이다. 하오나 가까이 모시에 된 은정을 내내 잊지 못할 것이옵니다. 편히 쉬어 가소서."

이귀를 정중히 모신 계랑은 큰절을 올린 다음 사뿐히 앉았다. 계랑이 지금까지 그 누구에게도 하지 못했던 겸손과 예의를 다했다.

"오늘은 그대 있음에 내가 있도다! 김제와 부안의 만남이로세."

"오늘을 한정함은 소첩이 견딜 수 없겠나이다. 김제와 부안이 항시 맞대어 있듯이, 늘 아끼어 주시옵소서."

"그건 그렇고, 어찌하여 동으로 흐르는 물을 서북으로 흐르게 소원했던가, 그게 알고 싶으이."

"이곳에서 보기에 동진강(東津江)의 흐름을 빗댄 것이옵지요. 다른 뜻은 없사옵니다."

208

"그래도 옛일을 생각한다고 했잖은가?"

"운치에 지나지 않는 것을요."

"아니야. 동진강변에서 무슨 일이 있었음이 분명해! 더욱이나 배를 세우고 노래했음은 이열(怡悅)의 극치를 말함이 아니던가?"

"지나친 비약이십니다. 어찌……."

"끝내 감추는구만. 그렇다면 다신 묻지 않겠네. 그 나이에 울며 부여잡지 않은 사람 없었을리라고……."

"자꾸 놀리시면 울겠나이다."

"피를 토하지나 말게나!"

김제 군수 이귀의 예리함이 없지 않았다. 벌써 시상의 이면을 볼 줄 아는 슬기로움이 있었다.

이귀(李貴), 그의 자는 옥여(玉汝)요, 호는 묵재이다. 이율곡과 성혼에게서 글을 배웠다. 임진왜란 때에 도제찰사 유성룡의 종사관으로 병마와 군량을 모으는 데 크게 기여했다. 그 뒤 장성현감이 되어 군세(軍勢)를 확보하는 데에 더욱 노력했다.

그러나 후에 송화현감으로 봉직하던 무술(선조 31)년에 정언 문홍도가 소(疏)를 올려 그의 탄핵을 요청하였는데, 선조가 그의 말을 받아들여 파면시켰다. 그 후, 그러니까 작년에 김제군수로 복귀하여 오늘에 이른 것이다.

그는 1557년생으로 계랑보다 16년 먼저 태어났다. 그러니 44세와 28세의 만남이다.

이귀는 며칠 후 다시 나타났다. 혼자서 말을 타고 은밀하게 찾아온다고 왔으나, 말 탄 이는 여러 사람의 이목이 집중되기 마련이다.

3월(음력) 초 어느 날이었다. 아직도 바람끝이 차가웠다.

"그대 곁에 있고 싶어서 왔더니 날씨가 되레 춥군. 길조인지, 아니면……."

"길조일 것이어요. 곁에 가까이 앉으라구요."

“그렇던가! 나도 그렇게 생각하이.”

“꿈보다 해몽이옵지요.”

대화는 언제든 상대의 의중을 따라가야 한다. 그것이 본심이 아니라도 그렇다. 상대방을 언짢게 하지 않는 대화란 자신의 견해와는 달라도 슬쩍 동의할 줄도 아는 지혜가 있어야 한다.

“매창! 지금 뒤란 감나무에서 우는 까마귀가 어느 쪽을 보고 울겠는가?”

“그야 북쪽을 보고 울지 않겠는지요.”

“허허, 천재일세. 어떻게 그렇게 빨리 맞출 수가 있는가?”

“겨울에는 북쪽에서 찬바람이 불기 마련이니, 북쪽을 보고 울어야 잘 울겠지요.”

“난 그것도 모르고, 까마귀의 음색과 간지를 가지고 속으로 한참 풀어 보니 북쪽이드라구. 그러니 그댄 천재일 수밖에.”

그렇다. 이치는 수리나 복술보다도 빠르다. 그리고 정확하다.

북풍이 치는 겨울날, 까마귀가 나뭇가지에 앉아 고개를 끄덕이며 까악 까악 울려면 북쪽으로 머리를 둘러야 제대로 울 수가 있다. 그렇지 않으면 목의 깃이 바람에 부딪히어 울 수가 없다. 계랑은 그 이치를 빨리 깨달은 것이다.

그런데도 이귀는 다른 방법을 택해서 가까스로 알아냈다. 그러기에 천재란 빠른 깨달음의 차이다. 지혜도 마찬가지다.

계랑을 찾아온 일군의 태수인 이귀를 어떻게 대해야 하는지는 계랑의 지혜이다.

이귀 또한 계랑을 매창이라고 정중히 불러주고 있다. 이는 계랑의 인격을 높이는 것으로, 지위를 떠나 이웃할 수 있고 친구할 수 있음을 뜻한다. 나아가 그 이상의 그 어떤 것을 노리는 것인지도 모를 일이다.

“내 그대의 그 번득이는 지혜가 좋아서 이렇게 찾아온 것일세. 그러니 발길을 막지는 말게나.”

210

"어찌 발길을 막겠나이까. 태수 영감님을 지척에서 모실 수 있음은 영광 중에 영광이옵니다. 나으리를 감히 영감님이라 부름도 기쁨 중에 기쁨이옵나이다."

"아서! 너무 그렇게 감격하지 말게나. 그러다가 무슨 일 벌어지기 십상이니 말일세."

"그러니 이 영광, 이 기쁨이 허물지 않게 하심은 어른님께 있나이다."

"가만 있자, 그러니 우리가 오래도록 함께하려면 서로의 지혜가 필요할 터, 우리의 만남이 그토록 어렵고 어려운 자리인 겐가?"

"그럴 리가 있겠나이까. 다만 이 여인의 양광(분수에 넘치는 호강)이 행여 허물어질까 겁이 나나이다."

"이 불쌍한 여인을 누가 여기 버려 두었단 말인가! 내 그를 만나면 혼내 주리라!"

이때 갑자기 계랑이 이귀의 무릎에 얼굴을 파묻고서 설움을 토했다. 한참을 그의 무릎에서 울음을 울던 계랑이 한 발 뒤로 물러나 말했다.

"죄인을 용서하소서. 이 여인은 지난 가을 죽었습니다. 들국화 향기가 얼마나 서럽던지요. 이 여인은 영원히 죽었나이다. 그러니 사람이라 생각지 마옵소서."

"끝까지 고집을 피우는군. 이만 가려네! 누군가를 기다리다 지쳤노라 말하지 않으니 그댄 지독한 여자야. 나도 가서 생각 좀 해보아야 하겠네."

그는 정말 일어서서 훌쩍 떠나가 버렸다.

김제 군수 이귀, 그는 한마디로 대단한 사람이었다. 멋이 있는 사람이었다. 정말이지, 절제할 줄도 아는 사내였다.

사나운 여자가 무릎에 파고들어 울 제, 대개의 남자들은 실수한다. 눈물의 의미를 모르게 되면 그것이 곧 승리로 보여지기 때문이다. 도저히 당신의 것이 될 수 없다고 하는 계랑의 고백을 알아듣는 이귀는 그래서 멋이 있어 보인다.

일찍이 계랑은 정경세의 구애도 물리쳤다. 유희경의 이름을 지우지 못한 계랑은 그녀의 단명함을 고쳐 주겠다는 정경세의 끈질긴 세 번째의 구애도 끝까지 물리쳤다. 그러기에 이귀와의 만남도 물리쳐야 하는 계랑은 비련에 떨며 울었던 것이다.

이렇듯 사랑은 고통과 함께한다.

그가 버리지 아니하고, 도망가지 아니한 이상 기다려야 하는 것이 사람이다. 저버리지 못하는 그리움이 온몸을 피멍울이 들게 할지라도 울면서 닦아내야 하는 게 사랑이다.

그러기에 그 지독한 사랑의 열병을 두덤까지 가지고 가야 한다. 거두어지는 자기 몫의 열애는 꽃잎이 아닌 향기로 남아져야 하기 때문이다.

초여름 어느 날 오후, 이귀가 다시금 나타났다. 평복 차림으로 말도 타지 않고서 찾아온 것이다.

"너무도 보고 싶었음일세. 그러니 욕은 말게나."

"천첩도 보고 싶었나이다. 그러기에 다담상을 언제든 준비해 두었나이다. 모처럼 편히 쉬어 가소서."

"거짓말도 듣기가 좋군. 그래서 얼굴이 그처럼 몹시된 겐가?"

"무던히 전전반측하였나이다. 그러니 그럴 수밖에요."

"누구 때문에, 접둥이(소쩍새) 때문에?"

"미운 사람 때문이죠."

"미운 사람이라, 설마 나는 아닐 테고……."

"지난 맹하(음력 4월)에 그런 사람이 있었습니다."

"알았네, 이 사람아! 이곳 객사에 잠깐 들렀더니, 그냥 갔다고 그렇게 미운 사람이 될 줄이야. 그런데 그걸 어떻게 알았던가?"

"제가 누구이옵니까. 사통팔달하는 양류(楊柳)의 계집이 아니온지요. 천첩이 우귀(시집감)한 현원은 아니로되, 만세 유전하는 청아(항아)이옵니다. 그러니 모두가 저를 보고 속삭이옵지요."

"그렇던가. 그러니 이 미운 사람을 어찌할 텐가?"

"어찌하긴요. 함께 만리장성을 쌓아야지요."

"그 말이 또 속임수로세. 만리장성만 쌓다가 끝남이 아니던가?"

"역시 저의 영감님이십니다. 그 말을 척 알아들으시니……."

본시 주담(酒談)에 익숙한 사람은 재치와 해학에 밝기 마련이다. 고급한 주석에 몇 번 어울린 사람이면 대개 그만한 은유는 구가할 줄 안다.

그러니 대화중에 그걸 못 알아들으면 자격 상실이요, 다음의 만남이 어렵게 된다. 기실 진담이 아닌 이상, 주담에서는 언제나 이면을 들을 줄 알아야 한다.

"그래 이 미운 사람을 죽일 텐가, 살릴 텐가?"

"살려야죠."

"그 말도 진실이 아닌 것 같군."

"청릉(靑綾 : 관복)과 청의(靑衣 : 비천한 사람의 옷)의 차이일 것이옵니다."

"그렇다면, 어느 쪽이 더 거짓됨을 말하는 것인가?"

"그야 청릉이 아니겠는지요. 무늬가 요란스럽지 않던가요?"

"그렇게 보았다면 할말 없네. 그래도 그렇지, 그대의 눈에 들보가 끼워 있음이야!"

"그렇습니다. 바로 보셨습니다. 천첩의 시야가 비비 꼬여 있음이 확실하옵니다."

"아느니 다행이구만. 이보게, 그러지 말고 우리 이 밤엔 서로 신뢰의 성을 쌓아 보세나."

그들은 이런저런 이야기로 밤이 깊어 가는 줄도 몰랐다. 하현달이 중천에 떠오르도록 이야기꽃을 피웠다.

취기가 도도해진 그들은 누가 먼저랄 것도 없이 소변길에 함께 밖으로 나와 달빛 속을 거닐었다. 좁은 뜰과 뒤란을 함께 천천히 거닐며 다시금 이야기를 나누었다.

"유곽의 별도 아름답군."

"그럼요. 유곽의 별은 더욱 푸르답니다."

"왜?"

"삼원(三垣 : 별자리의 큰 세 구획)을 건너뛸 때마다 거기 유곽이 있었거든요."

"맞아! 내 와룡선생(제갈공명)을 만나려고 자미원에서 태미원으로 건너뛸 제 거기 푸른 유곽이 하나 있더라구. 그대는 그때 어디에 있었던가?"

"저는 천시원(天市垣)에서 술을 팔고 있었읍지요. 그때 그곳으로 오셨더라면 좋았을 것을요."

이렇듯 이야기는 꼬리에서 꼬리를 물고 한없이 이어졌다. 날이 새도록 담아 보아야 하나도 채워지지 않을 망태에 그들은 그렇게 이야기를 주워담았다.

달빛도 숨소리를 죽인 채 두 사람의 그림자를 졸졸 따라다니며 그들의 이야기를 엿들었다. 그러니 그들은 더욱 목소리를 낮추어 속삭였다.

얼마나 지났을까.

그렇게도 그들을 졸졸 따라다니던 달빛이 싫증이 난 듯 새벽 안개를 풀어 놓았다.

"매창, 예전에 상산기(商山妓)가 미운 사람을 어떻게 했는지 아는가?"

"어찌했게요?"

"성세정(成世貞)이란 자가 영남 안찰사(按察使)로 갔다가 상산 기생 하나를 사랑하여 서울로 데리고 갔었다네. 그런데 그 못된 연산(君)이 그녀를 불러다가 특별히 귀여워해 주었다는구만. 하루는 연산이 그녀에게 성세정이 보고 싶느냐고 넌지시 물었겠지. 그러니 그녀가 '그럴 리가 있겠나이까. 성세정은 본처가 무서워 한번도 제가 있는 곳에 가까이 오지도 못하고 첩을 데려다가 외롭게 살게

214

한 것을 생각하면 이가 갈립니다'라고 대답을 했다네. 그래 다시금 연산이 '그렇다면 성세정을 죽이고 싶으냐'고 물었겠지. 그러니까 그녀가 '그를 죽여야 제 마음이 개운하겠습니다만, 일단은 매를 때려서 멀리 귀양을 보냈다가 고생시킨 후 죽였으면 좋겠습니다'라고 한즉, 연산이 곧 그를 귀양 보냈다네."

"둘 다 못됐군요. 천벌을 받지……."

"이야기는 그게 아닐세. 그런데 얼마지 않아 연산군이 쫓겨나게 됐으므로 그는 죽음을 면하게 된 거지. 문제는 연산이 성세정을 죽이고 싶어 물은 것을 그녀가 기지로 화를 면하게 했던 것이라네."

"아아……."

계랑은 고개를 끄덕거리며 달빛 아래서 이귀의 열굴을 쳐다보았다.

그때서야 이귀도 계랑의 두 손을 마주잡으며 무어라고 말하고 싶어했다. 그런데 계랑이 먼저 말했다.

"그러니 저더러 이 밤에 미운 사람을 구제하라는 말씀이온지요?"

"알아듣느니 다행이구만."

"어른님, 죄인을 죽이소서!"

계랑이 무릎을 꿇으며 매달려 말한다.

"……"

"어른님, 엎드려 생각컨대 너무 늦었나이다. 너무 늦었나이다."

울먹이며 말하는 계랑을 이귀도 차마 어쩌지 못한다. 사랑의 고통이 역력하다.

"……"

"목란주(놀잇배)를 잘못 탔다고 생각하옵소서. 이 일을 두고 소첩도 사흘 낮밤을 생각해 보았나이다. 결국 이 정도밖에 아니 되는 여인이오니 버리소서. 다만 하나, 이 밤 저 하늘 저 별을 따서 어른님께 드리오니 어여삐 보시어 청옥령(갓끈)에 매달아 주소서."

"결국 허상을 가지고 떠나라는구먼."

"아니옵니다. 이렇게 모심이 영광이요 기쁨인 것을요. 언제든 기다리고 또 기다리겠나이다."

"이보게 매창, 난 그대를 잊지 못할 것이네. 영원히, 영원히……."

"살아서 다시 만날 날을 고대하겠습니다. 부디 은애하게 하여 주옵소서."

"화조월석(花朝月夕)의 이 좋은 때에 월석에 만나 화조에 헤어져야 하다니, 척애(짝사랑)에서 빨리 벗어나야 하겠구만."

"척애라니요, 익애(너무 사랑함)이십니다."

"고맙네. 그대의 단순호치(丹脣皓齒)를 두고 가려니 어쩐지 허망한 마음이네 그랴."

이때 계랑이 갑자기 이귀에게 달려들어 진한 입맞춤을 보낸 뒤 도망쳐 버린다.

이귀는 그 자리에 그대로 돌이 되어 굳어 버렸다.

얼마나 지났을까. 날이 밝아오자 김제 군수 이귀는 자신도 사랑의 승자임을 자위하면서 떠나갈 수 있었다. 계랑이 자신의 정인(情人)임을 확인할 수 있었기 때문이기도 하다. 그러지 않고서야 계랑이 어찌 그 뜨거운 입맞춤을 퍼부을 수 있었겠는가.

다음날부터 계랑은 자신을 안정시키기 위해 애썼다. 거문고를 벗하여 노래도 불렀다. 시축과 시첩 등을 꺼내 보기도 했다.

며칠 후 계랑은 너무도 잔잔한 심상을 토해 내고 있었다. 그제야 평화가 찾아온 듯하기도 했다.

서쪽 뜨락 대밭에 복사꽃 흩날리어
창가에 기대어 꿈인 듯 보노라니
멀리서 마름 따는 노래만 들려 오네.

바람은 비단 문장 휘감아 펄럭이고
혼자서 거문고와 벗하여 있노라니
서강의 노랫소리 아스라이 들려 오네.

　　　　　　　　　　　　　　　　　－국 역

西窓竹月影婆娑　　風動桃園舞落花
猶倚小欄無夢寐　　遙聞江渚採菱歌
豊䑓羅幕月窺窓　　抱得秦箏件一釭
愁倚玉欄花影裡　　暗聞蓮唱響西江

　　　　　　　　　　　　　　　　〈이매창〉

　닭띠 생인 계랑이 새벽을 지켜야 함은 어쩔 수 없는 숙명이기도
하다.

　유희경, 그가 영락하여 하발이 되었을지라도 장수(長壽)를 빌어
야 하는 계랑의 일생이 숙명의 명주 실꾸리로 이어져 있다. 정말
이지 지독한 정절이다.

　훼절이 그토록 무서운 것이라면 처음부터 사랑은 하지 말았어
야 한다. 사느니 양광(佯狂 : 거짓으로 미침)도 해야 하고, 칭병(병이
라 속임)도 해야 하고, 이승잠(병중에 자는 잠)도 자야 한다. 누군가
의 월장(월담)을 막지 못하는 한, 어쩔 수 없는 운명의 화살이 가
슴에 박힐 수도 있다. 그것은 누구의 죄도 아니다.

　여염집 여인도 은근히 기대하는 것이련만, 유곽의 여인으로서
고집이 보통이 아니다.

　계랑이 자꾸만 평온을 되찾기에 노력한다지만, 그것은 그녀의
본심이 아닐 것이다. 그녀의 가슴 깊숙이 멍들어 있는 사랑의 잇
자국은 이미 회복 불능에 와 있기도 하다.

　저 고통스러운 계랑의 날들을 누군가가 풀어 주어야 한다.

　일찍이 서울의 우대(인왕산 가까이에 있는 동네)에서 시작한 사

랑의 신접살이가 누구의 잘못도 없이 깨어진 뒤 계랑의 우울증은 시작된 것이다. 비록 서우관에 의해서 외대머리(시집가지 않고서 얹은 머리, 기생의 머리)를 하였다지만, 그것은 고통의 또아리였음을 계랑은 뒤늦게서야 깨달았다.

한편 계랑의 생활은 점점 나아졌다. 혹독한 전란 이후 백성은 생활에서 활기를 찾기 시작했다. 멀지 않은 곳에서 들노래도 들려왔다.

그러기에 계랑의 생활도 평온을 찾아야 함은 당연했다. 멀리서 마름 따는 노랫소리며 뱃노래도 들려 온다. 다만 잊혀지지 않는, 지워버릴 수 없는 사랑의 화인을 파낼 수만 있다면 천국의 서곡이 들릴 것도 같다.

그러나 도저히 저버릴 수 없는 사랑 때문에 하루하루를 곱게 장식해야 한다. 생명이 있는 약속, 그것이 곧 사랑의 승리이기 때문이다.

뜬소문 돌고 도니

뜬소문 돌고도니 무섭기만 하여라
시름과 한스러움 날로날로 더해서
차라리 병난 김에 사립문을 잠그리.

　　　　　　　　　　　　－국 역

誤被浮虛設　　還爲衆口喧
空將愁與恨　　抱病掩柴門

　　　　　　　　　　〈이매창〉

　신축(선조 34년, 1601)년 정초였다.

　정월 보름, 동문안 당산제를 지내기 위해 아침 일찍부터 사람들이 모여들기 시작했다.

　임란 이후 10여 년 뜸하던 풍속이 부활된 것이다. 물론 오랜 예부터 이어져 내려온 풍습이기도 하다.

　부안현의 관문인 동문을 수호하는 돌솟대 아래에서 당산제(별신제)를 지내기 위해 마을 사람들이 여러 가지 준비를 하고 있었다. 제주의 성별된 생활은 물론이고, 제단 근처도 성별되어 접근을 불허했다.

　집집마다 한 다발씩 볏짚을 추렴해 이른 새벽부터 세 가닥의 동아줄을 꼬는데, 이때의 세 가닥은 천지인(天地人)의 일체를 표방함이다. 동네 사람들은 그 동아줄을 어깨에 메고 풍물(농악)을 치며 마을을 한 바퀴 돈다.

　이때에 서먹했던 서로의 마음이 열린다. 이웃간 불편한 마음은

이때 화해하고, 새봄의 농사일도 의논하며, 두레도 약속해 둔다.

풍악을 울리며 마을을 한 바퀴 돌다 보면 집집에서 가양주(家釀酒 : 농가에서 만든 술)를 내놓기 마련이다. 얼큰해진 남자들은 노소가 어우러져 덩더쿵 춤을 춘다. 이때 아녀자들도 길에 나와 이를 지켜보며 마을 사람들의 얼굴을 익힌다.

이처럼 해방된 공간을 계량도 지켜볼 수 있었다. 추운 날씨마저 녹아내는 축제가 계속된다.

줄다리기가 시작되는 것이다. 남녀가 편을 갈라 삼판양승제의 줄다리기가 시작되면 할머니들이 회초리를 들고 남자들의 손등과 종아리를 때린다. 결국 남자들이 웃으면서 두 판을 져 준다. 당해 풍년이 들어 여인들의 부엌살이가 풍족해야 하기 때문이다.

이어서 솟대 아래 제단에서 당산제를 지낸 다음 동아줄로 돌솟대에 옷을 입힌다. 화강석 석간주 위의 오리가 금방이라도 날아갈 듯, 솟대는 그야말로 한 마리 큰 새가 된다.

이럴 때쯤이면 가만히 있을 계량이 아니다. 군중 속으로 들어간 그녀는 멍석에 앉아 북장단으로 노래하기 시작했다.

불로초로 빚은 술이오니

> 잡수시는 잔마다 비나이다
>
> 이 잔을 드시오면 만수무강하오리다
>
> 만수산 만수봉에 만수정이 있더이다
>
> 그 물로 빚은 술을 만수주라 하더이다
>
> 진실로 이 잔을 드시오면 만수무강하오리다
>
> 약산 동대 이즈러진 꽃을 보오
>
> 권할 적에 무진무진 잡수소서
>
> 수유인생 돌아서서 후회 말고
>
> 살았을 제 많이많이 잡수소서
>
> 부유인생 금방 지나 막지도 못하나니
>
> 무녀가 노래할 제 받아들고 취하소서.

계랑이 멋지게 권주가 한 가락을 뽑았다. 주위에 모여 있던 남녀노소가 넋이 나간 듯 바라보다가 '관연……' 한마디씩을 하며 혀를 널름거렸다. 그도 그럴 것이, 모처럼 부안 고을 여러 사람 앞에서 계랑이 진가를 여지없이 발휘했던 것이니, 소문이 허언이 아님을 알았기 때문이기도 하다.

모두가 계랑에게서 술을 한 잔씩 받아 먹으려고 행주잔을 내밀었다. 즐거운 마음으로 계랑은 그들에게 술을 권했다.

여러 사람이 다시금 계랑에게 노래를 청했으나 계랑은 다시 노래하지 않았다. 그것은 작전일 수도 있는 일, 계랑은 그 자리를 바로 피해 나왔다. 그것이 그녀가 할 수 있는 최상의 일일지도 모른다. 속된 말로, 맛만 보여주는 것이 그들의 기억에 오래 남을지도 모르는 일이 아니던가.

뒷날 이 일이 사또의 귀에 아니 들어갈 리가 없었다. 계랑은 조용히 부르는 내아의 동상방에서 사또를 친히 뵐 수 있었다.

"네가 이 고을 사람들을 기쁘게 했던 장본인이렷다?"

"당치 않사옵니다. 어찌 제가……."

"너의 유명세가 고을에 짜하게 퍼졌느니라. 오늘은 나와 대작함 함이 어떨꼬?"

"불러주심만도 영광이옵나이다."

"그렇다면 우선 거문고 소리를 한번 듣고 싶구나."

"너무 기대하지 마소서. 스승에게서 배움이 없었기에 소리가 고르지 못할 것이옵니다."

"네 나이가 금년 얼마이던고?"

"스물여덟이옵니다."

"그렇다면 겸손은 어울리지 않는 것 같구나. 우리도 이같이 만나서 요지연을 넘나들어 봄이 어떨꼬?"

"너무도 비천하와 겁이 나나이다."

"또 겸손이로다!"

"그럼 초동(거문고)을 가져오겠나이다."

계랑은 거문고를 들고 들어와 사뿐히 앉았다. 그리고선 거문고만으로 즉흥적인 곡을 그려냈다.

거문고 가락은 처마의 낙수 소리로 시작해서 바람소리를 내더니, 천군만마의 말발굽 소리를 내기도 하였다. 어떤 때는 항아리가 우는 소리로, 산들바람 소리로, 외기러기 우는 소리를 내기도 했다. 다시금 연잎에 우두둑 쏟아지는 소나기 소리를 내는가 싶더니, 불경의 목탁 소리로 변하기도 했다.

참으로 기기묘묘했다. 마지막으로 피릿소리를 내더니, 황소 울음을 토해 냈다.

사또는 감격했다. 다시 못 들을 천상의 소리였기 때문이다. 깜짝 놀란 사또가 일어서더니 계랑의 손을 잡아 주었다.

"고맙구나! 범상이 아님이야. 살아서 나도 이처럼 기쁠 때가 있구나!"

"과찬이시옵니다."

"아니야. 너무도 고결해서 범접할 수 없음이야!"

222

"그러시다면 소녀가 너무 지나쳤나 보옵니다."

"사실은 하나 고백할 것이 있느니라. 이웃 김제 군수가 너에게 고혹되었다고 하기에 관심은 있었으나, 대수롭지 않게 생각했느니라. 그런데 오늘 정작 대하고 보니 그에게 너를 빼앗겼음이야."

"사또 어르신, 혹시라도 이 오신을 탐하지 마소서. '촌은'이라는 이름 하나로 십 년을 고집했고, 앞으로도 그러할 것이옵니다."

"그렇더냐. 내가 잘못 알았구나. 그렇다면 김제 사람은 아니로구나."

"제 가슴이 너무도 차가워서 누가 건들기만 하면 부서져 버릴 것이옵니다. 제 자신이 생각해도 너무나 가련한 여인이옵니다."

"안심하여라. 그렇잖아도 내 기복출사(복중에 벼슬길에 오름)로 죄된 몸인데, 누구를 해하겠느냐."

"그러시다면 더욱 선정을 베푸소서. 미천한 저라도 도움이 되도록 노력하겠나이다."

"네 뜻이 너무도 가상하구나. 내가 복인이로다. 내 너를 다시금 부르지 않을 것이나, 가끔씩 찾아와 술이나 한 잔씩 따라 주면 다시없는 기쁨이 될 것이야!"

"여부가 있겠나이까. 평강하시옵소서."

계랑은 곱게 인사드린 뒤 물러나왔다.

집에 돌아와 생각해 보니 괜한 생각이 들기도 했다. 유희경으로 하여금 굳어진 자신을 두고 지나치게 연막을 쳤던 것을 후회하고 있었다. 사또의 기복출사가 너무도 다행이었던 것을 생각하면 일견 부끄러움이 일기도 했다.

이러구러 섭세(涉世)의 슬기를 모아 살아가던 삼월 어느 날이었다. 사또께서 김제 군수 이귀의 소식을 전해 주었다.

암행어사 이정험이란 자가 이귀의 탐욕과 탐색을 탄핵하여 상감으로 하여금 승정원에 비망기를 내리게 해 그를 파면시켜 버렸다는 것이다. 그런데 계랑의 가슴이 끔쩍했던 것은 탐색이라는 어감이 갖는 자격지심이었다.

계랑은 그의 소식을 아니 들음만 못한 언짢은 기분으로 새봄을 보내게 되었다. 그런데 다시금 들려오는 말에 의하면 그의 잘못으로 전국의 둔전(屯田 : 관아에 딸린 밭)에 사설(私設)을 금한다는 소식을 접하여 한시름 놓게 되었다.

그러면 그렇지, 괜한 마음 고생을 했다고 생각되었다. 사람이란 간사해서 계랑은 금방 명랑한 생활을 유지했다.

여름도 한창, 칠월 어느 비 오는 날이었다. 이방(아전) 고홍달의 안내를 받아 객사로 갔다.

누군가가 찾는다고 하여 은근히 겁을 먹으며 들어가 보니 낯선 손님이 와 있었다. 고홍달은 서울에서 오신 손님이라고만 말할 뿐, 그는 이내 밖으로 나가 버렸다. 그런데 누군지를 알아야 인사를 드리든지 말든지 할 게 아닌가.

"앉게나!"

"시변곡두(示邊曲豆 : 禮)가 아니옵기에……."

"여씨일 시곡두(女氏日 示曲豆 : 婚禮)도 아니니 그냥 앉게나."

"월견화(月犬火 : 然)이면 석복산산(夕卜山山 : 外出)하리까 ? "

"산상산(山上山 : 出)하든지 구중구(口中口 : 回)하든지 맘대로 하게나."

"무국성(無國城 : 或) 문입월(門入月 : 聞)이신지요 ? "

"일소(一小 : 不) 문내유월(門內有月 : 聞)이라네."

"토상쌍인(土上雙人 : 坐)을 삼구유점(三口有點 : 言) 우두불출(牛頭不出 : 午, 許)하니까 ? "

"반월삼성(半月三星 : 心)대로 하게나."

"여인득남(女人得男 : 好)이옵나이다."

"정구죽천(丁口竹天 : 可笑)이로다!"

"일인사십사점(一人四十四點 : 無)에 시곡두(示曲豆 : 禮)를 용서하소서."

224

"인대구(人大口 : 知)이나니 인량복일(人良卜一 : 食上)하게나."

"속히 목변쌍인(木邊雙人 : 來)하겠나이다."

계랑이 진짜 돌아서 나가려 하자, 객이 일어나 계랑의 팔을 잡아 끌었다.

"이 사람아, 왜 이러시는가? 난 그대를 알고 왔으나, 그대는 날 모르니 이제야 밝히려네. 아무튼 앉게나!"

계랑은 그가 잡아 앉히는 바람에 결국 손님 앞에 앉고 말았다. 서글서글해 보이는 그가 첫눈에 드는 것은 젊고도 귀티나 보였음이다.

"난 성이 사선유구(四線有口 : 言)에 우각불출(牛角不出 : 午, 許)이요, 이름은 죽하토균(竹下土勻 : 筠)이라네."

"예! 도사(都事) 허(許)자 균(筠)자 어르신이오니까?"

"그렇다네."

계랑은 벌떡 일어나 큰절을 올리었다.

허균은 몇 년 전 황해도사가 되어 관리의 감찰과 규탄을 맡아 보던 시절, 서울의 기생을 데려다가 별실에 숨기고 즐기다가 탄핵을 받아 파직된 천하의 호걸이 아니던가. 기생과 하룻밤을 자고 나면 반드시 그 기록을 남길 뿐만 아니라, 자기와 잠자리를 한 기생이 몇 명이라고 선뜻 말하는 호탕하고도 호방한 성격이 기계에 이미 잘 알려진 인물이다.

"이 사람아, 왜 이러는가? 거북살스럽게스리."

"거북살스럽다니요. 당연한 것을요."

"그렇게 거리를 두면 친해지기가 어렵지 않겠는가?"

"그야 기방의 백전노장이 알아서 할 일이 아니던가요?"

허균, 그는 호걸로서 유명할 뿐만 아니라, 명문장가로서도 널리 알려져 있다. 또한 명문가의 아들로 여류시인 허난설헌의 동생이기도 하다.

그는 선조 2(1569)년 경상부사 허엽(許曄)의 셋째 아들로 태어났다. 자는 단보(端甫)이며, 호는 성소(惺所) 또는 교산(蛟山)으로, 자칭 백월거사(白月居土)이기도 하다. 1594(선조 27)년 문과에 급제하여 1598년 황해도사가 되기도 했다. 만 29세 때의 일이다.

"자, 그러면 그대는 누구인가?"

"저는 십팔유자(十八有子 : 李)에 십팔인모(十八人母 : 梅)와 혈하유공(穴下有工 : 空) 반월삼성(半月三星 : 心, 窓)이옵나이다."

"길기도 하구만. 그러지 말고 설중유화(雪中有花 : 梅) 벽공유심(碧空有心 : 窓)이라 하게나."

"임이 그렇게 하라시면 첩은 하명대로 하겠나이다."

"매창(梅窓)이라, 결국 그리움과 기다림일세 그려."

"어찌 그리 풀이를 하시는지요?"

"매(梅)는 그리움의 대상이며, 창(窓)은 기다림의 공간이 아니겠는가?"

"그것도 임께서 그리 하라시면 첩은 그렇게 하겠나이다."

"이 사람이 계속 임과 첩으로 칭하는데, 우리는 초면이 아니던가?"

"첩은 처음부터 임과 빨리 친해지려고 노력중이옵니다. 잘못이라면 고치겠나이다."

"역시 그대는 이귀가 빠져들만도 했어! 내가 한발 늦었으니 나의 불운일세. 이 후회를 어찌할꼬!"

"님을 임이라 부르는데, 어찌 그리 섭섭한 말씀을 하시는지요. 울까요?"

"……"

허균은 계랑의 '울까요' 한마디에 대답을 못했다.

그렇다. 언어는 때로 한마디에 천근의 무게를 매달 수도 있다. 야유원(冶遊圓)의 노장이 되어버린 그가 다음 말을 잇지 못하는 것은 계랑의 놀라운 재치가 번득였기 때문이다.

"아무튼 천하의 문호이신 임을 지척에 모시게 되어 영광이옵나이다."

"아닐세. 문호라면 나보다야 누님이신 난설헌(蘭雪軒)이었다네. 난 거기에 대면 황구(黃口 : 어림)에 지나지 않아!"

"참, 그분에 대해서는 풍문에 들어 익히 알고 있었나이다. 그렇게 일찍 돌아가시다니……."

"그러게 말일세. 계속 규원시(閨怨詩)만 쓰다가 떠나가셨지. 불우했었어."

"어찌 여자로 태어났을꼬!"

"천재는 단명한다더니……."

"여사께서 일찍이 일곱 살 때 광한전 백옥루 상량문(廣寒殿 白玉樓 上樑文)을 지은 분으로, 이역 땅에서도 칭송받은 대문호가 아니었나이까 ? 살아서 한번 뵙지 못했음이 서운하옵니다."

조선조 여류문인들 중 단연 으뜸인 허난설헌은 나이 27세에 세상을 버렸다.

중종에서 선조에 이르기까지 4대에 걸쳐 지배층의 부패와 갈등으로 정치·경제가 마비되고, 기강이 문란한 중에서도 여류문사들이 가장 많이 배출되었다. 그들이 곧 사임당(師任堂), 황진이(黃眞伊), 난설헌(蘭雪軒), 이매창(李梅窓), 이옥봉(李玉峰) 등이다. 그야말로 우리 문학사의 한 시대를 곱게 수놓고 간 여인들이다.

그 중에서도 허난설헌은 시대적 잡초 속에서 그윽한 향기를 뿜다가 차가운 갈바람에 시들어 간 한 송이 꽃이었다. 남편을 받들고 시부모를 섬기며, 긴긴 여름날이나 추운 겨울밤에 허리띠를 조여가며 바느질과 길쌈으로 고달팠던 중에서도 창해의 구슬 같은 걸작을 남기었다.

"이제 인사말은 그만 나누세나. 목이 컬컬해지누만."

"그렇잖아도 특주를 준비해 두었나이다."

"특주라! 그래도 묵재(이귀)의 밤보다는 못할 것을……."

"아니, 그 어르신을 어찌 아시나이까 ? 여름 들어 소식을 통 들지 못했나이다."

"이 사람이 묵재라 하니까 반색을 하는구만. 내 어찌 술맛이 나겠는가?"

"지옥에나 가소서!"

"그래 지옥에서나 만날까?"

"그래야 되겠습니다. 제 무덤에 술 한 잔 따를 사람 없을 테니 말입니다."

"지옥으로의 매창과 동행이라, 나쁘지 않을 것 같군."

"초열지옥이라도 오늘의 이 악몽에서 깨어나지 말았으면 좋겠습니다."

"역시 열아홉 애숭이는 아니군."

대화는 서로의 수준을 유지해야 즐거움이 따르게 된다. 계랑이 초열지옥(蕉熱地獄 : 너무도 뜨거운 지옥)을 말할 때 허균이 벌써 애숭이는 아니라는 정도라야 한다.

남녀의 만남에서 초열은 곧 이열(怡悅)의 극치를 말함이요, 이때에 애숭이는 이를 알지 못함이다. 남녀의 술자리에서는 역시 격에 맞는 대화라야 한다. 주석에서 거창하게 천리를 말하고, 철학을 논하는 것은 그야말로 애숭이들이나 하는 짓이다.

"어차피 초련(初戀 : 첫사랑)이 아닌 이상 가식을 갖진 않겠습니다."

"옳거니! 남자란 정념이 깊어질 때면 세상의 모든 여자들이 바람둥이였으면 하지. 그러니까 적당히 타락하고 싶어도 적당히 타락할 상대를 고르지 못한 밤을 정신없이 밀어낼 때가 있는 것이라네."

"아내와 딸은 정숙하기를 바라지만, 세상 여자는 모두 바람기를 나부끼길 바란다는 말씀이군요?"

"그게 사실이니까."

"그러면서도 왜 숭유정책을 쓰는 것이옵니까?"

"그야 지상의 도를 따르게 하는 것이겠지."

"그렇다면 더더욱 유도의 강령은 왜 여성들에게만 적용되는 것이옵니까? 남성들이 그런 앙큼한 생각을 갖는 것이라면 당연히 그것은 남성들에게 적용되어야 하는 것 아닌지요?"

"그대가 그 문제에 있어서만은 아직도 새벽일세. 상열의 열락을 알 리 없는 그대에게 설명하기가 힘이 들군."

"왜 이러십니까. 절제의 미덕을 모르시는군요."

"역시 새벽이야. 내 이야기는 상열의 극치는 여성이 배나 강하다고 하는 것을 그대가 모르고 있음일세. 기다림에 여윈 여자가 그걸 알 턱이 없겠지……."

"잠자리에선 여자가 더 방정을 떤다는 말씀이군요. 그럴 리가……."

"그것이 왜 그러는지를 가르치려면 석 달 열흘 보름 닷새쯤 걸릴 걸세."

"그건 몰라도 되오니, 술이나 드시어요. 첩이 그러한 욕정을 왜 경계하는지를 임에게 이해시키려면 천 일 낮밤이 걸릴 것이오니, 포기하겠습니다."

"그러면 우린 돼지일세. 어차피 먹는 이야기나 해야 되니 말일세."

"그래서 식도락이라 하지 않던가요. 열락은 반의 반도 못 되는 줄 아옵니다."

"낭패일세. 소기의 목적 달성은 이 밤 틀렸으니 허사로구먼!"

"임은 저의 육신을 탐하고, 첩은 당신의 영혼을 탐하고 있으니 물과 기름이옵나이다."

"천 년 후 다시 만날까?"

"아닙니다. 내일 다시 만나면 술과 물이 될지 누가 알겠나이까. 명일엔 서로가 부족한 점을 채우다 보면 일치점을 찾을 수도 있을 것이옵니다."

계랑은 김제까지 왔다가 부안에 잠깐 들렀을 뿐이라는 허균을 붙들었다. 대화의 상대로선 지금까지 만난 그 누구보다도 의기투합할 수 있을 것으로 생각되었기 때문이다.

"이보게, 내일은 상소산(上蘇山)에 올라 활이나 당기세."

"첩은 전혀 경험이 없나이다. 거문고 줄이나 당겨 보았을 뿐……."

"하하하, 으하하하, 말이 재밌어! 좋은 소재(素材)야."

"첩도 우정 말을 해놓고 보니 웃기는 말이 되었습니다요, 호호호……."

"그래, 그러면 가야지. 낼 오후에 틀림없이 가기네?"

"기다리겠습니다."

밤이 이슥하여 계랑은 물러 나왔다. 그리고선 미리 말해 두었던 기생 하나를 그의 침실로 들여보냈다. 누구냐고 물으면 매창의 조카라고 대답하라 했다. 그것은 허균에 대한 계랑의 시험이었다.

다음날 오후가 되자 다시금 비가 왔다. 그러나 그는 약속 대로 와 주었다.

계랑은 반갑게 그를 맞았다. 조금은 호들갑스럽게 맞이했다. 어젯밤 들여보낸 기녀로 하여금 그의 절제된 행동이 마음에 들었기 때문이기도 했다.

"어서 오시어요. 비가 오지 않았음 길에다 베를 깔아 맞으려고 했나이다. 너무나 누추한 곳이옵기에……."

"왜 이러시는가, 거북살스럽게스리."

"매창의 귀한 손님이시온데, 행여 실수할까 겁이 나나이다."

"계속 날 어렵게 만드는구만. 꼭 그렇게 해야 할 사연이라도 있는 겐가?"

"아니올시다. 너무 좋아서 그런 것을요."

"그렇다면 안심이지만……."

계랑은 허균을 정중히 안동하여 동상방에 모시었다. 그리고선 금방 주안상을 가져오게 했다.

그러더니 계랑은 시키지도 않은 노래를 하기 시작했다. 거문고를 가볍게 내려치며 허균의 시 한 수를 노래했다.

예절의 가르침이 어찌 자유를 얽매리오
그대들은 오로지 그대들의 법을 지키소
나는야 나대로의 삶을 이루어 가겠노라.

벗들과 친지들이 서로 찾아와 위로하니
오히려 좋은 일이 생긴 듯 즐거운 것은
이백과 두보만큼 이름 날리게 되었음일래.

－국 역

禮敎寧拘放　　浮용只任情
君須用君法　　吾自達吾生

親友來相慰　　妻孥意不平
歡然若有得　　李杜幸齊名

〈문파아관, 허균〉

허균은 미소를 지으며 조용히 경청했다.

그것은 다름 아닌 자신의 한시를 계랑이 시조(時調) 곡으로 고쳐 부르고 있었기 때문이다.

이럴 때 한시를 시조 형식으로 빌리면 초역(抄譯)이 되는 것이다. 다시 말하면, 원문의 어느 부분만을 추스려 번역하는 것을 말한다. 대개 한시를 시조로 노래할 때는 이와 같다.

그러기에 시(한시)를 읊는 것과 노래하는 것은 전혀 다른 형식을 취하게 된다. 일테면, 읊는 것은 시를 원문 그대로 운에 맞춰

읽거나 외우는 것을 말하는 것이기에 노랫가락과는 전혀 다르다.

서상(敍上)의 시를 허균이 짓게 된 연유는 이렇다.

당시 곽재우는 도교를 믿었고, 허균은 불교를 받들었다. 그래 이들이 배교(排敎)를 숭상한다고 사헌부에서 탄핵하여 벼슬에서 쫓겨나게 되었다. 허균은 이 소식을 전해 듣고서 스스로를 위로하며 이 시를 지었던 것이다.

"고맙네. 내 졸작을 기억해 주어서."

"사실은 오늘 오전 고홍달에게 물어 임의 시 한 수를 알아냈습니다. 그리하여 몰래 연습해 두었습지요. 맘에 드시나이까?"

"내 오늘처럼 기쁜 날이 또 있을까! 고마우이."

계랑도 이내 기뻤다. 누구의 임이든, 임을 앞에 두고 수창할 수 있음이 못내 기뻤다.

허균의 호탕하게 웃는 모습과 걸직한 목소리가 여인의 가슴을 울렁이게 하기도 했다.

거기다 까만 구레나룻 수염이 뭇 여성의 눈길을 모으게 했으리란 생각을 떨쳐 버릴 수가 없었다.

아무튼 그들은 우스갯소리와 지성미 넘치는 대화로 수일을 함께 할 수 있었다.

계랑이 아침부터 밤중까지 허균을 모셔다가 웃음으로 화답하고 시가로 수창하고서 잠자리에 들 때만은 다른 기녀로 하여금 수청을 들게 하였다.

그러나 허균이 떠나가고 나자 계랑이 유희경을 배반하고 허균과 가까워졌다는 소문이 부안현 내에 파다하게 퍼져 나갔다. 계랑으로서는 억울하기 짝이 없는 노릇이었으나, 그렇다고 변명을 하고 다닐 수는 없는 노릇이기에 참으로 우울한 나날을 보낼 수밖에 없었다.

그래서 계랑은 남의 말 하기 좋아하는 세상 사람과 담을 쌓고서 병을 핑계로 대문을 굳게 걸어 잠가 버렸다.

뜬소문 돌고도니 무섭기만 하였다. 시름과 한스러움 날로날로 더해서 차라리 병난 김에 사립문을 잠가 버린 계랑의 서러운 하루 하루가 지나가고 있었다.

그리움 하소 못해

그리움 하소 못해 머리만 세었어라
이 설운 상사를 그 누가 알아주리
나날이 야위어서 가락지도 헐겁네요.
　　　　　　　　　－국 역

相思都在不言裡　　一夜心懷鬢半絲
欲知是妾相思若　　須試金環減舊圓
　　　　　　　　　〈이매창〉

　가을이 되었다. 모든 게 풍년이라지만, 계랑의 마음은 냉랭하기만 했다.

　경원(敬遠)해 마지않던 허균을 떠나보낸 뒤 헛소문이 가을이 지나도록 사그라질 줄을 몰랐다. 참으로 고달픈 여심을 뉘라서 달래어 줄 것인가. 나날이 야위어 가던 계랑이 자리를 박차고 일어났다.

　모처럼 산행을 하기 위해서였다.

　우선 싸릿골로 갔다. 십여 년이 넘어서야 아버지의 산소를 찾은 것이다. 그런데 벌초도 잘해 있었고, 벌안도 잘 가꾸어 있었다.

　계랑은 후회가 일기 시작했다. 매년 찾아보지 못한 불효가 가슴을 때렸다. 여식으로서의 천륜을 저버린 죄가 아니던가. 묘 앞에 꿇어앉은 계랑은 그렇게 한사코 울고 있었다.

　혈족을 찾으려고 노력만 했던들, 이처럼 천애고아로 남아지지 않았을 것을 생각하니 더욱 가슴이 아팠다. 틀림없이 형제가 있으

리란 생각을 떨쳐 버릴 수 없었다. 그렇지 않고서야 이처럼 묘소를 깨끗이 다듬어 놓을 수 없기 때문이다.

"아버지, 용서하소서. 이 불효를 용서하소서. 이 여식이 너무도 무지하였나이다. 천지간에 이처럼 못된 여식을 두고서 얼마나 마음 아팠나이까.

아버지, 일부종사 못한 이 딸을 두고서 마음 아팠을 아버지를 생각하니 저도 가슴이 메입니다. 하오나 노력하였나이다. 마음속에 다진 지아비를 두고서 수해를 더럽히지 않으려고 노력하였나이다.

아버지, 이 여식을 지켜 주소서. 저의 눈물 많았던 날들을 지켜 보지 않았나이까. 생이 고달퍼서 울었고, 외로워서 울었고, 모든 게 허무해서 울었나이다.

아버지, 어디로 가랍니까. 이제는 혈족도 만나게 하소서. 지금까지 이 여식은 모든 게 그리움에 지쳤고, 기다림에 지쳤나이다.

오 아버지시여, 이 향금이를 어여삐 보시어 눈물 없이 살게 하소서. 그리하여 저세상에서 아버지를 만날 때 고운 얼굴로 뵐 수 있도록 인도하여 주시기를 바라나이다."

계랑은 무거운 발걸음을 옮기어 집으로 돌아왔다.

정말이지 모든 게 허무하고 허무했다. 헛되고 헛된 것이, 부질없

는 그리움에 잠 못 이루고, 실없는 기다림에 무정한 세월만 지나
가고 말았다. 차라리 상민일망정 지아비를 모시고 밥상을 나르며
자식을·길렀던들 이토록 후회되는 일은 없었을 것이다.

계량이 이처럼 비감 어린 나날을 보내고 있던 어느 날이었다.

초겨울 싸늘한 아침 공기를 가르며 찾아온 한 사람의 남자가 있
었다. 얼른 보아도 농군으로 보이는 그런 사내였다.

그는 한 손에 반기(잔치나 제사 때 동네 사람에게 나누어 주는 음
식)를 싸들고 들어왔다. 옥심이가 누구를 찾아왔느냐고 물으니, 계
생(癸生)을 찾아왔다고 했다. 계량이 방안에서 이 말을 듣고서 문
을 열고 나가 다시 물었다.

"누구를 찾아왔다구요 ? "

"계생을 모르면 계화(桂花)라고도 하는데, 내가 어려서는 섬초(蟾
初 : 두꺼비)라고 했던 여자가 있는지……."

"제가 두꺼비입니다. 그런데 저를 그렇게 불렀다면, 도대체 누구
신지요 ? "

"아 그런가! 우선 반갑구만. 난 탕(湯)자 종(從)자 아버지의 맏아
들일세."

"오빠 ? 오빠가 이렇게 찾아오시다니요. 오빠! 어서 안으로 드시
어요."

"그럴까."

"오빠, 이게 생시입니까, 꿈이옵니까!"

계량은 너무도 반가워서 어찌할 바를 몰랐다. 그녀는 그를 안석
에 앉힌 다음 큰절로 인사를 드렸다.

얼마만인데, 큰절 아니라 백배 천배라도 드리고 싶은 큰오라버
니가 찾아온 것이다. 계량의 뉘우침과 후회가 하늘에 상달되었음
이다. 정말이지 계량으로서는 뜻밖의 반가움이었다.

"오라버니를 살아서 이렇게 만나다니요, 꿈이 아니라면 정녕 생
시일 것이옵니다."

236

"그간 보고 싶었지만 참았어. 잘 있을 동생에게 공연히 누가 될까봐."

"무슨 말씀이오니까. 누가 되다니요. 혼자 살면서 얼마나 적적했게요."

"아무튼 늦은 걸음을 용서하게나."

"또 무슨 말씀을……. 이 누이를 용서하시어요. 제가 당연히 찾았어야 했던 것을요."

"그러나 내가 찾음이 쉬운 것은 분명해. 그러니 날 용서하게나."

"아니 아무튼, 지금 어디서 사시나이까?"

"완산(完山 : 전주)이라네."

"말씀 놓으시구요. 완산이라면 그렇게 멀지도 않은 곳인데, 제가 등한했네요."

"완산이 본시 본가가 아니던가. 농사나 지으며 사는 내 꼴에 누구를 찾는다는 것도 우습고 해서……."

"아무튼 말씀을 내리시구요. 제가 사는 꼬라지는 더 우습지 않는지요. 제발 저를 불편하게 하지 마셔요."

"그럼 그러지……."

"잘 오셨습니다. 오늘 오빠를 만났으니 잔치라도 하렵니다. 내 생애에 이렇게 기쁜 날은 다시 없을 것이옵니다."

계랑은 달려들어 오빠의 손목을 잡았다. 비록 배다른 형제이기는 하나 정에 굶주린 계랑으로서는 다시 없는 반가움이요, 기쁨이었다.

독도에 떨어진 계랑에게도 형제가 있었다는 사실에 그녀는 감격했다.

지난날 아버지가 이곳에서 외아전으로 있다가 갑자기 돌아가셨다. 그때까지 계랑의 아버지는 집안에 대해서 함구하고 있었다. 행여 사이가 좋지 않을까 해서였다.

"오라버니, 어떻게 저를 찾으셨는지요?"

"어제 어머니의 여막(廬幕 : 무덤 밑의 초막)을 뜯었지. 그래서 이 걸 싸 들고 온 것이야."

"그랬었군요. 진작에 저를 부르지 않고요. 오빠의 어머니면 저의 어머니가 아니던가요."

"미안해. 그보다 동생은 어떻게 살았는지 궁금하구만."

"저야 개똥밭에서 뒹굴었습니다. 욕이나 하지 마세요."

"어젯밤에 이곳에 도착해 동생에 대해서 알아보니 유명인이 되 었더구만. 아무튼 자랑스럽지 뭐야. 하나뿐인 내 여동생이 선비나 방백들과 마냥 친구한다니, 그만한 영광이 어디 있겠어."

"비웃는 것이옵니까 ? 그래도 어쩔 수 없는 노릇이지요."

"비웃다니, 그렇다면 찾아오지도 않았게."

"그러니 우리 좀더 다정해집시다. 시비하지 말기예요 ? "

"그러자구."

이런저런 많은 이야기를 나눈 계랑은 점심상을 준비해 올렸다. 계랑이 오늘처럼 사는 보람을 갖기는 처음이었다.

이제 그녀가 할 수 있는 일은 무엇일까. 본가에 가서 혈족을 만 나 보는 것도 더욱 즐거운 일일 것이다. 계랑이 다시 반가운 마음 으로 곁에 다가앉았다.

"오라버니 너무 하셨어요. 이 하나밖에 없는 누이를 이 나이가 되도록 시집도 보내지 않으셨으니 말이에요."

"다시금 원망이로구만!"

"그러니 내일은 동네 잔치라도 할까 봐요. 오누이의 만남을 그 냥 보낼 수는 없는갑요. 어떠세요. 그렇게 할까요 ? "

"말아! 잔치는 온 가족이 모셔서 하자구."

"맞아요. 그게 좋겠네요. 언젠가 날을 받아 모두가 이쪽으로 오 셨으면 좋겠습니다. 제가 모든 걸 준비할 테니 말예요."

"욕심이 많구만. 그렇게 되면 오빠의 체면은 어떻게 되고 ? "

"제가 좋아서 그렇게 하고 싶은 것을요. 다른 뜻은 없사옵니다."

“그렇다면 생각해 보아야겠어.”

“생각해 보긴요. 그렇게 해주서야 저를 찾아온 보답이 되지 않겠는지요.”

“글쎄.”

그들은 잠시 밖으로 나왔다. 집안 여기저기를 둘러보기 위해서였다.

계랑은 한사코 바짝 다가서서 무어라고 종알댔다. 담 밑의 국화꽃이며 뒤란의 대밭을 구경하기도 했다. 남자도 없이 여인들만 사는 모습이 신기했을지도 모른다.

돌아와 앉은 자리에서 계랑은 다시금 질문을 던졌다.

“언제쯤 가시렵니까 ? ”

“점심도 먹고 집안 구경도 했으니, 이제 가야지. 더 있다간 눈총이나 받을 테고…….”

“아닙니다. 제가 보내지 아니합니다. 정히 가시겠다면 닷새만 있다가 가시어요. 그래야 저의 마음에 서운함이 없을 것이옵니다.”

“정히 그렇다면 내일 아침 일찍 떠날께.”

“왜 그러세요. 제가 서운하다지 않습니까. 오라버니, 제발 제 말을 들으셔요.”

“이 사람이 아주 끈끈일세.”

“예, 제가 찰거머리입니다요. 호호호…….”

“좋아! 그렇다면 내일 오후에 갈께.”

“지독한 양반!”

이때 계랑은 오빠의 가슴을 두 손으로 두들겼다. 계랑이 난생 처음 해보는 어린양이기도 하다.

계랑은 행복했다. 혈족이란 이처럼 좋은 것을 모르고 산 계랑이다.

“그래 그 동안 어떻게 살았냐구 ? ”

“저야 행복했습니다. 행복했고말구요.”

"가만있자, 그 말이 이해하기가 힘들군. 지나친 강조는 그와 반대라는 말이 아닐까?"

"마음대로 해석하세요. 행복이 버거워서 늘 울었답니다."

"……"

"지금도 울고 있지 않는지요."

그는 다음날 떠나갔다. 한사코 붙드는 계랑의 손길을 놓으며 완산으로 떠나갔다.

그는 계랑에게 훗날 찾아오고 싶으면 완산을 오기 전 덕진을 지나 오목대에서 이문(李門)안을 찾으라고 했다. 물론 계랑은 미구에 찾아갈 것을 약속해 두었다.

다시금 허허로운 나날이 시작되었다.

이러구러 겨울을 보내고 나니 이듬해 봄이 되었다.

그러나 계랑은 완산의 오빠네 집을 결코 찾아가지 않았다. 행여 환영받지 못할까 봐 경계했던 것이다. 봄.사돈은 꿈에 보기도 무섭다는데, 공연히 찾아가 패가 될 일은 하고 싶지 않았다.

차라리 그럴 시간이 있으면 내변산으로 산나물을 뜯으러 가느니보다 못할 것 같았다. 아니면, 들에 나가 나상게며 쑥을 캐다가 봄국을 끓여 먹는 것이 낫다는 생각도 들었다.

하루는 계랑과 옥심이가 상서를 지나 내변산 개암사(開岩寺) 쪽을 향하여 가다가 우반 골짜기에서 뜻밖에도 백월거사(白月居士) 허균을 만났다. 이들의 만남은 천만 뜻밖의 놀라움 그것이었다.

"아니, 그대가 여기를 웬일이던가?"

"그러시는 나리께서는 웬일이시온지요?"

"나야말로 방랑인이 아니던가. 그런데 여길 어떻게……."

"산나물을 뜯을까 해서 산보 겸 나왔나이다. 그런데 여기서 나으리를 만나다니, 참으로 세상 좁은 걸 이제 알겠나이다."

"그러게 말일세. 그대 기어이 산엘 가겠다는 것인가?"

"아니옵니다. 임을 여기서 만났으니 포기하렵니다. 저의 집으로

240

가시어요."

"그럼 잠시 쉬었다 갈까. 또 헛소문이나 나지 않을는지 원."

"그게 무슨 대수입니까. 하늘이 알고 땅이 아는 것을요. 그런데 어찌 그 일을 알았나이까?"

"사실은 내가 그 동안 부안 일대를 헤매고 다녔다네. 그럴 일이 좀 있었거든."

"궁금한데요. 왜 그러셨는지."

"내 가서 이야기함세."

그들은 계랑의 집으로 직행했다. 물론 떨어져 걸었음은 사실이다. 남의 이목이 있었기에 그들은 약속이나 한 듯 그렇게 했다.

계랑으로서는 몇 마장을 걸었기에 피곤하기도 하였지만, 그가 이곳의 여러 군데를 답사했다기에 궁금증을 떨쳐 버릴 수가 없었다.

"도대체 어인 일이신지요. 설마 첩을 못 잊어 하심은 아닐 테고 ……."

"부안 곳곳에 그대의 예리성이 스며 있을 것 같아서……."

"거짓말도 그럴 듯해야 속는 것이 아니겠는지요. 아무튼 살다보니 저로서는 기적 같은 일이옵니다. 임을, 그것도 변산에서 다시 만나다니요."

"사실은 내 뜻한 바 있어 칠산 앞바다와 가까운 이곳 내변산 외변산 일대를 두루 유영해 본 것이라네."

"뜻한 바 있다니요. 첩이 알면 아니 되는 일이옵니까?"

"영웅담을 하나 구상중인데, 그 무대를 어디로 할까 해서 그런 게지. 탐관오리를 규탄하고, 봉건적 계급을 타파하는 의적의 무리를 그려 보고 싶어서……."

"그러셨군요."

소급하여 적건대, 허균은 선조 2년 서화담(徐花潭)의 고제(高弟 : 학행이 뛰어난 제자)인 허엽의 셋째 아들로 서울에서 태어났다. 26

세에 문과 중시에 장원급제하여 이후 황해도사, 삼척부사, 형조판서 등을 거쳐 좌참판에 이르기도 했다. 거기다가 그는 문장이 당대에 떨쳤으며, 정부부(正副使)로 세 차례나 명나라에 다녀오기도 했다.

그는 성격이 호탕하고 급진적인 개혁사상을 품어 여러 번 관직에서 쫓겨났었다. 15대 광해주의 폭정 하에서 서자(庶子) 출신들과 결탁하여 반정을 꾀하다가 발각되어 광해 10년 7월에 역적으로 참형을 당하였다.

허균은 매우 총명하고 시상이 청일하여 당시에 견줄 자가 없었으나, 사람됨이 조급하고 경박하여 그 시대에 용납될 수 없는 행동을 서슴없이 하였다.

그가 서자는 아니지만 일찍이 서자 출신의 대시인 이달(李達)에게서 글을 배웠다. 때문에 그는 서류의 지사들과 교류하는 동안 사회제도의 모순을 느끼게 되었다. 당시에 반상의 계급과 적서의 차별은 너무도 가혹하였다. 이에 허균은 날카로운 지성으로 현실을 깨뜨려 보겠다는 집념으로 하나의 작품을 구상중에 있었던 것이다.

그것이 훗날 부안의 변산반도를 무대로 한 《홍길동전》을 세상에 내놓게 된다.

이에 홍길동전은 무장으로서의 도적을 주인공으로 한 영웅소설이며, 반상과 적서의 차별화에 항거한 사회소설이기도 하다. 물론 이상향을 그린 낙원사상과 도교적 도술(둔갑법·축지법·분신법 등)을 가미한 다양한 속성을 지닌 작품이다.

또한 그것은 연산군 때 실존한 홍길동과 명종 때 임꺽정의 영향을 받은 복합적인 것으로, 그의 생애와 사상과 행동이 적나라하게 나타나고 있다.

사실 이 작품은 선조 39(계량의 나이 33세)년에 일어난 칠서지옥(七庶之獄) 사건에 죽은 서자들의 꿈과 정의사회를 위한 의적들의

242

활동을 인상적으로 적고 있다. 그러기에 홍길동전은 저항정신이 짙게 반영된 사회제도 개선의 선구자적 작품이기도 하다.

아무튼 최초의 한글소설이라는 문학사적 의의와 함께 흥미진진한 엽기소설이기도 한 홍길동전은 서얼문제, 봉건적 계급 타파, 탐관오리 척결, 의적의 빈민구제, 신국(新國) 건설 등으로 남성적 본성을 적나라하게 드러냈다.

허균의 작품으로는 유선시(遊仙詩), 빈여음(貧女吟) 등 142수의 시가 전해지고 있으며, 가사로는 〈규원가〉, 〈봉선화가〉 등이 있다. 문집으로는 〈성소복부고〉, 〈비한정록〉, 〈교산시화〉, 〈학산초담〉이 있으며, 〈엄처사전〉, 〈장생전〉과 지금 언급하고 있는 〈홍길동전〉이 전해지고 있다.

다시금 계랑과 허균의 이야기는 계속된다.

"내 필생의 역작이 될 것이네."

"협도의 영웅담을 굳이 이곳에서 그려내고 싶으신 연유는 어디 있는지요?"

"그야 그대가 이곳에 있으니 기념하고 싶은 것을……."

"이 황감함을 어찌하리까. 첩의 이야기도 어느 한 곳에 낄 수 있겠는지요?"

"대도의 이야기에 기루의 유희는 걸맞지 않으이. 물론 이곳이 십승지(十勝地)의 하나인 변산의 호암이 있기 때문이기도 해."

"아무튼 저로서는 호감이 가는 일이옵니다. 내친 김에 며칠 쉬어 가소서."

"이 사람아, 또 아니 땐 굴뚝에서 연기가 나면 어찌하겠는가!"

"장부께서 너무 소침하십니다. 그런 게 두려우면 어찌 다시 들렀나이까?"

"잘못하다간 묵재(이귀) 선배님으로부터 욕먹어요. 조심해야지……."

"정말 잘못 알고 계십니다. 첩이 그분의 정인이라도 되는 줄 아시온데, 그건 절대 아닙니다. 다만……."
"다만 어쨌다는 것인가?"
"촌은 어르신을 잊지 못하옵기에……."
"그렇던가! 난 그것도 모르고, 선배님의 이야기만 듣고서 판단해 버린 것일세."
"……"
"그래 촌은 선생의 소식은 종종 듣는 것인가?"
"네, 그러하옵니다."
이때 계랑이 눈물을 보였다.
왜일까. 유희경에 대한 계랑의 사무친 정이 한 남자 앞에서 고통스러운 멍에로 작용하고 있어서일까. 아니면 재회의 허균 앞에서 못내 그리운 사랑의 비감이 전신을 타고 흘러내렸기 때문일까.
도대체 왜 눈물을 보이는 것일까. 한 여자의 어쩔 수 없는 사랑의 승화를 보이는 것인지도 모른다. 멍울진 가슴이 한 남자의 이성 앞에 폭발되는 서러운 시간인지도 모를 일이다.
"울게나. 울어야 할 사연이 있는 것이라면 실컷 울게나."
"……"
"눈물에도 나름의 쾌감이 있는 것이라네. 눈물로 씻어지지 않는 슬픔이란 없는 것이거든."
"죄송하옵니다. 추한 모습을 보여서."
그들은 분위기가 무거워지자 다시금 술상을 앞에 놓았다.
밤은 깊어서 은하수도 많이 기울었다. 가끔씩 밤하늘을 가르는 기러기의 울음이 방안의 공기마저 무겁게 했다.
한 남자와 한 여자의 만남이 이토록 어려운 것이라면 왜 술은 있는 것이며, 왜 밤은 있는 것인가. 부부유별인지, 남녀유별인지, 알 수도 없는 봄밤의 밀회가 추억 속으로 줄달음친다.
"그대 매창은 대사문(大沙門)의 입문에 대해서 어떻게 생각하는가?"

"대사문이라면 여러 가지 의미가 있는 줄 아옵니다. 그 중에서 무엇을 말하는지요?"

"그야 승가(僧伽 : 중)의 신앙을 말하는 것일세."

"글쎄요. 저 같은 사람이 딱 어울리는 신앙인 줄 압니다."

"왜?"

"괴로움이 소멸한 열반의 경지를 이상이라고 하는 멸제(滅諦)를 가르치기 때문입니다."

"그런가? 난 고통의 원인이 끝없는 집착에서 오는 것이라고 하는 집제(集諦)를 가르치기 때문에 불심에 늘 취해 있다네."

"그러고 보면 불교의 무아주의(無我主義)는 사제(四諦)에서 끌어올린 가르침인 것 같습니다."

"그러고 보니 우린 불가의 불도들일세 그려."

"그러기에 우리가 이처럼 절제하고 서로에게 집착하지 않았던 모양이네요."

"빨리 가서 잠이나 자라는 이야기군. 그래, 난 외당(사랑채)으로 가서 자려네."

"또 앞서 가십니다. 그러시면 또 울어 버리겠나이다."

"아서! 내일 떠나야겠으니, 잠을 자긴 자 두어야겠네."

허균은 다음날 김제 방면으로 떠나갔다.

지금까지 계랑이 만난 사람이면 모두가 북쪽으로 떠나갔다. 왜 그래야 하는지는 계랑의 대답이 아니다.

그러길래 계랑은 무수한 날을 북쪽으로 머리 둘러 희원의 잠을 청해야 했다. 부생모육지은(父生母育之恩)을 갚을 길도 없이 한 여자의 일생은 그렇게 꺼져 가야만 하는 것인지는 필자로서도 대답할 것이 못 된다.

이러구러 세월이 지나가 계랑의 나이 삼십을 넘으니 완전 패기가 되어 버렸다. 관아 현청이나 어디서든 좀체 불러내지를 않았다.

모든 게 그립고 안타깝지만 말도 못하는, 하룻밤 시름으로 머리만 세어진다.
　심신이 이지러져서 가락지도 헐거운 계량의 서러운 나날이 지나가고 있는 것이다.

반가운 소식은

반가운 소식은 날아들지 아니하고
강남에는 기러기 울음만이 차가워
시름에 지는 꽃잎 정한이 맺히누나.

나그네 마음이란 꿈속에만 즐거워
여관집 창가엔 찾아오는 이 없어라
말없이 마루 난간에 기대어 서느니.

-국 역

靑鳥飛來盡　江南雁影寒
愁仍芳草綠　恨結落江殘

歸思邊雲去　旅情夢裡歡
客窓人不問　無語倚危欄

〈이매창〉

　　청조(靑鳥)란 푸른 새가 온 것을 동방삭이가 보고 서왕모의 심부름꾼이라고 한 옛말에서 온 것으로, 반가운 사자나 반가운 편지의 뜻으로 쓰이는 말이다.

　　그러기에 반가운 소식은 날아들지 아니하고 기러기 울음만 차가운 계량의 날들이 지나가고 있다. 즐거움이란 꿈속에서나 있을 뿐, 지는 꽃잎마다 정한이 맺혀 내린다. 그러기에 말없이 마루 난

간에 기대어 서기 몇 번이었던가.

백월거사 허균과 헤어진 지도 3년이 지나갔다. 계랑의 나이 서른둘이다.

을사(1605)년 어느 늦은 봄날이었다. 그렇게 멀지 않은 곳에서 초청이 왔다. 이곳 고을의 부호 한순상의 회갑이었던 것이다.

계랑은 칭병(稱病 : 병이 났다고 핑계함)해 거절하려다가 승낙했다. 그녀는 모처럼 곱게 단장을 하고서 찾아갔다. 많은 사람들이 모여 있었다.

잔치가 한창일 무렵, 계랑은 거문고를 들고 들어가 한씨에게 인사한 다음 한 켠에서 거문고를 울리기 시작했다. 모두의 이목이 집중되었다. 두 곡의 노래가 병창으로 흥겹게 연주되었다. 모두들 박수를 아끼지 않았다. 역시 남다른 진일경을 보여준 계랑의 예술혼이 아닐 수 없다.

계랑의 노래와 연주가 끝나자 취기가 도도해진 축객들이 글을 한 수씩 짓기로 뜻을 모았다. 그리하여 한순상이 시운(詩韻)을 내어 저마다 글짓기에 여념이 없었다. 그 중에는 육방의 아전들도 몇 사람 눈에 띄었다.

물론 계랑도 끼어들었다. 사실은 계랑이 왔기에 이 일이 성사된

248

것이다. 그러기에 계랑은 이 기회에 다시금 성가를 올려놓고 싶은
욕심도 없지 않았다.

한참 후 열댓 사람이 제각기 작품을 선보이기 시작했다. 서로가
여러 시축을 돌려 보며 갖가지 반응을 보였다. 계랑도 드디어 자
기의 작품을 옆사람에게 돌려 보였다.

<blockquote>

땅은 삼신산에 가까이 맞닿아 있고

시냇물도 약수 삼천리에 통해 있네

벌들은 따뜻한 날씨라서 즐거이 날고

새로 온 제비도 청풍 속에 지저귀네

무희들 춤을 추니 꽃그림자 흔들리고

노랫소리 푸른 하늘에 울려 퍼지네

서왕모의 반도를 올려 장수를 빌며

술잔을 높이 들어 환갑을 축수하네.

－국 해

</blockquote>

地接神山近　　溪流弱水通
遊蜂飛暖日　　新燕語淸風
妙舞搖花影　　嬌歌響碧空
蟠桃王母壽　　都在獻盃中

〈이매창〉

이를 보는 이마다 감탄사를 연발했다. 계랑의 적절한 언어구사
가 돋보였기 때문이다. 신선들의 경지에서 무희들 사뿐히 춤을 추
니 꽃그림자가 흔들린다는 표현이 너무도 좋았다.

신산이란 삼신산으로 한토의 전설에서 발해만 동쪽에 있다는
봉래산(금강산), 방장산(지리산), 영주산(한라산)을 말하는 것이다.
즉, 청구(우리 나라)에 신선이 살고 있어 불사약(不死藥)을 얻을 수

있다는 것이다. 그리하여 진시황과 한무제가 이것을 구하려고 동남동녀(童男童女) 수천 명을 보냈다고 한다.

그러기에 한토(중국)의 사람들은 우리 나라를 여러 가지 명칭으로 불렀다. 청구(靑丘), 대동(大東), 해동(海東), 단국(檀國), 근역(槿域), 진역(震域), 조선(朝鮮), 선경(仙境), 신역(神域), 부상국(扶桑國) 등이 그것이다.

이 가운데 부상국이라 함은 바다 해 뜨는 곳을 의미하며, 동해 바다 속에 있다는 신목(神木)을 부상(扶桑)이라 한다. 곧 불로장생하는 신선들이 사는 곳이 부상국이다.

약수(弱水)는 신선이 산다는 한토 서쪽의 전설적인 강을 말한다. 길이가 3천 리나 되며, 부력이 매우 약하여 기러기의 털도 가라앉는다는 청정수이다.

서왕모(西王母)는 옛날 한토에서 받들었던 선녀로 성은 양(楊)이요, 이름은 회(回)이다. 주나라 목왕이 서쪽 곤륜산에 사냥을 갔다가 서왕모를 만나 요지(瑤池)에서 노닐며 돌아감을 잊었다고 한다. 또한 한나라 무제가 장수하기를 원하여 서왕모가 하늘에서 선도(仙桃) 일곱 개를 가지고 내려와 주었다고 한다. 반도(蟠桃)란 그 선도를 말하는 것으로, 3천 년에 한번씩 열매를 맺는다 한다.

한순상의 회갑에 이렇듯 의미 좋은 옛말을 인용하여 그의 장수를 빌었으니, 그도 좋아할 수밖에 없었다. 이후 계랑은 얼마간의 행하(行下)를 받아가지고 집으로 돌아왔다.

다시금 무료하기만 한 여름 어느 날이었다.

계랑이 뒤칸에서 옥심이 떠 나르는 물로 목욕을 하고 있을 때다. 갑자기 한순상이 찾아왔다.

우선 옥심이가 그를 안내하여 큰사랑에 모시었다. 다음, 계랑이 젖은 머리인 채 다가가 그를 다시 동상방(안방)으로 모시고 들어갔다.

“불쑥 찾아온 내가 잘못일세. 미안하이.”

“유가(遊家)의 여인이 어찌 사람을 가리겠나이까. 찾아오심을 진심으로 환영하나이다.”

“그렇다면 좀 앉았다 가도 되겠구면.”

“앉았다 가시다니요. 일 년을 계시어도 내쫓지 않겠나이다.”

물에 젖은 여인은 아름답게 보이기 마련이다. 환갑을 넘은 한순상의 시선이 계랑의 얼굴에 머뭇거린다.

“먹여 살려만 준다면야 십 년이라도 버티고 있으려네.”

“십 년은 너무 짧나이다. 백수(白壽 : 99세)를 이 모옥(초가집)에서 보내신다면 순사(殉死 : 따라 죽음)라도 하겠나이다.”

“큰일일세. 잘못하다간 제삿밥도 못 얻어먹겠으니…….”

“그렇던가요? 그렇다면 놓아 드리겠습니다. 안심하소서.”

대개 유생들이나 토호들은 격식을 중요시하고 체면치레를 소중히 하는 경향이 있다. 그런데 계랑은 누구에게든 편안하게 대화를 이어가는 기술이 있다. 그것이 모두가 계랑을 다시 찾게 하는 고도의 술책이다.

“실은 얼마 전 그대가 나의 집엘 왔었기에 나도 그대의 집에 온 것이니, 이상하게 생각진 말게나.”

“그러시다면, 그날은 쇤네가 어르신을 기쁘게 해 드리려고 했었으니, 오늘은 그와 다름이 아닐는지요?”

“이야기가 그렇게 되나! 내가 잘못 왔음일세.”

“잘못 오시다니요. 저로서는 잘 오신 것이옵니다.”

“허허, 그렇다면 어떻게 해야 그대가 기쁘겠는가?”

이 정도까지 상대방의 말을 유도해 낼 수 있음은 확실히 계랑의 지혜이다. 더욱이 그가 한밑천 던져 주고 갈 수만 있게 한다면 계랑의 작전은 큰 성공이 아닐 수 없다.

“그야 저의 기쁨이 어르신의 기쁨이 될 것이오니, 쇤네로서는 부담이 가는 일이 아닐 수 없나이다."

"그 말이 알아듣기가 힘이 들군. 접근을 하라는 것인지, 연막을 치는 것인지……."

"어르신, 솔직히 고백하겠나이다. 기다리는 사람이 있습니다. 십 년이 넘게……."

"역시 그대는 잡히지 않는 바람이로다. 스쳐 지나가는 바람……."

"물결이었습니다. 잡히지 않는 물결임을 용서하소서."

"이보게, 그대가 누구의 물결이든, 그 물결이 나의 발을 건들었음일세."

"하오면 책임이 저에게 있는 것이군요. 그렇다면 세사(世事)는 금삼척(琴三尺)이라 했으니, 부질없는 일일랑 술대로 날려 보내렵니다."

이윽고 계랑은 거문고를 뜯기 시작했다. 술대를 높이 들어 여섯 현을 난타하니 격정과 희원의 희로애락이 현란하게 부서진다.

백이숙제 찾으려고 세상공명 하직하고
죽장망혜 단표자도 수양산에 들어가니
지재차산 중이건만 운심부지 처로구나
벽산벽공 무어하니 누구에게 물어볼까
첩첩산중 둘러보니 층암절벽 절승하고
단단명월 낙락장송 임자없이 푸르렀다
굴원이가 불쌍하여 멱라수에 내려서니
석간강수 흘러흘러 뛰노라니 은린이요
명사십리 해당화가 만개하여 맞는고야
도연명의 오류촌에 지저귀는 황앵들아
구십춘광 지난후에 편금이라 자랑마라

추야장천 기러기는 소상동정 모여들고

적벽강의 추야월이 장한찾아 강동간다

강태공의 낚싯대에 엄자룡이 긴줄매어

요지일월 달려있고 순지건곤 흘러간다

왕발도령 조사하고 소동파는 오래살고

동방삭이 장생하니 명지장단 천부로다

슬프고도 애닯구나 월하노인 어디간고

허허롭고 공허하다 남가일몽 허사로세.

계랑이 한바탕 일장춘몽(一場春夢)을 노래하니 한순상이 꿈이런 듯 실눈을 떠 보인다.

그의 일생 일대에 명기를 독대하여 천하 명창을 듣노라니 감회가 무던하였던 모양이다. 그도 그럴 것이, 그가 천석궁이라는 이름을 들을지언정 오늘 같은 기막힌 음정에 무르녹아 보기는 처음이었기 때문이다.

계랑이 거문고를 조심스럽게 밀어낸 다음 술 한 잔을 공손히 따라 올렸다.

"내가 지금 어디에 와 있는 것인가 ? 꿈인 듯하이."

"결코 요지연은 아니옵나이다. 더구나 호갱(狐坑 : 여우의 굴)도 아니오니 안심하소서."

"그렇다면 다행일세. 오늘 이처럼 훌륭한 연주와 노래를 들었으니, 내가 할 일은 무엔가 ? 보답을 하긴 해야겠는데……."

"보답은요. 누지에 오신 것에 대한 보답인 것을요."

"고맙네. 그런데 내 자네 같은 딸이 하나 있었으면 얼마나 좋았겠는가."

"소녀가 그럴 자격이라도 있겠는지요 ? "

"금방 그대가 소녀라고 했는가 ? 그렇다면 이소저는 오늘부터 나의 금지옥엽일세. 허락하겠는가?"

"소녀가 어찌 마다하겠나이까! 천애의 고아인 것을요."

"허허, 오늘 고운 여식을 얻었으니 다시금 잔치라도 해야겠구만!"

"제발 그러지 마소서. 그렇잖아도 가문에 폐가 될까 봐 두렵나이다."

"그래도 그렇지, 내 만년에 기쁨인 것을……."

"소녀는 부정에 목마른 소녀이오니, 다만 은정에 보답할 수만 있게 하소서."

"이렇게 고운 현원이 왜 지금까지 버려져 있었을꼬!"

"하오니, 행여 어떤 도움이나 세간의 지원도 절대 바라지 않겠나이다. 그저 한 해에 한두 번 찾아 주시면 그것으로 만족하겠나이다."

"그것은 부녀지간의 정리가 아님이야! 남도 그 정도는 하는 것이 아니던가?"

"그렇게 해서라도 부녀의 정리만 가꾸어진다면야 이 소녀로서는 더없는 홍복이옵나이다. 그렇게 해 주실는지요?"

"이 사람이 못난 아비 만들 셈이군. 차라리 도망치고 싶다고 말하게나."

"알아들으셨으니 더 이상 말하지 않겠나이다. 조심해 가시옵소서."

"역시 오월(梧月 : 음력 7월의 딴 이름)에는 만나지 말았어야 했어."

한순상은 조용히 일어섰다. 그리고는 뒤도 돌아보지 않고서 떠나갔다.

결코 오월동주(吳越同舟)는 아니라지만, 물과 기름에 지나지 않았다. 중인과 천인의 골은 어쩔 수 없는 장벽이다.

사실은 계랑이 그의 딸이 되겠다고 매달리게 되면 서로의 꼴이 좋지 않음은 불을 보듯 한 노릇이었다. 농담에 지나지 않은 것을, 지혜로운 계랑이 그걸 모를 리 없었던 것이다.

또한 계랑의 살림도 날로 좋아져서 그의 도움이 아니라도 살아가기에는 부족함이 없었다.

그해 가을도 역시 풍년이었다. 어찌나 풍년이었으면 나락 알이 터져 나올 정도로 토실토실 금이 나 있었다. 십우(十雨 : 십 일 간격으로 오는 적당한 비) 덕분이기도 했다.

가을걷이가 거의 끝날 무렵 한순상의 노비로부터 전갈이 왔다. 금일 중으로 꼭 자기 집에 와 달라는 것이었다.

왜일까. 계랑이 잘못한 일이 없는 이상 괴이쩍었으나 일단은 가보기로 마음먹었다. 물론 불편한 사이가 아닌 이상 못 갈 것도 없다는 생각이다.

계랑이 단정히 옷을 입고 한순상의 집에 당도하니 그는 대기라도 한 듯 반갑게 맞아 주었다.

"어서 오게나. 이렇게 해서라도 그대를 봄이 아니던가!"

"어찌 부르셨는지요?"

"이 사람아, 올라서기나 하게. 못 올 데를 왔음인가!"

계랑은 그를 따라 큰사랑으로 들어갔다. 일단 반절을 올린 다음 계랑은 말했다.

"너무 뜻밖이라서……."

"그대가 다시금 우리 집에 와야 확실한 두레가 되지 않겠는가?"

"그건 그렇습니다만……."

이때 정갈한 다담상이 들어왔다. 무엇인가 그의 호의가 있는 것은 분명했다.

"사실은 금년 농사도 잘되고 해서 그대와 좀 나누고 싶어서 오라 했으니 조금도 이상하게 생각지 말고 받아 주게나."

“무엇을 말씀이오니까?”

“얼마만큼이면 도움이 되겠는가?”

“저의 생활이 풍족하지는 않지만, 그렇다고 궁색하지도 않나이다. 하오니 고마운 말씀이오나, 거두어 주시옵소서.”

“그러면 내가 무안하지 않겠는가. 내가 그렇게 하고 싶음이니 어려워 말게나.”

“대부인이 노하시겠나이다. 이를 아심 저를 부안에서도 못 살게 내칠 것이옵니다. 그러니 못 들었던 이야기로 하겠나이다.”

“그 점에 대해서는 안심해도 좋으이. 그런 일은 절대 없을 테니까.”

“정히 그러시담 빈농이나 가노들에게 주심은 어떨는지요?”

“이 사람아, 몇 번을 이야기해야 알아듣겠는가. 내 마음이 그렇게 하고 싶음이니 허락하게나!”

“정중히 거절해도 고집하실는지요?”

“암, 그렇게 하려네. 그렇지 않음 내가 서운해서 견딜 수 없을 것이네.”

“정말로 거절하면 노하시겠나이까?”

“그렇다니까! 한번 마음먹은 장부의 결심을 외면하지 말게나.”

“그러다가 헛소문이라도 나면…….”

“그야 부녀로서의 결의가 있었음이 아니던가. 아직도 유효함일세.”

“그 일은 거절하지 않겠나이다.”

“그러면 됐네. 주는 것도 이렇게 힘이 들어서야 원. 아무튼 내 고집을 받아주어서 고마우이.”

“그러시면 이 여식도 부탁이 하나 있나이다. 들어주실는지요?”

“그래야 되겠지. 그것도 두레이니까.”

“그러시다면 얼마가 됐건, 그것을 이곳 개암사(開岩寺)로 보내

주시겠는지요?"

"뭣이, 개암사로?"

"싫으시면 더 말씀드리지 않겠나이다."

"아니야. 너무 뜻밖이라서……."

"얼마 정도를 헌정하실는지요?"

"내 처음부터 마음먹었던 바니 개암사 주승에게 계랑이 보낸 것으로 하여 벼 백 석을 보내 줄 것이야. 그렇게 알도록 해."

"너무 많은 출혈을 하시는 것은 아닌지요. 다시 많은 복을 받으실 것이옵니다."

"복은 더 받아서 무얼하게. 나야 너무 많은 복을 받았음이야. 그건 그렇고, 절간에 그렇게 시주를 해서 어쩔려고?"

"언젠가는 그곳으로 가서 여생을 조용히 보내고 싶나이다. 지금까지 죄 많은 생을 살았기에, 그렇게라도 해서 탕감하고 싶나이다."

"허허, 내 딸의 거문고 소리 듣기는 다 틀렸구먼. 듣고 싶으면 이제 절간으로 가야 하니……."

"소녀가 늘 찾아뵈야지요. 그렇게 하겠나이다. 늘 온다고 욕이나 하지 마옵소서."

"그래, 그러면 더욱 좋고……."

계랑은 자리를 물러 나왔다. 서로가 기분이 좋은 것만은 확실했다. 기쁨이란 주고받음의 정이 서리고, 거기에 좋은 의미가 담길 때 즐거움은 더하게 된다.

"대부인께 인사라도 드리고 가는 것이 옳지 않겠나이까?"

"그야 그렇지만, 오늘은 그만 돌아가는 것이 좋을 것 같구나."

"그러면 후일 인사드리도록 하겠나이다. 귀체 보중하시옵소서."

"그래, 멀리 안 나갈 테니 잘 가거라!"

사노라니 계랑에게도 좋은 일이 생기었다. 돌아와 앉은 계랑이 옥심에게 말을 할까말까 망설였다.

　그런데 옥심이가 궁금해 도저히 그냥 못 있겠다는 투였다. 번철에 지짐이를 만들던 옥심이가 달려들었다.

　"왜 불렀대야?"

　"지난번 그 어른이 왔을 때 부녀의 정분을 나누자고 했던 것을 확실한 대답을 아니 하였더니, 기어이 오라 해서 결판을 내자는 것이었어."

　"그래 뭐라고 했남. 딸 하겠다고 했는감?"

　"언니 같으면 어떻게 하겠수?"

　"나라면 딸 하겠다고 하지."

　"나도 그렇게 했어. 그런데 잘했는지 못했는지, 그저 그래."

　"잘했지, 잘했어. 계랑이 천석궁의 딸이면 나도 잘된 것이 아니겠어!"

　"그래도 난 썩 내키지 않아요. 남들이 또 어떻게 생각할지……."

　"남들이 입방아를 찧든 말든 그게 무슨 대수야. 천민을 면하게 되면 업고라도 다녀야제."

　"그건 그래, 잘된 일이겠지 뭐."

　그들의 이야기는 이 정도로 끝이 났다.

　그런데 계랑이 끝내 벼 백 석 이야기는 하지 않았다.

　이웃의 마음을 헤아리건대, 잘못 팔렸다는 이야기라도 날까 봐서이다.

　남의 말 하기 좋아하는 사람들이 무슨 말을 더 보태게 될지 모르는 일이기도 했다.

　아무튼 그해 계랑의 겨울은 별탈 없이 지나갔다. 다만 청조(靑鳥)는 어디 가서 소식을 전해 주지 않는 것인지, 봄이 되니 다시금 유희경에 대한 그리움이 솔솔 일기 시작했다.

　반가운 소식은 날아들지 아니하고, 강남(부안)에는 기러기 울음만 차갑다.

　말없이 마루의 난간에 기대어 서니 지천으로 지는 꽃잎 하나하나에 유정이 서린 듯 꿈속 같던 옛날이 그립기만 하다.

도솔천에 올라서니

도솔천에 오르니 하늘나라 통했는지
맑은 빛은 저녁해에 더더욱 뚜렷하고
수려한 산봉우리 연꽃처럼 돋아 있네.

용인 듯 학인 듯 소나무에 깃들이고
생황 소리 어두운 산골에 메아리쳐서
새벽녘 종소리 울리는 것 전혀 몰랐네.

　　　　　　　　　　　　　　　-국 역

千載名兜率　　登臨上界通
晴光生落日　　秀嶽散芙蓉
龍隱宜深澤　　鶴巢便老松
笙歌窮峽夜　　不覺響晨鍾

　　　　　　　　　　　　〈이매창〉

　계랑의 나이 서른셋에 하나의 결심을 실천에 옮기었다. 세상을 등지고 오로지 자연과 더불어 살아갈 결심으로 깊은 산 속의 개암사로 들어가 버렸다.

　집안 관리는 옥심에게 맡기고 독자행동을 개시한 것이다. 물론 입산하기 전 한순상 어른에게 인사드리고 갔음은 물론이다. 번거로운 생활을 뿌리치고 숫제 깊은 산 속에서 어떻게 생을 갈무리하려는지, 두고 볼 일이다.

　주지승은 계랑이 오는 것을 대환영이어서 적당한 처소도 마련

해 주었다. 그러기에 승려 아닌 승려가 되어 이곳저곳 가까운 암
자에도 가보는 등 금쪽 같은 시간들을 날려 보내고 있었다.

　그러다가도 무료하면 서안 앞에 앉아 글을 읽기도 하고 글을 짓
기도 했다. 그러기를 일 년여, 많은 시편들이 쌓이고 쌓였다.

　이제는 연인에 대한 그리움도 초연해진 듯 자연의 정경을 담담
히 그려 나갔다.

　　　삼신산 푸르른 숲 속에 절간이 있다
　　　구름 속에 잠긴 나뭇가지 백학이 울고
　　　눈 덮인 산봉우리에 원숭이가 울어라.

　　　자욱한 안개 속에 새벽달이 희미하고
　　　상서로운 기운이 하늘 가득 어리니
　　　이 몸은 적송자에게 예한들 어떠랴.

　　　　　　　　　　　　　　　　－ 국 역

　　　三山仙鐘裡　　蘭若翠微中
　　　鶴唳雲深樹　　猿啼雪壓峰

霞光迷曉月　　瑞氣映盤空
世外靑牛客　　何妨禮赤松

〈이매창〉

　정말이지 세정에 초연함이다. 오로지 산 속의 정경만 시축에 담을 뿐, 참으로 신선의 경지가 아닐 수 없다.

새장 속에 갇히어 돌아갈 길 없으니
곤륜산 낭풍이 어느 곳으로 솟아날까
구씨산 밝은 달은 꿈속에서 외로워라.

홀로이 야윈 몸 시름겨워 있노라니
황혼녘 갈가마귀 숲 가득 지저귀네
슬픔은 어찌하여 깊은 못에 어리는고.

- 국 역

一鎖樊籠歸路隔　　崑崙何處閬風高
靑田日暮蒼空斷　　緱嶺月明魂夢勞
廋影無儔愁獨立　　昏鴉自得滿林噪
長毛病翼摧零盡　　哀唳年年億九皋

〈이매창〉

　결국은 다시 외로움이다. 세속을 피해 산 속에 들어와 보니 조롱 속에 갇힌 한 마리 학이 되어버린 것이다.
　여기서 낭풍(閬風)은 신선이 사는 곳으로 요지와 함께 곤륜산에 있다. 구령(緱嶺)은 구씨산(緱氏山)을 말하는 것으로, 주나라 영왕의 태자 진(晉)이 신선이 되어 하늘에 오른 산이다. 마지막 구고(九皋)는 여러 겹으로 된 깊은 연못을 말한다.

계랑의 자탄이 내변산에 울려 퍼질 것 같다. 그러나 탄식은 몸을 지치는 법, 계랑의 번뇌가 이쯤해서 끝이 났으면 좋겠다.

여름이 되었다. 산간의 여름은 너무도 시원하다.

벌써 산 속에 들어온 지도 한 해가 지나고 나니 1607(선조 40, 정미)년, 계랑의 나이 서른넷이다.

그간 본가에서는 옥심이 어떻게 살림을 꾸려 가고 있는지 궁금하기도 했다. 두 사람의 논나니(노는 여자)들도 잘 있는지 보고 싶기도 했다. 계랑이 이처럼 집 생각을 떠올리고 있었을 때였다.

저물 무렵, 저 아래쪽에서 한 여인이 걸어 올라오고 있었다. 그녀는 다름 아닌 옥심이었다.

"언니가 웬일이야. 집에 무슨 일이 있어요?"

"일은 무슨 일, 이걸 전해 주려고 왔지."

옥심은 서찰 하나를 가슴팍에서 꺼내 계랑에게 주었다. 그것은 다름 아닌 유희경의 서한이었다.

계랑은 두근거리는 마음으로 열어 보았다. 얼마만의 서신이기에, 와락 눈물이 날 것 같았으나 참아야 했다. 모든 것 잊어버리고 도피해 온 산간에서 당신의 서찰을 손에 쥔 계랑은 감정을 억제하며 말없이 서신을 펼쳐 보았다.

    계랑에게

    보고 싶은 그대에게 전하노니, 모월 모일 모시에 완산 역참
    에서 만나기를 바라오. 그 동안 못다한 이야길랑 만나서 하
    기로 하고……. 급불비

내용이 너무도 간단했다. 언문으로 쓸라치면 많은 말을 적을 수도 있으련만 내용이 너무도 단조로웠다.

그러나 만나자고 하는 한마디가 계랑의 마음을 산란케 했다. 날

짜는 이틀밖에 남지 않았다. 그러니 금방 하산을 해야겠지만, 이미 어두움이 내리고 있었다.

계량은 명일 옥심과 함께 떠나기로 하고, 산사에서 잠을 일찍 청했다.

이제는 미울 수밖에 없는 그가 오라면 그래도 가야 한다. 평생을 그의 이름 하나를 목에 걸고 버티어 온 계량이었기 때문이다.

눈물은 왜 나오는 것인가. 그 동안 남몰래 많은 눈물을 뿌렸건만, 눈물은 어디에 고여서 다시금 옷깃을 적시는 것인가. 아직도 눈물을 거두어 가지 않는 당신이 한없이 미운 그런 밤이었다.

돌아누워 피보다도 더 진한 눈물을 떨구는 계량의 서러운 밤을, 정말이지 이토록 서런 밤을 태워 버릴 수는 없는 것인가. 계량은 까맣게 태운 가슴을 열어 차돌맹이로 굳어 버린 심장을 그에게 던지고서 도망쳐 버리고 싶었다.

사랑은 눈물이었다.

밤새도 함께 울어 주는 산사의 밤이 계량의 가슴에 화인으로 남는다. 살아서는 사랑을 하지 말아야 했다. 사랑은 눈물과 함께 있는 것임을 계량은 그때서야 확실히 알 수 있었다.

다음날 그들은 부지런히 집으로 돌아왔다. 그리고선 계량은 다시금 혼자서 길을 떠났다. 김제에 가서 밤을 나고 아침 일찍 서둘러 가야 정오쯤 완산에 닿을 것이기 때문이다.

다음날 김제에서 길을 나서려니 날씨가 썩 좋지 않았다. 그러나 기필코 가야 할 길이기에 다시금 서둘러 길을 떠났다. 아니나, 반 마장도 채 걷기 전에 빗방울이 떨어지기 시작했다. 장옷으로 얼굴을 가렸지만 빗방울은 더욱 세차게 온몸을 두들겼다.

그렇게 얼마를 걸었을까. 오목대에 다다르니 그때서야 비가 멎었다. 그렇게도 당찬 계량이기에 그 비를 맞고서도 악착같이 걸을 수 있었다.

물어물어 완산(전주) 역참(파발)에 다다르니 그 동안에 옷깃이 말라 그런대로 부끄러움은 면할 수 있었다. 정확히 정오에 도착했다.

그는 역사에 있었다. 몰라볼 정도로 얼굴이 변해 있었다. 그간 15년의 세월이 무상함이 역력했다.

"오오 계랑, 와 주었구만. 오다가 날씨가 나빠서 어찌했었는가?"

"뵙게 되어 반갑습니다."

"나도 무척 보고 싶었다네. 그러나 매어 있는 몸이라서 그만……."

"……"

"그런데 얼굴을 보니 조금은 야윈 것도 같구려."

"……"

계랑은 묵묵부답으로 일관했다.

그때서야 유희경은 여인의 서러운 마음을 감지했는지, 겸연쩍어 했다.

그는 곧 계랑을 방으로 안내하여 함께 들어가 앉았다.

"미안하이! 내가 너무 무심했음일세. 그대를 버려 두고 내가 너무 무심했어. 미안해. 그간 나도 그대가 얼마나 보고 싶었……."

이때 계랑이 갑자기 달려들어 손으로 그의 입술을 가렸다. 말하지 않아도 알 수 있는 일이기에 그의 입을 다물게 하려고 했던 것이다. 그리고 나서 계랑은 그의 품에 안겨 소리없는 눈물을 떨구었다. 도대체 15년의 만남을 두고 무슨 할말이 따로 있었겠는가.

한참 후 계랑은 눈물을 지우고서 일어나 큰절을 올리었다.

그녀는 다시금 울기 시작했다. 이제는 소리내어 울었다. 전신이 울먹거리는 그런 울음을 토해 냈다. 그처럼 상실된 많은 시간들을 눈물로 채우려는 계랑은 그렇게 울고 또 울었다.

얼마나 지났을까. 응어리진 가슴이 풀렸는지 계랑은 고개를 들었다.

"임은 한 여자를 너무 울렸나이다. 어찌 그러고도 편히 지낼 수 있었는지요?"

"이 사람이 날 할말 없게 만드누만. 이보게, 이렇게 해서 사랑이 성숙되는 것이라면 조금 더 있다가 만날 걸 그랬어. 후회막급이야. 하하하……."

"우는 여인 앞에서 웃음을 웃다니요. 너무 잔인하십니다."

"이 사람이 정말 말을 못하게 한다니까!"

계랑은 양손으로 유희경의 양손을 맞잡으며 말했다.

"지루한 난리를 막아 내시느라 얼마나 고초가 많으셨사옵니까. 바쁘신 중에 이렇게 머나먼 천첩을 잊지 않으시고 찾아 주셔서 감사하옵니다. 정말이지, 기쁜 오늘을 다시 잊지 않을 것이옵니다."

"이제야 말을 하게 하누만. 사실은 나도 지난 십오 년 동안 하루도 그대를 잊어 본 날이 없다네. 이렇게 만나서 정말 기쁘이."

유희경의 머리에 백발이 성성했다. 그간의 세월이 너무도 무상했음을 말해 주고 있었다.

그는 임진왜란에 공로가 커 선조께서 그에게 통정대부(通政大夫 : 정3품 당상관의 품계)라는 벼슬을 제수했다고 한다.

또한 유희경은 주문공의 가례(家禮)에 조예가 깊어 궁중에서 행사가 있을 때마다 반드시 그를 불러 집례케 했단다. 따라서 나라에서 대제가 있을 때면 상감은 으레 그를 불러 자문하시곤 했다는 것이다.

그러기에 그는 늘 대기 상태여서 먼 길을 나설 수가 없었다 했다. 그런데 이번에는 광주 향교에서 제례에 대한 초청이 있어 상감의 허락을 받아 가는 중에 이곳에서 만나자고 했다 한다.

이를 알 수 없었던 계랑은 속으로 얼마나 원망을 했었던가.

"그것도 모르고 첩은 원망하였나이다. 무례를 용서하소서."

"아니라! 간혹 소식도 전할 수 있었던 것을, 침류대에서 허송세월만 했다오. 원망은 나에게 하게나."

"첩이 때로 단순한 생각에 마음 아파했던 것은 이 좋은 세상을 함께 보고자 함이었으니, 혜량하여 주소서."

"아무튼 만남은 축복이 아니던가! 함께 이 좋은 강산을 노래하세나."

"그러시담 언제 부안에 들러 주시겠나이까? 할 수만 있으심, 가까이서 한 열흘 시를 논하며 모시고 싶사옵니다."

"그러면 그대는 다시 부안으로 가 있게나. 난 광주를 들러 귀경에 짬을 내볼 테니……."

"첩은 지금 떠나렵니다. 낯선 곳이라서……."

"나도 지금 광주로 떠나려네. 갈 때는 부담마를 하나 준비해 두었으니 그걸 타고 가게나."

"홍은을 잊지 않겠나이다."

"그럼 우리 이만 일어설까?"

"편히 다녀오시어요."

그들은 그곳에서 헤어져 각기 행선지로 말을 몰아 갔다.

귀로에 계랑은 마상에서 그런대로 여름날의 정취를 만끽할 수 있었다. 이따금 햇빛이 들판을 가로질러 달려가기도 했다. 산들바람이 들판을 누비며 여름 햇볕을 쫓아가는 것이었다. 하늘 높이 날던 제비가 갑자기 말발굽 아래를 스쳐 날기도 했다.

이처럼 아름다운 세상을 예전엔 미처 모르고 살았던 것을 생각하니, 계랑은 다시금 유희경이 원망스럽기도 했다. 왜 당신을 만났던가. 수없는 질문을 허공중에 던지며 돌아오고 있었다.

다음날 계랑은 지친 몸으로 집에 도착했다.

세상 만사를 다 잊고, 자리 보전하여 사흘 낮밤을 누워 버렸다. 이제는 죽어도 좋을 그런 평온한 마음으로 시간을 쟀다.

며칠 후면 그이가 올지도 모르는 일, 원기를 회복하여 집안도 청소하고 가꾸어 놓았다. 그가 오면 한순상도 초청하려다가 마음을 달리했다. 그와의 은밀한 시간이 더 좋을 것 같았기 때문이다.

아니나, 유희경은 정확히 이레만에 계랑의 집을 찾아 주었다.

"이제 울지 않으렵니다."

"제발 그렇게 하게나. 학발(백발) 노인 다 된 내가 그대의 눈물에 빠지면 큰일이 아니던가. 더구나 원망이 가득한 눈물에 빠지게 되면 헤쳐 나오지도 못한다구!"

"그래서 그 동안 그렇게 피했나이까?"

"이 사람, 또 꼬투리 잡고 늘어지누만. 대저 남자란 아무도 모르게 눈물을 흘린다네. 연약한 여자가 빠지지 못하도록……."

"그것이 남자의 지혜인 모양이죠?"

"인내지. 참을 때는 참아야 하는 것이거든."

"무릇 남자의 눈물은 천박하게 보일 수도 있나이다."

"그러기에 남자는 여인 앞에서 눈물을 보이지 않는 것이라네. 나라가 기울고, 부모가 돌아가실 때는 다르지만……."

"어찌하여 우리가 초장부터 눈물타령만 하는 것일까요. 축배를 들어야 할 시간에 말입니다."

"그러게 말일세. 옥심이도 들어오라고 하게나. 그녀도 우리의 식구가 아니던가."

"그럴까요?"

그리하여 세 사람의 남녀는 축배를 들었다. 그런데 옥심은 한 잔의 술로 축배를 올린 다음 절하고서 물러 나갔다.

행여 방해될까 하는 그녀의 알뜰한 마음이 분명했다.

이때 유희경은 시축 하나를 펼쳐 보였다. 너무 늦게서야 다시 만난 계랑에 대한 위로였다.

자고로 임 찾는 것은 때가 있다 했거늘
우리는 어찌하여 이리 더디었던 말인가
내가 온 것은 임 찾으려는 뜻도 있지만
시를 논하자는 열흘 기약이 있었음이오.

〈유희경 : 국해, 원문 생략〉

계랑은 이를 받아 읽은 후 한참 만에야 말을 했다. 마음에 걸리는 대목이 있었기 때문이다.

"어르신께서는 천첩이 열흘 기약을 하지 않았더라면 아니 올 수도 있었다는 말씀이오니까?"

"이 사람이 또 또, 운을 살려 그렇게 써본 것을 가지고라무니……."

밤이 깊어갔다. 이야기의 꽃을 피우다 보니 15년의 세월이 하나도 아깝지 않은 그런 밤이었다.

신기한 밤이다.

밤은 흘러가는 것이 아니었다. 물레방아처럼 돌고 돌았다. 축배와 눈물과 사랑과 입술을 멧돌질한 진국(진액)을 나누고 또 나누어도 실증이 나지 않는 그런 밤이었다.

아주 천천히 아름드리 허한 공간에 가득 채워지는 사랑의 과즙이다. 알몸 구석구석에다 사랑의 진한 숨결을 발라 주는 크낙한 호수이다. 서럽고도 구슬픈 언어들을 추스려 촉촉히 뿌려 주는 여름날의 이슬비, 바로 그것이었다.

그들은 새벽녘에서야 그 감미롭고도 황홀한 밤을 접어 두었다. 붙잡을 수 없는 밤이라면 접어 두어야 했다.

다음날 오후, 그들은 상소산(上蘇山)으로 올라가 부안 고을을 내려다보았다. 발 아래 동헌(선화당)이 보이고, 조금 멀리 향교가 보였다.

　다시 못 볼 산하라도 되는 양, 그들은 고을 이곳저곳을 두루 살펴보았다. 이름 하나하나를 떠올리며 손으로 가리키기도 했다. 그들이 왜 그래야 했는지는 누구도 모를 일이다.

　그들은 다시 집으로 돌아와 꿈 같은 하루를 보냈다.

　다음날 아침, 유희경은 떠나려 했다.

　그런데 비가 오기 시작했다. 어쩔 수 없이 그는 하루를 더 있기로 했다.

　"계랑, 내 이번에 올라가면 그대의 거처를 마련해 보려네. 동망봉(東望峰) 기슭 시냇가 침류대 옆에 말일세."

　"서울은 싫사옵니다. 서울은 저와 인연이 없는 곳이랍니다. 그러니 그런 말은 마시고, 남행할 기회가 있으시거든 종종 들러 주기만 하신다면 소첩은 행복할 것이옵니다."

　"이 사람을 또 얼마나 원망하려고 그러는 겐가. 내 뜻이 그러니 말리지 말게나."

　"제발 그러지 마소서. 여생을 이곳에서 마치고 싶나이다. 제 뜻을 꺾지 마소서."

　"그러면 한양에 갔다가 모든 것 정리하고 내려와 버릴까？"

　"그러지도 마소서. 그러시면 첩이 괴로워지나이다."

　"그렇다면 나의 괴로움은 어찌하려는 것인가？"

　"그러니 내일 떠나가셔도 붙잡지 않겠나이다. 그것이 무한한 유정이 아니던가요."

　"알겠네. 그대야말로 무정한 사람이구만!"

　"언젠가 또 만나게 되면 얼마나 반가울는지요."

　"거참, 알 수가 없는 노릇이군."

　"어차피 생은 무수한 봉별(逢別)의 연속이 아니겠는지요. 천첩을 용서하소서."

　다음날, 열흘이 아닌 사흘 만에 그는 떠나갔다.

돌아서서 울지도 않는 계랑의 가슴에 한여름의 우수가 휘어감긴다. 허한 가슴, 허한 공간을 이제 무엇으로 메워야 하는 것인가.
유희경은 돌아간 즉시 서찰을 보내왔다. 그것은 한 편의 시였다.

> 헤어진 뒤로 다시 만날 날 기약 못해
> 초나라 구름과 진나라 나무가 그리워라
> 어느 때 우리 다시 그곳의 누각에 올라
> 전주에서 정답던 일 시로나 달래 볼까.
> 〈유희경 : 국해, 원문 생략〉

실로 담담한 심경을 토로했다. 다시금 질긴 정에 얽힌 그들 사이를 확인한 이상, 그도 괴로움이 없을 수는 없는 노릇이었다. 그리움을 달래 보려는 심사가 역력했다.
아름드리 허한 공간에 여름밤의 적막을 깨려는 듯 비가 내린다. 허허로운 가슴을 달래 주려는 듯 비가 내린다. 유희경의 잠을 깨우고, 계랑의 잠을 재워 주려는 듯 그렇게 여름밤의 비가 내리고 있다.
이제 가을이 와도 계랑의 가을은 아니다. 누구를 믿고 살아야 할지, 어디로 가야 할 것인지, 계랑의 가을은 결실의 가을이 아닌 참담한 가을이 될는지 아무도 모를 일이다.

독수공방 외로워

독수공방 외로워서 병 든 몸으로
사십 년을 살았으니 얼마 더 살랴
서러워 하루도 울지 않은 날이 없네.

— 국 역

空閨養拙病餘身　　長任飢寒四十春
借問人生能幾許　　胸懷無日不沾巾

〈이매창〉

누가 계랑의 밤을 달래어 줄까. 누가 계랑의 향그러운 봄을 가져다 줄까.

호지무화초(胡地無花草)하니 춘래불사춘(春來不似春)이라 했던가. 봄이 와도 봄 같지가 않다.

무신(선조 41년, 1508)년, 서른다섯의 계랑에게 봄은 결코 봄 같지가 않았다. 어차피 모두는 홀로 서 있는 것, 계랑도 홀로 서 있을 수밖에 없는 무신년(戊申年)의 이른 봄이었다.

나라에 국상(國喪)이 났다. 선조대왕이 승하하신 것이다. 선왕 명종의 양자였던 선조대왕은 유학을 장려한 성군으로, 시화에도 뛰어났다. 그러나 두 번의 왜란을 치른 불운의 왕이기도 했다.

선조대왕이 제위 41년이 지나 승하하시니, 왕세자 광해군께서 즉위하였다. 덩달아 임해군을 유배시켰다는 말도 들렸다.

계랑은 유희경의 모습이 떠올랐다.

그는 워낙 사례(四禮)에 밝아서 궁중에 상사가 있을 때마다 집례를 도맡았기에 그가 바빠할 것이 충분히 상상되었다. 그러기에 국상이 끝날 때까지는 그가 서울을 떠나지 못하리란 것도 잘 알고 있었다.

결국 무신년의 봄은 좋은 봄이 아니었다. 세상 일이 마냥 봄 같지는 않는 법, 꽃샘추위가 여름까지 몰아칠지도 모른다.

정말이지, 가을이 오기도 전 여름에 문제가 벌어졌다. 허균의 파직 소식이었다.

충청도 암행어사가 수령들의 비위 사실을 조사하여 계(啓)를 올렸는데, 공주목사 허균은 성품이 경박하고 품행이 무절제하다고 하여 8월에 파직되었다. 별수없이 그는 예전부터 일이 있을 때면 은둔하려고 보아 두었던 이곳 부안현 우반 골짜기 정사암으로 들어와 쉬었다.

허균은 평소에도 부안을 여러 차례 답사하며 여생을 보낼 곳이라고 생각했는지도 모른다. 더욱이 이곳에 매창이 있었기에 결심은 그만큼 쉬웠을 것이다.

가을이 되어 계랑은 허균을 찾아 암자로 갔다. 그곳에서 유한의 날들을 보내기도 했다.

﹒그러나 곧 허균은 서울로 불려갔다. 명나라 사신을 맞게 하기 위함이었다.

계랑은 다시금 허전해지기 시작했다. 허균이 떠나간 뒤 계랑은 상소산(성황산)에 올라 거문고를 뜯으며 슬픈 노래를 불러도 보았다. 그런데 그 근처에는 어느 사또가 떠나간 뒤 고을 사람들이 그의 공덕을 기리기 위해 세운 공덕비가 하나 있었다.

그곳에서 계랑이 생의 공허함을 달래려고 산자고(山鷓鴣 : 자고새)의 노래를 병창으로 불렀던 것이다. 그러나 이 모습을 엿본 고을 사람들이 다시금 매창이 눈물 흘리며 허균을 원망한다는 소문을 냈다. 그러기에 이들 사이에 또 뜬소문이 돌기 시작했다.

허균은 그해 12월 서울에서 큰형의 추천으로 승문원 판교(정3품)에 임명되었다.

그러나 본의 아니게 또 염문에 싸인 것을 알게 된 허균은 기유(1609)년 1월 매창에게 편지를 보내어 비석 앞에서의 허물을 넌지시 나무랐다.

> 계랑에게
>
> 낭이 달을 바라보면서 거문과 함께 〈산자고〉의 노래를 불렀다니, 어찌 한적한 곳에서 부르지 않고 태수의 비석 앞에서 불러 남들의 놀림거리가 되었는가. 석 자 비석 옆에서 이름을 더럽히다니, 이는 낭의 잘못일세. 그 놀림이 곧 나에게 돌아왔으니 정말 억울하구려.
>
> 요즈음도 참선을 하는지, 그리움이 사무친다오.
>
> 기유년 정월 허균

계랑도 마음이 언짢은 것은 마찬가지였다. 매신(梅信 : 봄소식)이 창 밖에 가득하건만, 계랑의 가슴은 도무지 봄일 수가 없었다.

그런데도 초하에 들어서자 고을에는 경사가 벌어졌다. 김씨 가문의 모씨가 알성시(과)에 급제하여 창우(악공, 악대)를 앞세우고 거리를 돌고 있었다. 그야말로 금의환향이었다. 사흘 낮밤을 유가(遊街 : 풍악을 잡히고 인사차 거리를 도는 일)가 벌어졌다.

이제 시절은 결코 계랑의 시절이 아니었다.

계랑이 서른여섯으로 퇴물이 되자 누구도 불러주지 않았다. 심지어 자기 집 손님도 누구 하나 찾아 주지 않았다.

이를 달래라도 주려는 듯 허균으로부터 다시금 편지가 날아왔다.

계랑에게

봉래산에 가을빛이 짙어 가니, 그대에게 돌아가고픈 생각이 절로 나구려. 그러기에 내가 자연으로 돌아가겠다는 약속을 저버렸다고 계랑은 비웃겠구려.

우리가 처음 만난 이후 만약 조금이라도 응큼한 생각이 있었더라면, 나와 그대의 사귐이 어찌 십년 가까이나 친할 수 있었겠는가.

진회해(秦淮海)를 아는지, 선관(禪觀)을 지니는 것이 몸과 마음에 유익하다네.

내 언제 이 모든 마음을 털어놓을 수 있을는지, 지면을 대할 때마다 서글퍼지는구려.

기유년 구월 허균

가을이 되니 몸의 균형이 깨지기 시작했다. 모든 것이 귀찮아서 누워 있고만 싶었다. 정신은 말똥말똥한데 몸이 말랐다.

왜일까. 병이 났음일까.

전에 없이 눈이 밖으로 튀어나오며 목이 부어 오른가 싶더니, 몸이 마르기 시작했다. 도대체 명치끝이 그렇게 두근거렸다. 먹는 것은 아무 것이나 잘 먹는데도 몸이 마르는 것은 무슨 조화일까.

허균이 진회해(송나라 때 시인으로 이름은 진관(秦觀)이지만, 진회해라고 더 잘 알려 있다. 비분강개한 시를 많이 지었으며, 소동파에게 천거되어 벼슬을 얻었음)를 아느냐며, 선관을 지니라고 했다.

그러나 지금의 계랑에게 명약이 필요했다.

그런데 그때는 허균에게도 시련이 있었다. 계랑이 비석 앞에서 거문고를 타며 노래 부르던 모습을 허균의 친구 이원형이 보고서 시를 지었는데, 그 시가 잘못된 소문을 증명하는 것이 되어 당시 허균은 형조참의(정3품)로서 세 차례나 사간원의 탄핵을 받아 곤경에 처하기도 했다.

이원형의 시는 이러했다.

> 한 곡조 거문고를 뜯으며
> 자고새를 원망하는데
> 거친 비석은 말이 없고
> 둥근 달마저 외로워라
> 그 옛날 현산에 세웠던
> 남녘 정벌의 비석 옆에도
> 아름다운 여인이 있어
> 눈물 흘렸던 일이 있었다지.
>
> 〈이원형 : 국해, 원문 생략〉

문제의 그날 밤, 달 밝은 비석 옆에서 계랑이 거문고를 뜯으며 노래하는 것을 허균의 친구 이원형이 지나가다가 보고서 지은 시이다. 이 시가 더욱 말썽이 될 줄을 뉘라서 알았겠는가.

허균은 그(이원형)를 나의 관객(館客)이라고 했다. 젊어서 함께 지냈는데, 시를 잘 지었다고 했다. 다른 작품 가운데도 좋은 것이 많으며, 석주 권필은 그의 사람됨을 무척 좋아했었다 한다.

아무튼 매창과 허균은 욕정을 넘어선 사귐이었다. 스스로를 시험하거나 상대를 서로 욕되게 하지 않았다. 그러기에 10년 가까이 시주(詩酒)로 벗하여 사귈 수 있었던 것이다.

그나저나 병든 계랑을 어이해야 하는가. 날이 가고 해가 바뀌어도 병세는 좀체 좋아지질 않았다.

계랑은 죽음이 한 걸음씩 목전에 다가옴을 느낄 수 있었다. 목에 이상이 있는 것 같았다. 몸이 불편할수록 고독감은 더해서 뼈가 시리도록 지난날이 그리웠다. 첫사랑의 서우관, 연인으로서의 유희경, 우정의 친구 허균에 대한 생각이 꼬리에 꼬리를 물고 일어났다.

그러던 어느 날, 계랑에게 병이 났다는 소식을 들은 허균이 긴 내용의 편지를 보내왔다.

계랑에게

늘 누워 있다니 걱정이 되구려. 몸 보전해 오래 살아야 앞으로도 많은 이야기를 나눌 것이 아니던가.

명종조에 동주(東州) 성제원(成悌元)이 보은현감으로 있을 때였다네. 공이 명산 유람을 좋아해 서원(청주)을 지나는데, 그곳 목사가 이를 알고 관기 춘절(春節)에게 명하여 공을 모시고 다니게 했었다네. 공이 산천을 두루 순례하면서 춘절과 함께 노닐었겠지. 그러나 시종 달 밝은 침상에 함께 있어도 범하지 않았다네. 그러면서 공이 산의 절경을 보면 그림을 그리고, 화폭의 한쪽에 시를 써 두곤 하였다네. 그러니 그들이 산을 내려왔을 때는 그림이 수십 폭에 달했겠지.

그리하여 공이 춘절에게 말하기를, 내가 너를 범하지 않았어도 사람들은 반드시 너를 사랑했다고 할 것이다. 그러니 내가 그린 이 그림을 가지고 나를 아는 사람들에게 보이면 너를 도와줄 것이다. 앞으로는 이것으로 생계를 돕도록 해라 하고 일러 두었다네.

그 후 수십 년이 흘러서 임진·정유왜란 뒤 경자(선조 33년, 1600)년에 동주 가문의 후손인 성감찰(成監察)이 청주목사와 술자리의 이야기가 옛날에 미치자, 좌우 사람들이 그 노기가 아직 살아 있다 하여 목사가 불러 오게 하니 나이가 이미 여든이었다네.

그 노기 춘절이 성감찰에게 '그대가 공(동주)의 형의 손임을 들어서 아오' 하고 나서 눈물을 쏟으며 다시 말하기를 '오늘을 생각지 못했는데 동주의 손자를 보게 되었구나! 비록 내 한번 곁눈질한 사랑이나 어찌 차마 저버리겠는가' 하더라네.

춘절이 이처럼 종신토록 마음을 고쳐 먹지 않고 그의 시화로 첩을 만들어 보이니, 이를 본 제공들이 상을 후하게 주어 자활하였으나 난리(왜란)중에 그 첩을 잃어버렸다네. 참으로 애석한 일이지 않은가.

매창, 춘절의 사랑이 너무도 귀하고 너무도 애절해서 여기에 옮긴 것이네. 아무쪼록 몸 건강하게나.

경술년 유월　허균

허균은 이처럼 마음 씀씀이가 유희경보다 더 알뜰했다.

물론 그가 이토록 장문의 편지를 보내준 데는 그만한 뜻이 있었을 게다. 하나는 우정에 대한 신뢰이고, 다른 하나는 오래오래 살아서 희원일랑 남기지 말라는 뜻일 게다.

그러나 나날이 쇠약해지는 계랑은 옛일을 회상할 때마다 자꾸만 눈물이 나오는 것을 어찌할 수가 없었다. 몸은 피골이 상접할 정도로 쇠약했지만, 정신은 또록또록 맑아서 별의별 생각이 다 들었다.

　서유관으로 하여금 생의 짧음과 무상을 알았고, 유희경으로 하여금 생의 성숙과 고통을 알았으며, 허균으로 하여금 생의 감동과 자유를 터득하게 됐던 것이다. 계랑이 지난날 매화타령(속된 잡가)에 밤을 새우면서도 생의 의미를 이만큼 깨달았으니, 그녀는 어지간히 성공한 삶을 산 것이다.

　계랑이 태어나던 날, 그녀의 집 지붕에 여러 마리의 금조가 날아들었음은 예삿일이 아니었다. 다음날은 백학이 날아들기도 했었다니, 그게 의미 없는 일은 결코 아니었다.

　이윽고 계랑은 주령을 짚고서 간신히 밖으로 나가 마루 위의 설령줄을 흔들어 식구들을 한데 모았다. 그리고선 마지막 유언에 가까운 말들을 남기었다.

　우선 집은 옥심에게 맡기고, 논 서너 두렁은 식솔들 하나하나에게 일일이 지정해 갖도록 했다. 다음, 이 시간 이후 이 집에서는 일체 술장사를 못하게 했다. 유가(遊家)로서의 색주놀음은 자기로서 끝내고 싶음을 분명히 했다. 그리고 행랑채 천서방은 한순상의 노복으로 들어가 몇 년 고생하면 한씨가 한밑천 떼내 독립시켜 줄 것이라고 했다.

　계랑은 이처럼 모든 것을 정리해 일러 둔 다음 머리맡의 드림줄을 잡고 간신히 누웠다. 그리고는 다시 이승잠(병중에 자는 잠)에 빠져들었다.

　밖은 매천(梅天 : 우기의 하늘)으로 어두웠고, 방안은 저녁 매미(쓰르라미)가 지겹도록 울어댔다. 옥심이 안타까운 마음에 몇 번이나 계랑의 침소엘 왔다갔다하다가 문설주에 이마를 찧기도 했다.

　광해군이 즉위한 그 다음다음 해인 경술(1610)년 여름, 매우(梅雨 : 7, 8월 우기에 오는 장마비)가 한바탕 몰아치더니 매창을 떠밀고 떠나가 버렸다. 마지막 순간을 아무도 지켜 주지 않는 쓸쓸한 병석에서 계랑은 마침내 여름밤의 매우를 따라 영원한 나라로 가고 말았던 것이다.

매창, 그녀는 만 37세로, 보통 우리 나이 38세가 되는 중년의 나이에 서역 구만리나 되는 서글픈 길을 따라 떠나갔다. 이제 다시는 그녀의 거문고며 시가, 청아한 목소리며 숨결 소리를 들을 수가 없다.

그러나 그녀는 죽어서도 죽지 않았다.

주옥 같은 그녀의 시구가 후생들의 머리맡에서 새벽을 지키고 있기 때문이다.

매창의 병중수사(病中愁思)가 못내 쓰리고 서러운 것은, 그녀가 그토록 서른여덟의 짧은 생을 그리움과 기다림으로 보낸 비련의 여인이었기 때문이다.

거문고로 고적함을 달래며 율시에 한을 담아 결코 길지 않은 생을 살다 간 여인, 그녀가 남기고 간 주옥 같은 시편들은 오래오래 우리와 함께 살아 있을 것이다.

아름다운 글귀는

아름다운 글귀는 비단을 펼친 듯하고
맑은 노랫소리는 구름을 멈추게 하네
복숭아를 훔치어 인간 세계로 내려와
불사약을 훔쳐서 인간 무리를 떠나갔네
부용(연꽃) 수놓은 휘장엔 등불이 어둡고
비취색 치마엔 향기 아직 남았는데
다음해 작은 복숭아가 열릴 때면
그 누가 설도의 무덤 곁을 스쳐 가려나.

－국 해

妙句堪擒錦　　淸歌解駐雲
偸桃來下界　　窃藥去人群
燈暗芙蓉帳　　香殘翡翠裙
明年小桃發　　誰過薛濤墳

〈허균〉

조선조 5백년간 가장 우뚝한 문재였던 허균이 매창의 요절을 듣고서 지은 시이다. 허균은 이 시에다 주를 달아서 매창의 사람됨과 그와의 관계를 전하기도 했다.

[原註] 계랑은 부안의 기생으로, 시를 잘 짓고 문장을 알았으며, 노래와 거문고 또한 잘하였다. 성품이 고결해서 음란한

짓을 즐기지 않았다. 내가 그 재주를 사랑하여 거리낌없이 사귀었다. 비록 우스갯소리를 즐기긴 하였지만, 어지러운 지경에까지 이르진 않았다. 그러므로 우리의 관계가 오래도록 시들지 않았다.

지금 그녀가 죽었다는 소식을 듣고 그를 위해 한번 울어 준 뒤, 율시 두 편을 지어서 슬퍼한다.

여기서 설도(薛濤)란 당나라 중기의 이름난 기생을 말한다. 음률과 시에 뛰어나서 백낙천, 원진, 두목지 등의 시인들과 늘 시를 주고받았다. 여기서는 물론 매창을 뜻한다.

매창의 죽음을 슬퍼하여 지은 두 편의 시 중 다음 한 편의 시는 이러하다.

처절하여라, 반첩여의 가을 부채여
슬프기만 해라, 탁문군의 거문고여
꽃잎은 날리어 속절없는 시름을 쌓고
시든 난초 볼수록 마음이 상하네
봉래섬 고운 구름 자취도 없고

바다엔 이미 달마저 가물거리니
이듬해 봄이 와도 소소의 집에
남은 버들가지로 그늘을 이룰 수 있으랴.

— 국 해

凄絶班姬扇　　悲凉卓女琴
飄花空積恨　　衰蕙只傷心
蓬島雲無迹　　滄溟月已沈
他年蘇小宅　　殘柳不成陰

〈허균〉

허균의 문장력을 가히 짐작할 수 있는 작품이 아닐 수 없다. 매창의 죽음을 애도하는 시로서 손색이 없는 걸작임이 분명하다.

반희(班姬)는 반첩여(班婕妤)를 말하는 것으로, 한나라 성제의 후궁이다. 성제의 사랑을 받다가 총애가 조비연(趙飛燕)으로 옮겨 가자 참소를 당했다. 장신궁으로 쫓겨나 태후를 모시게 되었는데, 이때 자기의 신세를 쓸모없는 가을 부채에 비겨 시를 읊었다. 후생들이 인용하는 가을 부채가 바로 그 부채이다.

탁녀(卓女)란 탁문군(卓文君)으로, 그녀가 과부였을 때 사마상여(司馬相如)의 거문고 소리에 반하여 그의 아내가 되었다. 그러나 뒤에 사마상여가 무릉의 여자를 첩으로 삼으려 하자 탁문군이 백두음(白頭吟)을 지어서 자신의 신세를 슬퍼하였다. 이에 사마상여가 첩 데려오기를 그만두었던 것이다.

그 뒤에 흰 머리로는 헤어질 수 없다는 아내의 마음으로 대변되었고, 두 마음을 가진 남편 때문에 안타까워하는 아내의 마음을 주제로 여러 편의 '백두음'이 지어졌던 것이다.

소소(蘇小)는 남제 때 전당의 이름난 기생이다. 작금에는 기생의 범칭으로 널리 쓰이고 있다.

매창이 죽어 사람들은 그녀의 거문고도 함께 묻어 주었다. 시(詩), 가(歌), 금(琴)에 능했던 그녀가 지하에서도 이를 즐길지는 알 수 없는 노릇이다. 그러나 영겁을 휘도는 그녀에게 거문고라도 있어 위안이 되었으면 좋겠다.

뒷날 유희경도 매창의 넋을 위로하기 위하여 부안에 왔었다. 우정의 허균은 오지 않았지만, 연정의 유희경은 매창의 묘소를 찾아 애도했다.

남쪽 마을 석대에 노닐던 임이여

대숲 속 암자에서 만났던 임이여

그리운 그대 지금 어디 숨었는가

푸른 머리 붉은 얼굴 꿈속에 있네.

〈유희경 : 국해, 원문 생략〉

푸른 머리란 동백기름을 발라 주위의 푸르름이 반짝거리는 것을 말함이다. 붉은 얼굴은 곱게 단장한 젊은 홍안을 말한다.

그야말로 몽견미녀가(夢見美女歌)이다.

부안에 온 그는 매창의 무덤을 찾아 제수를 차려 놓고 분향재배를 했다. 후손이 없는 그녀이기에 더욱 그러해야 했다.

일찍이 당나라의 시인 백낙천(白樂天)이 양귀비를 잃은 당현종의 비탄을 장한가(長恨歌)라는 서사시로 읊은 바 있다. 물론 줄거리를 한(漢)나라의 황제에 비유하여 암시적으로 썼다. 7언 20구에 달한다. 유희경의 심정이 그러했다.

매창의 집으로 돌아온 유희경은 다시금 비감에 젖었다.

그가 당대 문장가로서 백낙천의 장한가처럼 장장 읊어 보려고 마음먹고 붓을 들었다. 그러나 그는 7언 8구로 끝나 버렸다.

맑은 눈 하얀 이 푸른 눈썹 아가씨
홀연히 구름 따라 간 곳이 묘연쿠나
꽃다운 그대 넋이 저승길로 접어들면
그 누가 깨끗한 분향을 사루어 주려나.

마지막 저승길에 슬픔 다시 새로운데
쓰다 남긴 향합에 옛 향기 그윽하다
정미년간 다행히 서로 만나 즐거웠지
이내 애달픈 눈물이 옷깃을 적시우네.

〈유희경 : 국해, 원문 생략〉

유희경은 이처럼 추모의 시를 읽고 나서 이를 궤연(几筵 : 혼백과 신주를 모셔 두는 곳)에 올려놓았다. 그리고선 조용히 서울을 향해 북천했다.

이제 모두가 흩어졌다. 매창의 식솔들도 흩어지고 연인들도 흩어졌다. 남아 있는 것은 오직 매창의 무덤뿐이다.

비련의 여인, 아니다. 비련의 여왕이다. 찬바람 눈 속에 피어난 매화는 절개를 상징하고, 창문은 그리움과 기다림의 공간이다. 매창(梅窓)은 그녀의 아호만큼이나 시리고 쓰리며, 아프고 멍든 생을 살다 갔다.

매창은 부안읍에서 남쪽으로 5리 남짓 되는 봉덕리 공동묘지에 묻혔다. 그녀가 그토록 즐겨 뜯던 거문고도 함께 묻혔다. 사람들은 그곳을 '매창이 뜸'이라 부른다. 지금의 행정구역으로는 부안읍 봉덕리 교동부락의 공동묘지이다.

그녀가 죽은 뒤 45년, 을미(1655)년에 비로소 그녀의 무덤 앞에 비석이 세워졌다. 그로부터 13년 후인 1668년 10월, 부안현 아전들과 기생들이 외워 전하던 58편의 시를 모아 《매창집》으로 엮었다. 이 가운데 윤공비(尹公碑)는 매창이 지은 것이 아니다. 비석 옆에서 〈산자고〉 노래를 부르는 매창의 모습을 보고 허균의 친구 이원형이 지은 것이다. 허균의 유록에 의해 밝혀졌다. 그해 12월에 개암사에서 목판에 새겨 매창의 난집(蘭集 : 여류시집)이 처음 출간되었던 것이다.

그러나 지금에 와서는 그 판각이 어떻게 분실되었는지 알 수가 없다. 또한 매창이 수백 편의 시를 지어 시축에 남겼다지만 하나도 전해지지 않는다.

《매창집(梅窓集)》의 발문에는 다음과 같이 적히어 있다.

> 계생(桂生)의 자는 천향(天香)인데, 스스로 호를 매창이라 지어 불렀다. 부안현 아전이던 이탕종(李湯從)의 딸이다. 만력 계유(1573년)에 나서 경술(1610년)에 죽으니, 그녀 나이 서른여덟이었다.
>
> 평생 노래 부르기와 시 읊기를 잘했다. 시 수백 편이 한때 사람들의 입에 오르내렸으나 지금은 거의 흩어져 없어졌다. 숭정후 무신(1668년) 10월에 아전들이 외워 전하던 여러 형태의 시 58수를 개암사(開岩寺)에서 목판에 새긴다…….
>
> — 무신년 12월 개암사에서 간행하다.

이처럼 시집을 만들고 발문을 달아 놓으니 얼마나 다행인지 모른다. 하마터면 매창의 시를 다 잃을 뻔했다.

다시 3백년 가까이 세월이 흐르는 동안 무덤 앞 비석의 글자들이 이지러져 분별이 어려웠다. 그리하여 1917년, 부안 시백들의 모임체인 부풍시사(扶風詩社)에서 높이 4척에 폭 2척의 비석을 다시 세웠다. 앞면엔 명원이매창지묘(名媛李梅窓之墓)라고 새겼다.

이 비석의 전문은 다음과 같다.

여인의 이름은 향금이며 호는 매창인데, 정덕 계유(1513)년
에 태어났다. 자라면서 시와 문장에 능했고, 그 문집이 간행
되어 세상에 전한다. 가정 경술(1550)년에 죽어 만력 을미
(1595)에 비석을 세웠다. 삼백년의 세월이 지나자 글자의 획
이 벗겨지고 떨어져 다시 고쳐 비를 세우고 거듭 행적을 적
는다.

- 정사(1917)년 3월에 부풍시사가 세우다.

여기서 이매창이 태어난 해와 죽은 해에 대한 기록 연대가 한
갑자(甲子)씩 60년을 올려 적히어 있다. 그것은 1917년 다시 비를
세우면서 예전의 비석이 너무 낡아 잘못 읽었던 것 같다.

이렇듯 부풍시사에서 매창의 무덤을 돌보기 전에는 인근 마을
의 나무꾼들이 해마다 벌초를 했다. 비록 초군에 지나지 않았지만,
그들은 그녀의 거문고와 시를 아낄 줄 알았다.

가끔 남사당이나 가극단(유랑극단)이 들어올 때면 읍내에서 공
연을 하기 전 이곳 매창의 무덤을 찾아와 한바탕 굿판을 벌였다.
매창의 넋을 위로하기 위해서였다.

그러나 그녀는 그녀의 가성(佳城 : 무덤의 미칭)에 갇히어 흠향하
기만 할 뿐이었다.

1974년 4월 27일 매창기념사업회(회장 김태수)에서 성황산(상소
산) 기슭 서림공원에다 매창의 시비를 세웠다. 매창이 거문고를 타
던 바위인 금대(琴臺)와 그녀가 즐겨 마시던 우물인 혜천(惠泉) 사
이에다 세운 것이다.

이 서림공원(西林公園)은 본디 매창이 즐겨 노닐던 곳으로 선화
당(동헌)의 후원이기도 하다.

여섯 자 높이에 두 자 가량의 넓이로 흰 대리석 복판 검은 돌에
매창시비(梅窓詩碑)라고 네 글자가 새겨 있다. 그 아래 송지영의 글

씨로 매창의 시조가 새겨져 있다.

> 梨花雨 흩날릴 제 울며 잡고 이별한 님
> 추풍 낙엽에 저도 나를 생각는가
> 천리에 외로운 꿈만 오락가락하여라.

　지금은 부안읍 문화원 주관으로 매년 10월 매창문학제가 열린다. 부풍률회와 매창문학연구 등 매창의 연구 모임체가 있음도 이해가 되는 일이다.
　가람 이병기는 매창의 무덤을 찾아와 다음과 같은 시를 지어 바쳤다.

> 돌비는 낡아지고 금잔디 새로워라
> 덧없이 비와 바람 오고 가고 하지마는
> 한 줌의 향기로운 이 흙 헐리지를 않는다.

> 梨花雨 부르다가 거문고 비껴 두고
> 등 아래 홀로 앉아 그 누구를 생각는지
> 두 뺨에 젖은 눈물이 흐르는 듯하구나.

> 羅衫을 손에 잡혀 몇 번이나 찢겼으리
> 그리던 雲雨도 스러진 꿈이 되고
> 그 고운 글발 그대로 정은 살아 남았다.

　이병기의 〈매창뜸〉 전문이다.
　이토록 많은 이들로부터 사랑을 받았고 앞으로도 영원히 사랑 받을 이매창은 우리들의 창가에 매화의 향기를 계속 뿌려 줄 것이다. 그러기에 최소한 신사임당, 허난설헌, 황진이, 이매창의 시향을 음미하지 아니하고서는 어느 시대이건 글쟁이라 할 수 없을 것이다.

이매창, 그녀는 시인 묵객들의 영원한 연인이다. 그녀의 주옥 같은 시문의 은은한 향기 때문에 생존시 시인 묵객들의 마음을 사로잡았고, 오늘의 풍류 남아들에게는 영원한 향수로 남아지고 있다. 380년이 지난 지금도 대한의 문필가들이 그녀의 묘하에서 시향에 취해 헌작하고 있음이 그것이다.

1573년 계유(닭띠)생인 그녀는 처음부터 새벽을 지키는 여인으로 점지되었는지도 모른다. 그러지 않고서야 그 많은 밤을 어찌 지켜 낼 수 있었겠는가. 이는 필시 천공에 깔려 있는 별자리의 착종이 그녀의 머리 위에 운명적으로 투영되었을 것이다.

사랑은 생사를 초월한다.

그러기에 어떤 문객은 그녀의 묘 아래 잠을 청하여 그녀와의 면회를 신청하기도 했다. 또 어떤 문사는 이를 시샘하여 그녀의 무덤 밑에 몇 날을 진을 치고 앉아 오징어발과 소주향을 피워 올리며 제사했다고 한다. 혹시 아는가. 훗날 그곳에 여막(초막)을 지어 매창과 함께 살자고 할 사람 있을는지도 모른다.

문자(文子)도 욕심을 내어 매창의 시 한 구절을 다음과 같이 국역해 본다. 매창이 취객에게 드린 시이다.

> 취한 손님 때문에 저고리가 찢어지네요
> 명주 적삼 하나야 아까울 게 없지만
> 그러다 임의 정이 끊어지면 어찌하리까.

매창의 시문 속에는 언제나 진한 매향이 스며 있다. 절절이 매화 향기가 풍겨 나와 오늘의 공해 오염에 해독 향기가 될 듯싶다.

장할사, 매창의 무덤 아래 국화 한 송이를 놓는다. 다음에는 빨간 장미를 한아름 안고 가야지. 아니다. 명년 초, 매화 한 가지를 꺾어서 달려가야겠다.

여백을 살려

매창(梅窓)의 일대기를 정리하면서 발견되어지는 것 몇 가지를 여기 기술하고자 한다.

우선 매창은 선상기(選上妓 : 뽑아 바치는 기녀)도, 경선기(京選妓 : 서울에서 뽑아 가는 기녀)도 아니라는 사실이다. 또한 매창의 아버지는 이양종(李陽從)이 아닌 이탕종(李湯從)이라는 것이다. 그리고 매창은 1513(계유)년에 태어나 1550(경술)년에 죽은 것이 아니라, 1573(계유)년에 태어나 1610(경술)년에 죽었음이 분명하다.

이상의 문제점은 본서를 읽음으로써 이해가 될 수 있는 것이기에 여기서는 해명을 불요한다.

그보다는 조선조에 계섬(桂蟾)이라는 신원 미상의 여인에게 자꾸만 눈길이 가고 있음이다. 그녀의 시조 한 수를 적어 본다.

청춘은 언제 가며 백발은 언제 온고
오고 가는 길을 알았던들 막을 것을
알고도 못 막는 길이니 그를 슬퍼하노라.

이 시조는 화원악보(花源樂譜) 196번째에 수록되어 있다. 《한국 고시조 500선》(서문당 刊) 29쪽에 소개되어 있기도 하다.

한편, 청구영언(靑丘永言) 527번째에는 무명인의 시조로 되어 있다. 물론 이 시조는 《한국 고전문학 대전집》 8권(시조편) 87쪽에 매창의 시조처럼 연이어 편집되어 있다.

> 내 청춘 누굴 주고 뉘 백발 가져온고
> 오고 가는 길 알았던들 막을 것을
> 알고도 못 막을 길이니 그를 슬허하노라.

그런데 또 이상한 것은, 이능화(李能和)의 역저 《조선해어화사(朝鮮解語花史)》 381쪽 계생(매창)의 난에 계생의 호는 섬초(蟾初)라고 적고 있다.

왜일까. 유독 많은 매창의 이름 중에 별호(別號)로 불리워진 것일까. 매창은 계유(癸酉)년에 낳았대서 계생(癸生)이었으나, 아명을 계생(桂生) 또는 계화(桂花)라고도 했다.

　그러기에 누군가가 매창의 시조를 소개하면서 계생과 섬초에서 한 자씩 따 계섬(桂蟾)이라고 했는지도 모를 일이다. 다만 매창이 38세로 기세했기에 내용에서 보여지는 의문점은 남는다. 그러나 문학의 속성은 나이를 초월하는 것이고 보면, 다시 관심이 가는 대목이기도 하다.

　아무튼 당시의 평균 수명이 40도 아니 되는 시대였으니, 매창이 굳이 늙음을 한하지 말란 법도 없을 것이다.

　계섬(桂蟾), 정말이지 그녀는 매창이었을 것이라는 생각을 떨쳐 버릴 수가 없다. 누군가의 속시원한 대답을 들을 수만 있다면 다시없는 기쁨이겠다.

출전(出典)

§ 구간

- 惺所覆瓿稿 / 許筠
- 朝官記行 / 許筠
- 村隱集 / 劉希慶
- 續古今笑叢 / 洪奉事, 金宗
- 歌曲源流 / 朴孝寬, 安玟英
- 李朝妓女史序說 / 金東旭
- 朝鮮解語花史 / 李能和
- 梅窓集 / 開岩寺 刊

§ 근간

- 매창시집 / 申石汀
- 매창문학연구 / 김지용
- 매창연구 / 전원범
- 시조시화 / 朴乙洙
- 명기열전 / 鄭飛石
- 조선의 여인상 / 李石來
- 매창시선 / 허경진
- 이매창의 사랑일기 / 朴德垠

부안의 명기 이매창

개정 초판 인쇄 · 2001년 1월 10일
개정 초판 발행 · 2001년 1월 15일

지은 이 · 문정배
펴낸 이 · 임종대
펴낸 곳 · 미래문화사

등록 번호 · 제3-44호
등록 일자 · 1976년 10월 19일
주소 · 서울시 용산구 효창동 5-421 ⊕140-120
전화 · 715-4507/713-6647
팩시밀리 · 713-4805
E-mail · miraebooks@com.ne.kr
mirae715@hanmail.net

정가 · 7,500원

ISBN 89-7299-125-2 03810
ⓒ2001, 미래문화사

*저자와의 협의하에 인지는 생략합니다.
*잘못 만들어진 책은 바꾸어 드립니다.